B.C. Schiller
Rote Wüstenblume

AF177965

Das Buch

Johanna Schulz glaubt, endlich in Ruhe leben zu können, bis ein schrecklicher Anschlag ihr junges Glück zerstört und ihr kleiner Sohn nach Istanbul entführt wird. David Stein, der Hundeflüsterer und ehemalige BND-Ermittler, wollte sich eigentlich mit seinem Freund um die Rettung eines Hundeasyls auf Mallorca kümmern, doch nun übernimmt er den Auftrag, das Kind zu Johanna nach Deutschland zurückzubringen.

Eine klare Mission, doch dann kommt alles anders und David Stein erkennt zu spät, dass er in eine tödliche Falle geraten ist ...

Die Autoren

Barbara und Christian Schiller leben und arbeiten in Wien und auf Mallorca. Sie waren über zwanzig Jahre in der Marketing- und Werbebranche tätig. Gemeinsam schreiben sie unter dem Autorennamen B.C. Schiller packende Thriller. Sie gehören zu den erfolgreichsten Spannungsautoren im deutschsprachigen Raum und haben bisher mit ihren Büchern über 1 500 000 Leser begeistert.

B.C. SCHILLER

ROTE WÜSTENBLUME

THRILLER

Die Originalausgabe erschien 2015 unter dem Titel »Rote Wüstenblume« im Selbstverlag.

Veröffentlicht bei
Edition M, Amazon Media EU S.à r.l.
38, avenue John F. Kennedy, L-1855 Luxembourg
Juli 2019
Copyright © der deutschsprachigen Ausgabe 2015
By B.C. Schiller
All rights reserved.

Umschlaggestaltung: bürosüd⁰ München, www.buerosued.de
Umschlagmotiv: © Ezra Bailey / Getty; © javarman / Shutterstock;
© Milan M / Shutterstock;
© James G Manning / Shutterstock; © Mr.PM / Shutterstock
Korrektorat: Media-Agentur Gaby Hoffmann, www.profi-lektorat.com
Gedruckt durch:
Amazon Distribution GmbH, Amazonstraße 1, 04347 Leipzig /
Canon Deutschland Business Services GmbH, Ferdinand-Jühlke-Str. 7,
99095 Erfurt /
CPI books GmbH, Birkstraße 10, 25917 Leck

ISBN 978-2-49670-167-8

www.edition-m-verlag.de

Anmerkung

Wir haben uns erlaubt, einige Namen und Örtlichkeiten aus Spannungsgründen neu zu erfinden, anders zu benennen und auch zu verlegen. Sie als Leser werden uns diese Freiheiten sicher nachsehen.

Wichtige Hinweise für das richtige Hundetraining haben wir von Sascha Steiner – www.dogprofi.at –, dem besten Dogprofi Österreichs, erhalten. Wir bedanken uns recht herzlich.

»Wer zurückblickt, stirbt einen langsamen
Tod voller schmerzlicher Erinnerungen.«
(Leyla Khan)

PROLOG

MYKONOS, GRIECHENLAND

Als Johanna Schulz an diesem Morgen ihren Freund Robert küsste, ahnte sie nicht, dass er wenig später tot sein würde. Beide saßen auf der Terrasse des Luxushotels Mykonos Blue und genossen den atemberaubenden Blick über das strahlend blaue Meer. Einige weiße Jachten waren bereits in der Bucht vor Anker gegangen und das Hotelpersonal war gerade dabei, Kissen und Tücher auf den Liegen am hoteleigenen Kiesstrand auszubreiten. Das Hotel war wie ein Adlerhorst in den Felsen gebaut und aus jeder der Suiten hatte man den unvergleichlichen Blick über das Meer. Es war ein Hotel ganz nach dem Geschmack von Johanna, denn die Zimmer waren puristisch, aber geschmackvoll eingerichtet. Was sie jedoch am meisten beeindruckt hatte, war die Survivalbox aus Metall auf dem Bett, die neben Champagner und Kaviar auch ausgefallene Kondome enthielt. Was für eine originelle Idee, hatte sie spontan gedacht, und sie sofort mit Robert ausprobiert.

Entspannt genoss Johanna das reichhaltige Frühstück und schmiedete Pläne für den Tag. Wie immer musste sie auf ihren fast sechsjährigen Sohn Arcun Rücksicht nehmen, der nach den heftigen Auseinandersetzungen in der Familie ein wenig Ruhe und Harmonie brauchte. Die Streitigkeiten zwischen

Johanna und ihrem Mann hatten ihren Gipfel erreicht, als er, der Vater von Arcun, darauf bestand, den Jungen in der Türkei im moslemischen Glauben und auf Türkisch zu erziehen. Dies war der entscheidende Punkt gewesen, an dem sich Johanna endgültig entschlossen hatte, diesen Mann für immer zu verlassen. Niemals würde sie ihren Sohn hergeben. Doch das war nicht so einfach. Immer wieder hatte er ihr in Berlin aufgelauert, sie beschimpft und bedroht und geschworen, sich für diese Demütigungen zu rächen.

»Ich habe dir immer gesagt, dass er nichts taugt. Aber auf mich wolltest du ja nie hören«, hatte ihr Vater gesagt und wie immer recht behalten. Hätte sie doch vor der Heirat auf ihren Vater gehört. Aber nein, damals war sie beeindruckt gewesen von dem Charisma ihres Mannes, der so anders war als die üblichen Türken. Er war zielorientiert, hart und erfolgreich. Das waren Attribute, die Johanna imponiert hatten. Doch mit der Geburt ihres Sohnes Arcun wurde alles anders. Ihr Mann träumte von einer Dynastie, die sich über ganz Anatolien erstrecken und deren Chef früher oder später Arcun sein würde.

Aber inzwischen hatte sie dieses dunkle Kapitel endgültig abgeschlossen. Seit Monaten schon hatte sich ihr Mann nicht mehr sehen lassen. Ihr Vater hatte seine Kontakte beim BND spielen lassen und dort hatte man ihr gesagt, dass ihr Mann jetzt in der türkischen Politik mitmische. Er war also beschäftigt und weit weg.

»Du wirkst so abwesend, Johanna«, riss sie Robert, ihr Freund, aus diesen Gedanken.

»Ach nichts, ich habe nur darüber nachgedacht, was wir heute unternehmen können, ohne Arcun allzu sehr zu vernachlässigen.«

»Na, wie wäre es mit einem kurzen Abstecher in die Hauptstadt? In der Zwischenzeit kann Arcun in den Kids Club und wir sind ja am frühen Nachmittag wieder zurück.«

»Klingt ganz vernünftig.« Johanna legte ihre Hand auf den Arm ihres Sohnes.

»Was meinst du dazu, Arcun?«

»Ich will nicht, dass ihr weggeht. Ich habe Angst.«

»Wovor hast du Angst, mein Junge?« Zärtlich strich Robert über den Kopf des Jungen, doch dieser zuckte ängstlich zurück.

»Gib ihm Zeit, Robert«, sagte Johanna und drückte ihren Sohn.

»Stimmt es, dass Papa dich töten will?«, fragte der Junge plötzlich mit einer weinerlichen Stimme.

»So ein Unsinn!« Johannas Stimme wurde mit einem Mal schrill und sie fühlte sich unbehaglich. Auf der Terrasse war es zu heiß, das Licht zu grell, das Frühstück war zu üppig. Überhaupt war es keine gute Idee gewesen, hierher nach Mykonos zu fliegen. Hier konnte ihr niemand helfen. Ihr Vater mit seinen Kontakten war weit weg und auf die griechische Polizei war sicherlich auch kein Verlass.

Nein, es war falsch gewesen.

»Wann ist unser Rückflug?«, fragte sie spontan.

»Wieso fragst du?« Robert wirkte irritiert und gekränkt.

Mein Gott, wie sie sich wieder aufführte, überlegte Johanna gestresst. Jetzt beleidigte sie auch noch den Mann, den sie liebte, der sie aus dem Sumpf gezogen hatte.

»Ach, nichts, nichts«, wiegelte sie deshalb auch schnell ab. »Ich, ich habe nur so ein Gefühl, dass etwas Schlimmes passieren wird.«

Wenn Johanna gewusst hätte, wie richtig sie mit dieser Bemerkung lag, dann hätte sie nicht so ruhig weiter gefrühstückt. So aber ließ sie sich von Robert schnell wieder beruhigen und ihre düstere Stimmung schwand.

Der Mann, der oben auf einer Bergkuppe an einem schwarzen Geländewagen lehnte und Johanna durch ein Fernglas beobachtete, war allerdings schon lange in dieser düsteren

Stimmung. Doch jetzt hatte er alles Nötige in die Wege geleitet, um seine Laune ein wenig zu verbessern. Über Funk war er mit einem anderen Mann verbunden, der wie die Hotelangestellten weiß gekleidet war und auf dessen T-Shirt »Mykonos Blue Kids Club« stand. Jener Mann schlenderte jetzt über den Parkplatz des Hotels. Bei einem kleinen offenen Miet-Jeep blieb er stehen und fixierte ein zigarettenschachtelgroßes Paket mit einem Magneten unter den Rücksitzen.

»Wir fahren zuerst in die Hauptstadt zu einem Einkaufsbummel«, sagte Johanna und blätterte in ihrem Reiseführer. »Wir müssen auch die Windmühlen fotografieren und die Cafés direkt am Meer.«

Versonnen blickte sie Robert an.

»Vielleicht starte ich eine zweite Karriere als Fotografin.«

»Da wirst du sicher erfolgreich. Du hast das richtige Auge fürs Fotografieren.«

»Aber nur, wenn du mein Motiv bist«, lachte Johanna und schüttelte ihre langen blonden Haare. Robert war verdammt gut aussehend, aber heiraten würde sie ihn nicht. Demnächst würde sie sich erst einmal scheiden lassen, dann kam für sie keine Ehe mehr infrage. Nicht nach allem, was sie mit ihrem Ehemann durchgemacht hatte. Sie hätte schon viel früher diesen Schritt gehen sollen, aber nun ja, besser jetzt als nie. Es war nie zu spät, sein Leben zu ändern.

Oben auf der Bergkuppe hatte der Beobachter sein Fernglas gegen eine Kamera getauscht und Johannas Gesicht fotografiert. Die strahlenden Augen, der lächelnde Mund, die widerspenstige Haarsträhne, die der Wind immer wieder über ihre Nase wehte, es war ein Bild vollkommener Harmonie. Die Frau war schön und ihr Gesicht leuchtete vor Glück. Vielleicht wäre sie wegen dieses Fotos geschmeichelt gewesen, bestimmt aber hätte dieses Bild einen Ehrenplatz in ihrer Erinnerung bekommen, denn es war das letzte Mal, dass sie glücklich lächelte.

»Also los, brechen wir auf«, sagte Johanna und gab ihrem Sohn einen liebevollen Knuff.

»Bin ich allein im Kids Club?«, fragte der Junge besorgt. »Ich mag nicht alleine bleiben, Mama.«

»Aber nein, da sind viele andere Kinder. Das macht dir sicher Spaß, Arcun.«

»Wenn du meinst.« Resigniert ließ der Junge die Arme hängen.

»Soll ich nicht doch lieber bei Arcun bleiben?« Johanna zögerte und sah Robert fragend an.

»Ach, Johanna, die paar Stunden ist Arcun im Kids Club doch gut aufgehoben.« Robert zog eine Schnute und wirkte jetzt selbst wie ein beleidigtes Kind.

»Du hast ja recht.«

Ein Hotelangestellter, den Johanna noch nicht kannte, kam auf sie zu.

»Na, wie wär's heute mit dem Kids Club?«, fragte er und begann, ganz fürchterlich zu schielen. Das kam so überraschend, dass Arcun vor Lachen losprustete und Johanna vergaß, ihn zu fragen, wo denn die junge Animateurin mit den Rastazöpfchen abgeblieben war.

»Also, bis später.« Johanna beugte sich zu ihrem Sohn und küsste ihn auf beide Wangen.

»Passen Sie auf meinen Jungen auf«, sagte sie zu dem Mann mit dem »Kids Club«-T-Shirt und steckte ihm zehn Euro zu.

»Sie können sich auf mich verlassen, Frau Schulz.«

Johanna hatte sich für einen kleinen Jeep entschieden, obwohl Robert gerne mit einem Cabrio die Insel erkundet hätte. Aber Johanna war eine Sicherheitsfanatikerin, das hatte sie von ihrem Vater geerbt. Die kleine Schachtel in Zigarettenpackungsgröße unter den Rücksitzen bemerkte keiner von beiden.

Oben auf der Bergkuppe war der Geländewagen verschwunden und tauchte jetzt auf der Zufahrtsstraße zum Hotel wieder auf. Der Fahrer stieg aus und stellte sich breitbeinig mitten auf die Straße. In der Hand hielt er ein Handy.

Robert startete den Motor und Johanna setzte ihre Sonnenbrille auf. In diesem Moment sah sie den Mann auf der Straße. Für einen kurzen Augenblick wurde sein lächelndes Gesicht von der Morgensonne erhellt, ehe es wieder im Schatten lag. Er winkte Johanna zu und hob das Handy.

Johanna erstarrte und fing dann an, laut zu schreien. Robert blickte irritiert zu ihr, wollte ihr den Arm um die Schultern legen, doch sie riss panikartig die Tür des Jeeps auf. Im selben Augenblick drückte der Mann auf einen Knopf seines Handys. Eine Explosion erschütterte das Hotel und mehrere Fensterscheiben gingen zu Bruch. Der Jeep war nur noch ein greller Feuerball, Johanna wurde aus dem Wagen geschleudert. Sie schlitterte über den Asphalt und zog eine breite Blutspur hinter sich her. Als sie ein letztes Mal auf dem Boden aufschlug und liegen blieb, war sie für einen Moment bei klarem Bewusstsein. Geschockt starrte sie an ihrem Körper herab nach unten, dorthin, wo ihr rechtes Bein gewesen war. Ein Mann kam langsam die Straße entlang und beugte sich über sie. Sein eisgrauer Schnurrbart zitterte leicht, als er zufrieden lächelte. Dann wurde sie ohnmächtig.

Johannas Sohn Arcun hatte von der Lobby aus alles beobachtet. Er versuchte zu schreien, brachte aber keinen Ton hervor. Der Mann mit dem »Kids Club«-T-Shirt fasste ihn an der Hand und sagte leise: »Ich bringe dich jetzt zu deinem Vater. Alles wird gut.«

1

Von der Terrasse der Penthouse-Wohnung hatte man einen Blick bis zum Brandenburger Tor. Früher waren an lauen Sommerabenden Stehtische und flexible Küchen auf die Terrasse gestellt worden, um die zahlreichen Gäste mit ausgesuchten Köstlichkeiten zu bewirten. Doch seit einigen Monaten wurde die Terrasse nicht mehr benutzt, da die Bewohnerin der Penthouse-Wohnung sich auf ihren dreihundert Quadratmetern verschanzte und nur noch per Computer mit der Außenwelt kommunizierte.

Heute jedoch machte sie eine Ausnahme, denn ein Staatssekretär des Auswärtigen Amtes hatte sich bei ihr eingefunden.

»Es läuft alles nach Plan mit unserer geheimen Operation, Frau Schulz«, sagte der Staatssekretär und lehnte sich in dem überdimensionierten Sofa zurück. Unauffällig ließ er seinen Blick durch das riesige Wohnzimmer schweifen und überlegte, dass die Wohnung ein Vermögen gekostet hatte. Er war ein wenig neidisch auf die Frau, die alleine in diesem Prachtbau residierte. Aber auf der anderen Seite hatte ihr das Schicksal übel

17

mitgespielt, deshalb wollte der Staatssekretär auch um nichts in der Welt mit ihr tauschen. Johanna Schulz wäre eine fünfunddreißigjährige blonde Schönheit gewesen, wenn sich die tiefen Falten um ihre Mundwinkel durch ein Lächeln geglättet hätten. Doch Johanna lächelte nie.

»Ja, mein Vater hat mich schon vor Wochen darüber informiert.« Johanna saß kerzengerade auf der Kante ihres filigranen Mies-van-der-Rohe-Stuhls und spielte mit den goldenen Ringen an ihren Fingern. Neben dem Stuhl aus Stahl und Leder lehnten zwei schwarze Krücken, die ebenfalls wie Designelemente wirkten, aber dazu dienten, Johanna das Gehen zu erleichtern, denn sie hatte ihr rechtes Bein verloren.

»Primär geht es um EU-Belange, aber der angenehme Nebeneffekt ist, dass Sie vielleicht Ihr Kind bald wieder in die Arme nehmen können.« Der Staatssekretär beugte sich vertraulich vor. »Ich persönlich finde es richtig, dass ein Kind bei seiner Mutter lebt. Keine Sorge, wir bringen Ihren Sohn heil aus der Türkei zurück.«

»Tun Sie doch nicht so, als würde Sie mein Schicksal interessieren«, antwortete Johanna, schluckte eine Tablette und nippte an ihrem Mineralwasser. Der Staatssekretär runzelte die Stirn, als er die Aufschrift auf dem Folienstreifen las, aus der sie sich gerade die Arzneikapsel gedrückt hatte.

»Sie nehmen Antidepressiva?«, fragte er erstaunt.

»Was glauben Sie denn? Man hat in meinem Auto eine Bombe gezündet. Mein Lebensgefährte ist verbrannt und ich habe ein Bein verloren. Mein Kind glaubt, dass ich bei dem Anschlag gestorben bin. Und der Mann, der das alles veranlasst hat, lächelt mir aus dem Internet entgegen und spielt sich als Wohltäter von ganz Anatolien auf.« Johanna hatte sich in Rage geredet und brach plötzlich in Schluchzen aus. Peinlich berührt holte der Parlamentarische Staatssekretär ein blütenweißes

Taschentuch aus der Brusttasche seines Sakkos und reichte es ihr.

»Man hat ihm den Anschlag nicht nachweisen können«, murmelte sie in das Taschentuch.

»Das tut mir leid«, meinte er halbherzig, doch Johanna winkte erbost ab und trocknete sich rasch ihre Tränen.

»Sparen Sie sich Ihr falsches Mitgefühl. Dass ich mein Kind vielleicht zurückbekomme, ist ja nur der emotionale Deckmantel der ganzen Aktion. Wenn etwas schiefgeht, dann heißt es wenigstens, alles diente nur dazu, einer Mutter ihr Kind zurückzubringen. Die wahren Beweggründe bleiben im Dunkeln verborgen.«

Der Staatssekretär verkniff sich eine Antwort. Natürlich hatte sie recht. Das Kind war nicht der Hauptgrund für die Operation. Aber das brauchte sie nicht zu interessieren. Wichtig war nur, dass er etwas davon hatte.

»Es bleibt bei unserer Vereinbarung?«

»Sicher. Mein Vater hat schon alles in die Wege geleitet. Sie machen einen ordentlichen Sprung auf der Karriereleiter. Darum geht es Ihnen doch?«

»Da täuschen Sie sich aber, Frau Schulz. Mir liegt das Wohl unseres Landes am Herzen. Und selbstverständlich auch das Ihres Sohnes«, fügte er schnell hinzu.

Worüber regte sich die Frau so auf, überlegte der Staatssekretär. Sie war von Geburt an privilegiert, lebte in einem Luxusapartment, das höchstwahrscheinlich mit Drogengeld ihres Mannes finanziert war, und verachtete ihn, weil er an seine Karriere dachte! Johanna Schulz hatte leicht reden, als Tochter eines ehemaligen Kanzlers, der alle Hebel in Bewegung gesetzt hatte, damit man seinen Enkel wieder nach Deutschland zurückholte.

2

»Es geht um Leben und Tod!« Juan nickte trotzig mit dem Kopf und knetete die Mütze mit seinen schwieligen Händen. »Wenn Sie uns nicht helfen, Señor David, dann wird in einem Monat das ganze Gelände plattgemacht. Sie haben versprochen, die Tötungsstation zu kaufen. Wenn nichts geschieht, werden über einhundert Hunde getötet.«

David Stein kniff die Augen zusammen und starrte hinaus in den Garten seiner Finca, wo seine beiden Hunde Sancho und Tiger gerade einträchtig ihre tägliche Ration Futter vertilgten.

»Ich weiß, dass alle Hunde getötet werden«, sagte er zu Juan. »Aber ich habe im Augenblick das Geld noch nicht zusammen.« Er dachte einen Augenblick nach. »An wen soll denn das Areal verkauft werden?«

»Ein reicher Russe hat die Beamten im Bauamt bestochen und der Bebauungsplan wurde daraufhin sofort geändert. Steht alles in einer amtlichen Verlautbarung, die ich durch Zufall in die Finger bekommen habe. Der Russe will die Tötungsstation natürlich abreißen und darauf ein Luxushotel bauen lassen. Man hat ja von dort oben auf dem Hügel einen fantastischen Blick auf Palma und das Meer. Er schert sich nicht um die armen Hunde, das weiß ich. Ich habe einen seiner Angestellten bei der Besichtigung gefragt, aber der hat mich nur ausgelacht.«

Juan ballte die Fäuste, als müsste er gleich einen imaginären Gegner zu Boden schlagen.

»Doch so leicht gebe ich nicht auf. Deshalb bin ich auch gleich zu Ihnen gekommen, Señor David. Sie besitzen doch das Vorkaufsrecht. Damit haben wir eine Chance.«

»Okay, okay, ich werde sehen, was ich machen kann.« David fuhr sich über seine streichholzkurzen blonden Haare und ging auf der Terrasse auf und ab. Es stimmte, er hatte vor einigen Monaten Juan versprochen, die Hundetötungsstation außerhalb von Palma de Mallorca zu kaufen und daraus ein Hundeasyl zu machen. Von dort hatte er auch seinen Hund Tiger bekommen, einen zerrupften kleinen Mischling, der auf drei Beinen durch das Leben humpelte und überaus intelligent war. Doch das war nicht alles. Tiger erinnerte ihn auf geradezu unheimliche Weise an den Hund seiner verstorbenen Frau Jane. Wenn es so etwas wie Seelenwanderung geben sollte, dann war Jane in Gestalt dieses dreibeinigen zerzausten Hundes zu ihm zurückgekehrt.

Als ehemaliger Agent einer geheimen Spezialeinheit des BND – des Bundesnachrichtendienstes –, die einfach »die Abteilung« genannt wurde, hatte David Stein für ein Honorar von einer Million Dollar einen allerletzten Auftrag übernommen. Mit dem Geld wollte er damals schon die Hundetötungsstation kaufen. Aber man hatte ihm das Geld gestohlen, denn er hatte sich wie ein Anfänger überrumpeln lassen.

Jetzt stand er also wieder ganz am Anfang. Doch David wollte nicht mehr zurück in das schattenhafte Leben eines Agenten, der außerhalb von Raum und Zeit agiert und ständig tötet, um nicht selbst getötet zu werden. Er wollte als Hundeflüsterer auf Mallorca leben und arbeiten. Ja, David hatte sich für Hunde entschieden, nachdem ihn die Menschen mehr als einmal enttäuscht hatten. Das war die eine Seite der

Medaille, doch auf der anderen Seite hatte er seinem Freund Juan ein Versprechen gegeben.

Juan war Arbeiter in der Tötungsstation »Parc Verde«, und da David bis vor Kurzem einmal wöchentlich bis zu fünf verängstigte Hunde aus ihren dunklen Käfigen geholt hatte, um sie an Hundeliebhaber zu vermitteln, war eine Freundschaft zwischen ihnen entstanden. Juan hasste die Arbeit in der Tötungsstation, aber Jobs waren derzeit auf der Insel dünn gesät und er musste eine Familie mit drei schulpflichtigen Kindern ernähren. Er hatte eben keine andere Wahl.

»Du brauchst dir keine Sorgen zu machen, Juan. Ich besorge das Geld.« David lächelte, als er das zufriedene Gesicht von Juan sah, und strich sich mit dem Daumennagel über die Narbe über seiner rechten Augenbraue. Die Narbe war ein Andenken an seinen Einsatz in Afghanistan. An den Tag, an dem der Stützpunkt seiner Spezialeinheit durch einen Terroranschlag in die Luft flog. Jedes Mal, wenn er in den Spiegel schaute, erinnerte ihn die Narbe an jenen Morgen und an seine Frau Jane. Ihr Lächeln war seine letzte Erinnerung an sie. Nur wenige Minuten später wurde sie von einer versteckten Bombe in Stücke gerissen. Auch Davids Frau war eine Agentin der »Abteilung« gewesen. Nach ihrem Tod war Davids Leben nicht mehr wie zuvor. Er hatte spontan seinen Dienst quittiert, um auf Mallorca als Hundeflüsterer zu arbeiten.

»Danke, Señor David, ich wusste, auf Sie ist Verlass.« Überschwänglich umarmte Juan ihn und klopfte ihm auf die Schultern. »Keine toten Hunde mehr.«

»Nein, keine Toten mehr.«

Doch David ahnte bereits, dass er nicht zur Ruhe kommen würde, dass es wieder Tote geben würde, wenn er einen Auftrag der »Abteilung« annahm. So war das immer in seinem Leben, der Tod war allgegenwärtig. Egal, ob es sich um Hunde oder um Menschen handelte. David hatte ständig mit dem Tod zu tun.

3

»Theo van Hell ist eingetroffen!«

Marius Müller, der Chef der »Abteilung«, flüsterte in sein Headset, als hätte er Angst, dass ihn jemand hören könnte. Doch außer seiner Assistentin Robyn war niemand in dem Büro der Bahnhofsbereitschaft. Nur auf mehreren Monitoren sah man die große Halle des Frankfurter Hauptbahnhofs aus allen möglichen Perspektiven. Müller war wie immer schwarz gekleidet und trug eine schwarze Brille. Auch sein exakt geschnittener Vollbart war pechschwarz. Auf den ersten Blick wirkte er wie ein arroganter Intellektueller – ein Image, das er auch pflegte. In Wirklichkeit aber hatte er sich vom einfachen Sachbearbeiter durch Abendschulen und Auslandsseminare bis in seine jetzige Position hochgekämpft. Anders seine Assistentin Robyn, die bereits mit vierundzwanzig Jahren zwei Doktortitel hatte und nur online kommunizieren konnte, da sie nicht imstande war, mit mehreren Personen gleichzeitig in einem Raum zu reden. Denn sie litt an einer ausgeprägten Verhaltensstörung und hatte darüber hinaus starke emotionale Defizite, die sie kühl und technokratisch wirken ließen. Doch auf dem Gebiet der Datenanalyse und Recherche war sie ein Genie.

»Was ist, wenn van Hell türmen will? Sollen wir dann zuschlagen?«

»Ihr beobachtet ihn nur weiter. Wir übernehmen van Hell, wenn er beim Ausgang angekommen ist«, flüsterte Müller in sein Mikro.

Die Personen, denen Müller seine Anweisungen gab, bildeten eine Spezialeinheit des Bundeskriminalamtes. Sie hatte sich schon seit Längerem auf die Spur von Theo van Hell gesetzt, einem der großen Drogenbosse der Frankfurter Unterwelt. Als van Hell verhaftet worden war, hatte sich Müller länger mit ihm unterhalten und ganz beiläufig erwähnt, dass van Hell als ehemaliger Fremdenlegionär staatenlos war und daher von Deutschland an Indonesien ausgeliefert werden konnte, wo ihn die Todesstrafe wegen Drogenhandel erwarten würde. Aber er konnte sein Leben retten und mit der »Abteilung« bei einer geheimen Operation mitwirken. Van Hell hatte eingewilligt. Gemeinsam mit einem Staatssekretär hatte man die Operation »Rote Wüstenblume« ins Leben gerufen.

Theo van Hell trug einen gut geschnittenen dunkelblauen Anzug und bewegte sich zielgerichtet auf die Schließfächer am hinteren Ende der Bahnhofshalle zu. Er war mittelgroß, breitschultrig und hatte kurzes blondes Haar. Eine auffällige Narbe teilte seine linke Augenbraue, ein Andenken an eine Auseinandersetzung mit einem seiner Geschäftspartner, wie er gerne sagte. Aber das stimmte so nicht. Doch zu diesem Zeitpunkt war diese Information nebensächlich.

Um alles so realistisch wie möglich zu inszenieren, hatte Müller ihn an der Grenze zu Holland in den Frühzug aus Amsterdam gesetzt, wo van Hell sich angeblich mit seinen internationalen Geschäftspartnern getroffen hatte. Das Thema dieser Besprechung war die Monopolisierung des Drogenhandels durch ein Kartell unter seinem Vorsitz gewesen. Jetzt war Theo van Hell auf dem Weg nach Istanbul, um seinen größten Deal einzufädeln.

Auf einem Monitor wurde ein neues Fenster geöffnet und ein dunkler Gang war zu sehen. Van Hells breiter Rücken tauchte auf und verschwand sofort wieder um die Ecke. Ohne Zweifel, er wollte unbemerkt aus dem Bahnhof heraus.

»Na, was habe ich gesagt: Dieser van Hell will türmen. Müller, ich finde, wir sollten uns den Kerl jetzt greifen«, drang die Stimme des Einsatzleiters angriffslustig aus den Lautsprechern.

»Nein. Auf keinen Fall ein Zugriff. Van Hell muss in unseren Wagen und dann zum Flughafen gebracht werden. Niemand darf von dieser Aktion etwas mitbekommen«, antwortete Müller hektisch und strich sich mit den Fingern nervös über seinen Bart.

»Chef, ich finde, der Einsatzleiter hat recht. Wir sollten van Hell jetzt in unser Taxi verfrachten. So schaffen wir es noch ohne größeres Aufsehen. Wenn er wieder in die Bahnhofshalle läuft, dann entwischt er uns oder das BKA greift ihn mit großem Getöse.«

»Scheiße!« Mehr brachte Müller nicht heraus, denn in diesem Augenblick hatte eine andere Kamera zwei Männer erfasst, die gerade auf eine Ecke des dunklen Korridors zuliefen. Auf einem zweiten Bildschirm sah man van Hell von der anderen Seite den Korridor entlanghasten. Es war nur noch eine Frage von wenigen Minuten, bis alle involvierten Personen aufeinandertreffen würden.

»Wer sind die beiden?«

Sekunden später waren die Gesichter der beiden Männer nebst Steckbriefen auf einem Monitor zu sehen.

»Es sind zwei Kleindealer, die wegen van Hell im Gefängnis waren. Er hat der Polizei einen Tipp gegeben, damit man ihn selbst in Ruhe lässt. Wahrscheinlich wollen sich die beiden jetzt an van Hell rächen.«

»Können wir sie nicht verhaften?«, fragte Müller genervt und starrte auf den Monitor.

»Chef, das erregt Aufsehen. Wir sollen uns im Hintergrund halten.«

»Okay, dann schicken Sie schleunigst einen Agenten zu van Hell, damit er ihn nach draußen bringt.«

»Wo bleibt unser Agent?«, zischte Müller und starrte gebannt auf die Bilder der Überwachungskameras. Der Gang war leer bis auf van Hell und die beiden Dealer, die zielstrebig aufeinander zugingen.

»Ist bereits unterwegs«, informierte ihn Robyn.

Plötzlich knackte es in den Lautsprechern. Sekunden später waren alle Bildschirme schwarz und aus den Lautsprechern drang nur ein gleichförmiges Rauschen.

»Verdammt. Was ist hier los?«, fluchte Müller und drückte mehrere Tasten, doch nichts passierte. »Robyn, so tun Sie doch etwas!«

»Ich habe ein unscharfes Bild auf meinem Tablet, Chef. Kommen Sie.«

»Wo ist van Hell?«

»Moment, ich muss erst die Kamera wieder aktivieren«, sagte Robyn und versuchte, sich über eine andere Überwachungskamera einen Überblick zu verschaffen.

»Oh, van Hell liegt leblos am Boden. Ich will Sie nicht beunruhigen, aber er sieht aus, als wäre er tot.«

»Er ist tot«, stammelte Müller fassungslos und starrte auf Robyn. »Wie konnte das denn passieren?«

Plötzlich flammten die Monitore wieder auf und der Bahnhofslärm drang erneut aus den Lautsprechern.

»Chef, van Hell ist durch einen Kopfschuss gestorben.« Robyn war jetzt mit dem Einsatzleiter des BKA verbunden und schaltete ihn auf einen Bildschirm.

»Kopfschuss?«, stammelte Müller. »Wieso Kopfschuss?«

»Wir haben das eben auf unsere Art erledigt!« Ein schwarzer Helm mit dunklem Visier war auf dem Monitor zu sehen. Der BKA-Mann klappte das Visier seines schwarzen Helms hoch und lächelte. »Haben gerade noch verhindert, dass uns der Typ nicht durch die Lappen geht«, sagte er noch und hielt seinen Daumen in die Höhe.

»Wieso erschießen Sie van Hell? Weshalb haben Sie ihn nicht kampfunfähig gemacht?«, fragte Müller tonlos.

»Hey, Müller, nun mal langsam. Van Hell hat gerade zwei Männer getötet. Das waren zwar auch keine Unschuldslämmer, sondern Kleindealer, aber trotzdem. Van Hell hatte seine Waffe im Anschlag. Es war eindeutig Gefahr im Verzug. Da musste ich schießen.«

»Aber er sollte doch in unseren sicheren Wagen gebracht werden.«

»Jetzt kommt er eben in einen sicheren Sarg!«

4

ARTÀ, MALLORCA

Ruth Mayer stellte ihr mattschwarzes Carbon-Mountainbike an die Hausmauer eines kleinen Stadthauses in einer ruhigen Seitenstraße von Artà. Sie war klein und zart, aber durchtrainiert, das konnte man in dem eng anliegenden Biker-Trikot deutlich erkennen. Ohne den schwarzen Fahrradhelm abzunehmen, öffnete sie zielstrebig eine schmale Holztür und hastete die steile Treppe nach oben, wo sie eine dunkle Wohnung betrat.

Alles in der Wohnung sah aus, als würde die Bewohnerin jeden Moment zurückkehren. Aber das war nicht der Fall. Die Person, die in dieser Wohnung gelebt hatte, würde nicht mehr zurückkehren. Die Frau, die einmal hier gelebt hatte, war verschwunden. Deshalb war sie auch in diese Wohnung eingedrungen, um Indizien oder Spuren zu finden. Vielleicht einen Hinweis darauf, wo sich die Frau aufhalten könnte.

Die Möbel waren mit einer dünnen Staubschicht überzogen und die Luft roch abgestanden und muffig. Es war unerträglich heiß in der Wohnung, trotzdem öffnete Ruth kein Fenster. Obwohl ihr der Schweiß den Rücken herunterrann, widerstand sie dem Verlangen, sich unter die eiskalte Dusche zu stellen. Nur keine unnötigen Spuren hinterlassen. Systematisch durchsuchte sie die Wohnung, öffnete Schränke und Truhen, schüttelte den Inhalt von Taschen auf den Boden, konnte aber nicht den kleinsten Hinweis finden. Mit zusammengekniffenen Augen stand sie in der Tür, die in den großen Wohnraum führte. Dann teilte sie in Gedanken das Zimmer in kleine Rechtecke auf, die sie methodisch absuchte. Sie erkannte einige Poster an den Wänden, ein Foto mit bunten Häusern, ein anderes, auf dem die Frau gemeinsam mit einem blonden Mann zu sehen war. Als sie dieses Bild sah, musste Ruth lächeln. Dieser Mann war ihr nächstes Ziel, doch im Moment hatte diese Suche höchste Priorität. An einer Vase mit vertrockneten Blumen lehnte eine abgegriffene Postkarte. Gedankenverloren griff Ruth danach, versuchte, den Text zu lesen, aber sie verstand die Sprache nicht. Das Bild auf der Vorderseite der Karte kannte Ruth von früheren Einsätzen. Es war zwar nur ein vager Hinweis, aber immerhin eine erste Spur.

Zufrieden verließ sie die Wohnung, schwang sich auf ihr Mountainbike und fuhr die steile Straße hinunter zu dem Haus, in dem sie ein Zimmer bewohnte.

»*Hola*, Ruth, *qué tal?* Wie geht es dir?«, grüßte sie ein junger Mann auf der Straße, und sie lächelte ihn freundlich an. Für die Menschen in Artà war sie noch immer Ruth Mayer, eine hübsche, aber etwas verbummelte deutsche Studentin von dreißig Jahren, die in einer Tapasbar gejobbt hatte. So sollte es auch noch einige Zeit bleiben. Als sie in ihrem Zimmer war, stellte sie sich endlich unter die Dusche und genoss den eiskalten Wasserstrahl auf ihrer nackten Haut. Erfrischt schlüpfte sie dann in abgeschnittene Jeans und eine weiße Bluse. Ihre schwarzen Haare band sie zu einem Pferdeschwanz, versteckte sie unter einem indischen Tuch. Als Ruth Mayer war sie immer blond gewesen.

»Hallo, Ruth«, sagte sie in den Spiegel, und ein hübsches Gesicht mit olivfarbenem Teint, dunklen Augen und einer aristokratischen Hakennase lächelte ihr entgegen. »Bist du endlich aus dem Urlaub zurückgekehrt. Wo warst du denn? In Indien, in Goa? Wirst du jetzt wieder in der Tapasbar arbeiten?«

»Nein, das glaube ich nicht«, antwortete Ruth ihrem Spiegelbild und legte sich vor dem großen Kleiderschrank auf den Steinboden. Mit ihrer ausgestreckten Hand griff sie unter dessen Abschlussleiste, riss ein mit Isolierband am Schrankboden befestigtes Paket ab und setzte sich damit an den Tisch. Vorsichtig öffnete sie die Schachtel. Der große Trommelrevolver glänzte, und als sie die Trommel drehte, gab die Waffe ein sirrendes Geräusch von sich. Sie griff nach den Patronen, die sich ebenfalls in dem Paket befunden hatten, und lud die Waffe. Die restlichen Patronen stopfte sie sich in die Taschen ihrer Shorts. Den Revolver steckte sie hinten in den Bund ihrer Jeans. Als sie das Metall auf ihrer Haut spürte, hielt sie den Atem an. Sie fixierte ein imaginäres Ziel an der Wand gegenüber und zog in atemberaubender Schnelligkeit ihren Revolver.

»Peng! Ich bin also noch nicht aus der Übung!« Zufrieden ließ sie den Revolver sinken. Das Gewicht der Waffe beruhigte sie, gab ihr die Sicherheit, auf jede unvorhergesehene Situation vorbereitet zu sein. Während sie den Revolver in ihrem Rucksack verstaute, summte sie ein altes libanesisches Volkslied, das vom Tod handelte. Merkwürdig, überlegte sie. In letzter Zeit musste sie immer an den Libanon denken. Was hatte das zu bedeuten? Doch sie wollte nicht über die Bedeutung des Liedes nachdenken, sondern schwang sich wieder auf ihr Mountainbike. Immer in Bewegung bleiben, niemals stehen bleiben, das war ihr Leitspruch. Nie stehen bleiben und zurückblicken. Wer zurückblickt, stirbt einen langsamen Tod voller schmerzlicher Erinnerungen.

Wie immer nahm sie die Umgehungsstraße, radelte an der imposanten Burg von Artà vorbei auf die bewaldeten Hügel zu. An einem schmalen Feldweg bog sie ab und bremste. Sie setzte sich an den Wegrand und stützte ihren Kopf in die Hände. Wie sollte sie weiter verfahren? Automatisch war sie in den unbefestigten Schotterweg eingebogen, der zu der Finca führte, die dem blonden Mann von dem Foto gehörte. Von ihrem Standort aus konnte sie die Finca nicht sehen, wohl aber die alte halb verfallene Scheune auf seinem Grund. Sie musste strategisch handeln. Allein war die Suche nach dieser Frau beinahe aussichtslos, das wusste sie. Aber auch der blonde Mann würde die verschwundene Frau suchen wollen. Also konnten sie gemeinsam vorgehen. Doch das hörte sich einfacher an, als es tatsächlich war. Im Grunde war es völlig unmöglich.

Ruth und der blonde Mann standen eben auf verschiedenen Seiten. Denn schon mehrmals hatte sie versucht, ihn zu töten.

5

ARTÀ, MALLORCA

Warum nur konnte David seine Vergangenheit nicht einfach abwerfen wie eine Schlange ihre Haut? Wieso musste er sofort wieder an diese Schattenwelt der Agenten aus Lüge und Betrug denken, als Juan ihn besucht hatte? Aber wie sonst sollte er das Geld für die Anzahlung aufbringen, wenn nicht mit einem Auftrag für eine Organisation, die es offiziell nicht gab.

Doch David wusste natürlich, dass es nicht einfach war, mit der »Abteilung« Kontakt aufzunehmen. Es lief immer umgekehrt. Die »Abteilung« trat mit ihm in Verbindung, wenn sie sein Know-how benötigten.

Als er wieder zurück auf seine Terrasse ging und nachdenklich hinunter auf Artà blickte, sah er bei der Abzweigung zu seiner Finca eine Mountainbikerin auf dem staubigen Boden sitzen. Er kniff die Augen zusammen, konnte sie aber in der flirrenden Hitze nicht genau erkennen. Achselzuckend ging er zurück in seine Finca und setzte sich auf das Sofa. Aber er konnte keine Ruhe finden; immer wieder musste er an Juan und seinen traurigen Blick denken. Juan, der alle seine Hoffnungen auf ihn setzte, der fest daran glaubte, dass David das erforderliche Geld zur Rettung der Hunde auftreiben würde.

Plötzlich piepste sein Handy. Stirnrunzelnd ging er zu seinem Schreibtisch, nahm das Handy und blickte auf das Display. Er hatte eine E-Mail mit einem Anhang bekommen. Unwillkürlich musste David lächeln. War das ein bloßer Zufall oder Gedankenübertragung? Einerlei, die Mail kam von der »Abteilung«. Mit einer Spezial-App öffnete er die Mail und las stirnrunzelnd den Text, der aus vier dürren Worten bestand: »Infos über Erkan Günel.«

Der Anhang war ein Videofile, das automatisch startete, als David es anklickte. Es zeigte einen Mann ungefähr Mitte fünfzig, mit exaktem Haarschnitt, dunklen Augen und einem eisgrauen Schnurrbart, der auf einem Empfang Hände schüttelte. Unschwer war zu erkennen, dass es sich um einen Türken handelte, denn an der Wand hing ein großes Gemälde von Kemal Atatürk, dem Gründer der modernen Türkei. Die Kamera schwenkte auf einen hochgewachsenen Mann, der auf seinem rechten Handrücken einen Halbmond tätowiert hatte. Dieser Mann hielt sich im Hintergrund, während der ältere Türke mit den anwesenden Politikern und Militärs plauderte. Schnitt. Die nächste Sequenz zeigte ein weitläufiges Gelände mit fabrikähnlichen Gebäuden und ausgedehnten Feldern am Rande eines Gebirgsmassivs. Das Areal war mit einem hohen Stacheldrahtzaun umgeben, hinter dem bewaffnete, paramilitärisch gekleidete Männer auf und ab patrouillierten. Auf den ersten Blick wirkte das Gelände wie eine riesige überdimensionierte Gartenanlage mit einem wogenden Meer von roten Blüten und Tausenden von grünen Kapseln. Schnitt. In der letzten Sequenz war ein ungefähr sechs Jahre alter Junge zu sehen, der mit dem Daumen im Mund auf dem Boden hockte und an die Wand starrte. Ein Hundewelpe tapste auf ihn zu, doch der Junge reagierte nur zögernd.

Als das Video zu Ende war, runzelte David irritiert die Stirn. Was hatte das alles zu bedeuten? Und wer war Erkan Günel? Aber das würde sich herausfinden lassen.

Doch er kam nicht mehr dazu, sein Notebook zu starten, denn plötzlich begannen seine Hunde Sancho und Tiger wie verrückt zu bellen. David klappte seinen Laptop zu und griff unter den großen Holztisch auf seiner Terrasse. Er zog eine Pistole mit abgefeilter Seriennummer aus einer Halterung unter der Tischplatte hervor und entsicherte sie. Seine Hunde bellten noch immer und Tiger humpelte kläffend nach hinten zu der verfallenen Scheune. David ging langsam die Stufen von der Terrasse in den Garten hinunter und weiter zu dem Hundezwinger.

»Was irritiert euch so? Tiger, hier«, flüsterte David, und Tiger hopste sofort zurück zu David, hörte aber nicht mit dem Bellen auf. Sancho, der Podenco, wagte sich nicht aus dem Zwinger, sondern stand bellend vor seinem Steinhäuschen.

David machte mit seiner flachen Hand eine Geste, die wirkte, als würde er die Landschaft horizontal durchschneiden. Als seine Hunde diese Handbewegung sahen, hörten sie sofort auf zu bellen. Eine bedrückende Stille senkte sich über die Finca, die Luft kochte in der Mittagshitze und kein Windhauch bewegte Bäume und Sträucher. Ein Stück hinter dem Zwinger, am Ende des Grundstücks befand sich die verfallene Scheune, die Tiger angebellt hatte. David war noch nicht dazu gekommen, sie zu renovieren, deshalb hatte sich die Natur Stück für Stück zurückerobert und zwischen den steinernen Mauern schlängelten sich Dornenranken.

Von dort waren jetzt auch leise Geräusche zu vernehmen, die Davids Hunde so irritiert hatten. Die Geräusche klangen wie schnelle Schritte, die sich leichtfüßig über den Steinboden der Ruine bewegten. David hielt den Atem an und hob seine Glock. Kein Zweifel, jemand war in die Ruine eingedrungen. Vorsichtig bahnte sich David einen Weg durch das Gestrüpp und vermied es, auf dem ausgetretenen Pfad zu der Scheune zu gehen. Er nahm stattdessen einen Weg hinter dem Hundezwinger vorbei, um von der Rückseite an das Gebäude zu gelangen. Dort war auch die hohe Steinmauer, die das Gelände umschloss. Über diese Mauer musste der Eindringling geklettert sein, um unbemerkt in die Ruine zu gelangen.

Als David die hintere Wand der Scheune erreicht hatte, öffnete er leise die verrottete Holztür. Zunächst konnte er in der Dunkelheit nichts erkennen. Doch langsam gewöhnten sich seine Augen an die Dunkelheit und er sah einen schattenhaften Umriss, der vor dem ehemaligen Ziegenstall kauerte. In dem diffusen Licht war es nicht ganz klar, ob es ein Mann oder eine Frau war. Aber es war in jedem Fall ein Mensch, und es war jemand, der nicht wollte, dass man ihn entdeckte.

Die Gestalt huschte aus dem Ziegenstall und kroch in der Hocke über den Steinboden im hinteren Teil der Scheune. Dort waren das Dach und Teile der Wand eingestürzt und die Bodenplatten hatte man für eine Steinmauer verwendet. Hier war die Erde nachlässig zu einem Erdhaufen aufgetürmt worden. David hatte nicht weiter darauf geachtet, aber jetzt sah er, dass die Person mit einem Ast in dem Erdhaufen umherstocherte.

Vorsichtig schob er sich mit entsicherter Pistole durch die Tür. Ein Mauervorsprung verstellte ihm für den Bruchteil einer Sekunde die Sicht. Als er wieder auf den Erdhaufen sehen konnte, war die Gestalt verschwunden. David hob seine Waffe und spürte, dass sich seine Nackenhaare sträubten. Wo war der Eindringling bloß abgeblieben?

Während er blitzschnell alle möglichen Verstecke in der Scheune durchging, hörte er ein Geräusch von dem angeschwärzten Dachbalken über sich. Draußen begannen die Hunde plötzlich wieder zu bellen, was ihn zusätzlich irritierte. Angespannt riss er seine Pistole hoch und starrte hinauf in die

Finsternis. Einzelne Sonnenstrahlen schickten ihre Lichtspuren durch die zerborstenen Dachschindeln hinunter in die Dunkelheit. Doch oben auf den morschen Dachbalken konnte er nichts Ungewöhnliches erkennen.

Verdammt, ein Ablenkungsmanöver, wurde ihm plötzlich klar. Er hatte einen Fehler gemacht. Doch noch ehe er einen weiteren Gedanken fassen konnte, spürte er bereits den kühlen Lauf eines Revolvers in seinem Nacken und hörte das trockene Knacken, als der Hahn gespannt wurde.

6

Erzurum, Türkei

Zwei schwarze Limousinen stoppten mit quietschenden Reifen vor dem Hospital Atatürk im Neubauviertel der ostanatolischen Stadt Erzurum. Ostanatolien war der westlichste Ausläufer des »Goldenen Halbmonds«, wie das Opiumanbaugebiet genannt wurde, das sich von hier über den Irak und Afghanistan bis nach Pakistan erstreckte. Die Türen des ersten Wagens öffneten sich. Zwei Männer und ein kleiner Junge stiegen aus.

»Sind alle auf mein Erscheinen vorbereitet?«, fragte Erkan Günel und steckte seine schwarze Sonnenbrille in die Brusttasche seines maßgeschneiderten hellen Anzugs, während er mit gemessenen Schritten die breite Treppe zum Haupteingang nach oben ging. »Wir halten das hier kurz, denn ich will dann endlich mit meiner Familie in Ruhe feiern.«

Bei diesen Worten zog Erkan seinen Neffen Sonny Günel am Arm ein wenig zur Seite. »Hast du nicht auch vor, bald eine Familie zu gründen, Sonny?«, fragte er wie so oft seinen Neffen.

»Ich genieße das Leben, Onkel«, gab Sonny ausweichend zur Antwort. Erkan musterte ihn von der Seite. Es war immer das Gleiche mit Sonny. Er wollte sich nie festlegen.

»Die Familie gibt dir Sicherheit und Geborgenheit, Sonny. Sieh mich an. Was wäre ich ohne meine Familie.« Erkan breitete die Arme aus und lächelte seinem Sohn zu, der ein wenig abseits stand und an seinem Daumen lutschte. »Er ist mein Fleisch und Blut. Eines Tages wird er in meine Fußstapfen treten.« Er ignorierte, dass sein Sohn zusammenzuckte, als er ihm sanft über die Haare strich. »Ein Mann ohne Familie ist weniger wert als der Dreck unter den Schuhsohlen. Merk dir meine Worte, Sonny.«

»Onkel, dort hinten. Der Direktor kommt«, unterbrach ihn Sonny und deutete auf eine Tür im hinteren Teil des Foyers, durch die gerade der Direktor des Hospitals mit zerzaustem Vollbart und wehendem Mantel auf sie zukam.

»Erkan Günel!«, rief der Direktor schon von Weitem. »Es ist mir eine Freude, Sie hier bei mir begrüßen zu dürfen!« Er packte die Hände von Erkan und küsste sie ehrerbietig. »Welch eine Ehre, welch eine Ehre«, betonte er überschwänglich immer und immer wieder. »Ich weiß es sehr zu schätzen, dass ein so viel beschäftigter Mann wie Sie sich die Zeit nimmt und persönlich hier erscheint. Ich weiß es sehr zu schätzen.«

»Auch ich freue mich, hier in Ihrem Haus zu Gast sein zu dürfen«, erwiderte Erkan höflich und schnippte mit den Fingern nach Sonny, der ihm eine kleine, hübsch verpackte Schachtel reichte. »Erlauben Sie mir, Ihnen als Zeichen meiner Ehrerbietung ein kleines Geschenk zu überreichen.« Mit diesen Worten reichte Erkan dem Direktor das Päckchen.

»Das wäre aber nicht nötig gewesen, Erkan Günel.« Vorsichtig strich der Direktor über das rote Seidenpapier, mit dem die Schachtel eingeschlagen war. »Wiener Sachertorte«, las er die Worte auf der Schleife. »Ist das diese berühmte Torte?«

»Es ist eine original Sachertorte. Ich habe sie von meinem Neffen Sonny direkt aus Wien erhalten.« Erkan nickte zufrieden und schob seinen Sohn nach vorne. »Übrigens, Arcun, mein Sohn, feiert heute seinen sechsten Geburtstag.«

Der Junge hatte bisher noch kein Wort gesagt, sondern stand – eingezwängt in einen schwarzen Anzug – daumenlutschend und stumm zwischen den beiden Männern.

»Was für ein hübscher Junge«, machte der Direktor Erkan auch sofort ein Kompliment. »Man sieht bereits den unbeugsamen Willen in seinen Augen. Du wirst wie dein Vater, stimmt's?«

Wieder zeigte der Junge keine Regung, blieb stumm wie ein Fisch und blickte nicht auf.

»Deshalb habe ich ihm ja auch den Namen Arcun gegeben. Das bedeutet ›der Saubere, der Reine, der Weiße‹.«

»Was für eine schöne Bedeutung doch dieser Name hat. Sie sind ein gelehrter Mann, Erkan Günel. Was sagen übrigens die Spezialisten?«, fragte der Direktor interessiert und deutete auf den Jungen.

»Nicht heute«, antwortete Erkan mit schneidender Stimme. »Heute ist ein Freudentag für die Familie.«

»Natürlich, Erkan Günel, natürlich. Verzeihen Sie mein Fehlverhalten. Ich entschuldige mich in aller Form.«

Erkan nickte gnädig und winkte seinem Neffen Sonny.

»Sind alle bereit?«, fragte Sonny nach einem Blick auf seine mit Brillanten verzierte Rolexarmbanduhr.

»Selbstverständlich, Erkan Günel, selbstverständlich.« Der Direktor verbeugte sich tief, und Erkan entging nicht, dass seine Hände zitterten. »Alle Angestellten des Hospitals sind versammelt, um den großen Förderer unserer Klinik zu preisen.«

Der Direktor machte eine auffordernde Handbewegung und alle schritten durch das Foyer auf eine große doppelflügelige Tür zu, die sich automatisch öffnete. Dahinter lag ein weitläufiger Speisesaal mit einer gläsernen Fensterfront, die hinaus in einen üppig wuchernden Garten führte. Tische und Stühle hatte man zur Seite geschoben, um Platz für das Personal der Klinik zu machen, das sich bereits versammelt hatte.

Nach einem weiteren Blick auf seine Uhr gab Sonny seinem Onkel ein Zeichen, und dieser stieg auf ein kleines Podium. Während er seinen Blick über die anwesenden Ärzte, Schwestern und Pfleger schweifen ließ, legte er seine Hände schwer auf die Schultern seines Sohnes Arcun, der vor ihm stand. Sonny, der sich ein wenig abseits hielt, signalisierte ihm mit den Augen, dass es Zeit war, mit seiner Rede anzufangen.

»Mein Sohn feiert heute seinen sechsten Geburtstag. Ich will diesen Freudentag zum Anlass nehmen, um auch Ihnen eine Freude zu bereiten und Sie an meinem Glück teilhaben zu lassen. Deshalb habe ich beschlossen, dieses Krankenhaus, das sich um die Gesundheit meiner Arbeiter kümmert, mit einer besonderen Spende zu beschenken.«

Vereinzelter Applaus brandete auf, der jedoch sofort wieder verebbte, als Erkan weiterredete.

»Die Aufgabe dieses Krankenhauses ist es, für meine Arbeiter zu sorgen, wenn sie einmal krank sind. Warum ich das mache?«, fragte er und blickte wieder auf die großzügig beschriebenen Zettel, die ihm sein PR-Berater zusammengestellt hatte. »Weil wir alle eine große Familie sind«, gab er dann auch gleich die Antwort. »Wir sind eine Familie von Jung und Alt. Niemand aus dieser Familie muss auf die beste medizinische Versorgung verzichten, wenn es nötig ist. Und das auch kostenlos.«

Jetzt wurde heftig geklatscht und einzelne Bravorufe waren zu vernehmen. Erkan lächelte in die Menge und breitete die Arme aus. »Wir sind eine starke Nation und eine starke Familie.«

In diesem Sinn ging die Rede weiter, immer wieder wurde die Einheit der Familie beschworen, und als am Schluss der Spendenscheck über einhunderttausend Dollar feierlich an den Chefarzt und Leiter der Klinik überreicht wurde, kannte der Jubel keine Grenzen mehr. Glücklich mischte sich Erkan unter die Ärzte, klopfte auf Schultern, schüttelte Hände und ließ sich feiern.

»Kann ich Sie kurz sprechen, verehrter Erkan Günel?« Der Mann, der ihm freundlich auf die Schulter getippt hatte, war vielleicht Mitte dreißig und trug einen fleckigen Arztkittel. Seine Augen hinter der starken randlosen Brille wirkten unnatürlich groß.

»Wir sind ziemlich in Eile. Mein Onkel hat heute noch viele Verpflichtungen«, antwortete Sonny und versuchte, den jungen Arzt abzudrängen. Doch dieser blieb beharrlich stehen und ließ sich auch durch Sonnys bestimmte Art nicht einschüchtern.

»Mein Name ist Tarik. Ich bin Arzt auf der Intensivstation. Es beansprucht nur wenig Ihrer kostbaren Zeit. Ich verspreche es Ihnen, geschätzter Erkan Günel«, sagte Tarik unterwürfig.

»Na gut«, seufzte Erkan und ließ sich von Tarik durch eine Tür führen. Plötzlich war der Lärm aus dem großen Speisesaal wie ausgeblendet und eine unangenehme Stille umgab sie.

»Was möchten Sie mir sagen, Tarik?«

»Wir haben hier einen Patienten aus einer Ihrer Fabriken an der Grenze. Es geht ihm sehr schlecht.«

»Los, reden Sie schon«, forderte ihn Sonny zur Eile auf. »Mein Onkel, der große Erkan Günel, hat eine Menge zu tun. Wie oft muss ich das noch sagen?«

»Lass gut sein, Sonny. Wir haben immer ein offenes Ohr für die Mitglieder unserer Familie.«

»Danke, zu liebenswürdig, Erkan Günel.« Tarik machte eine angedeutete Verbeugung. »Es ist ein junger Mann. Ich fand ihn heute Morgen auf den Stufen unseres Hospitals mit schweren Verletzungen.«

»Wie schrecklich. Wurde er Opfer eines Überfalles? Soll ich meinen Einfluss geltend machen?« Erkan setzte seinen mitfühlenden Blick auf.

»Der Mann redet völlig wirres Zeug. Er sagt, er sei aus einer Halle geflüchtet, in der Opium weiterverarbeitet wird. Aufseher in paramilitärischen Uniformen hätten ihn verfolgt und angeschossen. Er sei im letzten Augenblick durch eine Lücke im Zaun entkommen.«

»Das ist in der Tat wirres Zeug.« Erkan schüttelte den Kopf, doch Sonnys Miene verfinsterte sich und er begann, nervös mit seinem Fuß zu wippen. »Wo soll denn diese Halle sein?«

»Direkt an der Grenze, Erkan Günel.« Die Stimme des Arztes wurde immer leiser und er blickte sich vorsichtig nach allen Seiten um. »Der Mann sagte, dort werde Heroin in unvorstellbaren Mengen hergestellt.«

»Ein Schwerverletzter mit blühender Fantasie, Tarik. Lassen Sie sich doch davon nicht beunruhigen.« Gönnerhaft klopfte ihm Erkan auf die Schulter. »Warum nur erzählt der Mann diese Märchen aus Tausendundeiner Nacht?«

»Ich weiß, warum. Ich habe das in seinem Schuh gefunden.«

Tarik hielt Erkan eine laminierte Karte entgegen, die dieser, ohne einen Blick darauf zu werfen, sofort an Sonny weiterreichte.

»Ein Journalistenausweis? Der Mann ist Journalist?«, zischte Sonny und wedelte mit dem Ausweis durch die Luft. »Wo ist die Intensivstation?«

7

Artà, Mallorca

David spürte die Mündung des Revolvers in seinem Nacken und wartete nur darauf, dass ihm eine Kugel das Hirn aus dem Schädel pustete. Für einen kurzen Moment bildete er sich ein, das Lachen seiner Frau Jane zu hören, aber das war nicht möglich, denn Jane war schon lange tot. Vielleicht aber war es eine Aufforderung, endlich wieder mit ihr vereint zu sein?

Doch jetzt musste er sich auf die Situation konzentrieren. Wer war dieser Unbekannte, der sich so lautlos fortbewegen konnte und ihm kaltblütig eine Falle gestellt hatte?

»Leg deine Pistole langsam auf den Boden, David Stein! Dann hebst du deine Arme und drehst dich langsam um!«

Es war die Stimme einer Frau, die Deutsch mit einem unbestimmten Akzent sprach. David öffnete seine Hand und mit einem dumpfen Knall fiel seine Waffe auf den Steinboden. Langsam drehte er sich um. Eine Frau, die ein buntes Tuch um den Kopf gewickelt hatte, stand breitbeinig vor ihm und hielt einen Revolver im Anschlag. Mit ihren großen dunklen Augen fixierte sie David. Keiner von beiden sprach ein Wort. Überrascht starrte David auf die Frau. In seinem Kopf liefen Szenen wie in einem Film ab.

Er sah sich in einem Hinterhof in Saint-Tropez. Genau diese Frau stand auf einer Steinbrüstung und zielte mit ihrem Revolver auf ihn – so wie jetzt. Nur eine tollkühne Aktion hatte ihm damals das Leben gerettet. Er hatte seinen Auftrag ausgeführt und diese Frau vergessen. Doch dann war sie plötzlich wieder in seinem Leben aufgetaucht. In Marrakesch hatten sich ihre Wege erneut gekreuzt. Wie ein Schatten war sie ihm gefolgt. Doch in Marrakesch hatte sie ihre Rolle getauscht. Dort war sie nicht mehr seine Verfolgerin, sondern sein Schatten gewesen.

Wie damals in Saint-Tropez trug sie auch jetzt kurze, abgeschnittene Jeans und eine weiße indische Bluse. Sie wirkte wie eine zarte und attraktive Studentin mit einer viel zu großen Waffe in den Händen. Doch dieser Eindruck täuschte. Denn sie war alles andere als zart und verletzlich. Sie war durchtrainiert und konnte mit dem Revolver umgehen. Sie hatte auch keine Skrupel abzudrücken und ihn zu töten. Sie war eine archaische Rachegöttin.

David kannte diese Frau nur zu gut. Er hatte ihr Gesicht schon Dutzende Male auf den Monitoren der »Abteilung« gesehen, mit dem Vermerk »gefährlich« oder »bewaffnet« und immer im Zusammenhang mit präzise durchgeführten Morden. Sie war eine Frau, die ihre Jobs emotionslos erledigte, und sie war eine der Besten in ihrem Metier.

»Leyla Khan, die Profikillerin!« Mehr sagte David nicht, und bei der Nennung ihres Namens glaubte er, den Anflug eines Lächelns auf ihrem Gesicht erkannt zu haben. »Kreuzen sich unsere Wege schon wieder?«

»Du bist aus der Übung, David Stein«, antwortete Leyla, ohne auf Davids Bemerkung einzugehen. »Du hast das Ablenkungsmanöver nicht erkannt. Ich brauchte nur ein paar Steine auf den Dachbalken zu werfen und schon warst du abgelenkt. Es war eine ganz simple Falle.«

»Weshalb bist du hier?« David hielt noch immer die Hände in die Höhe gestreckt, überlegte aber gleichzeitig, wie er Leyla überwältigen könnte. »Warum verfolgst du mich?«

»Es geht nicht um dich, David Stein.« Leylas Augen blitzten auf. »Ich suche Hinweise, wo sich deine verschwundene Freundin aufhalten könnte.«

»Ausgerechnet hier bei mir?« Ungläubig schüttelte David den Kopf. »Ich habe selbst keine Ahnung, wo sie sein könnte. Glaub mir, ich habe alles Menschenmögliche unternommen, um sie zu finden.«

»Du bist also auch noch immer hinter ihr her?«, konstatierte Leyla mit einer zufriedenen Miene.

»Aber aus anderen Gründen als du! Sie hat mir das Einzige genommen, was mir etwas bedeutet hat.« David blickte an Leyla vorbei ins Leere und erinnerte sich wieder an den Ring, den ihm seine damalige Freundin von dem Lederband gerissen hatte, das er um den Hals trug. Sie hatte den Ring mit ihrer Hand umklammert und wütend die Fäuste geballt. »Jane siehst du nie wieder!«, hatte sie gezischt und war im Gewühl im Berliner Bahnhof Zoo verschwunden. Mit dem Ring, der als einziges intaktes Zeichen von Jane übrig geblieben war, als die Bombe sie zerfetzte. Diesen Ring wollte er wieder zurückhaben, alles andere war ihm gleichgültig.

»Also hast du ein Motiv, David Stein. Das ist gut so! Du wirst mir dabei helfen, den Aufenthaltsort deiner Freundin zu finden.«

»Ich denke nicht, dass wir gemeinsame Sache machen werden, Leyla.«

»Du bist nicht in der Position, meine Vorschläge abzulehnen. Vergiss das nicht.« Leylas Augen blitzten. Mit einer wütenden Handbewegung riss sie sich das bunte Tuch vom Kopf und schüttelte ihre dunklen Haare. »Ich kann dich erschießen, wenn ich will!«

»Trotzdem habe ich keine Ahnung, wo sie sein kann.«

»Ja, ja, das weiß ich. Sie ist wie vom Erdboden verschwunden. Nicht der geringste Anhaltspunkt, wo sie sich versteckt haben könnte.« Leyla machte eine Pause und senkte die Pistole, um ein wenig nachzudenken. War das die Gelegenheit, auf die David gewartet hatte? Wurde sie unachtsam und er konnte sie überrumpeln? Er brauchte sie nur noch ein wenig in Sicherheit wiegen, mit einem Gespräch einlullen und dann konnte er zuschlagen.

»Wir gehen jetzt hinüber in deine Finca und durchsuchen gemeinsam all die Sachen, die deine Freundin zurückgelassen hat.«

»Das habe ich schon gemacht. Es gibt nicht den kleinsten Hinweis. Manchmal habe ich das Gefühl, als hätte sie gar nicht existiert.« David senkte die Arme, doch sofort hob Leyla wieder ihren Revolver und zielte auf ihn.

»Die Hände schön oben lassen«, befal sie. »Weshalb hast du den Toten hier in deiner Scheune vergraben? Das war sehr unprofessionell.«

»Welchen Toten?«, fragte David überrascht. »Ich weiß nicht, wovon du sprichst.«

»Versuche nicht, mich anzulügen!«, fauchte Leyla und ihre Augen funkelten gefährlich. »Und erzähle mir nicht, du wüsstest nichts davon, dass auf deinem Grund eine Leiche liegt.«

»Ich weiß nichts von einer Leiche! Das musst du mir glauben! Ich wäre doch niemals so dumm, sie auf meinem Grund zu vergraben«, sagte David und wollte sich umdrehen.

»Halt! Bleib, wo du bist«, befal ihm Leyla und unterstrich ihre Worte mit einem kurzen Schwenk ihres Revolvers. »Dem Toten kannst du nicht mehr helfen. Er muss schon einige Zeit hier gelegen haben, denn er ist bereits halb verwest. War eingewickelt in eine Plastikfolie. Ich habe sie aufgerissen.«

Leyla streckte ihren Kopf in die Höhe, und ihre Nasenflügel weiteten sich, als sie tief die Luft einsog.

»Jetzt riecht es nach Verwesung, Auflösung und Tod. Aber mir macht das nichts aus. Ich bin daran gewöhnt.«

»Wer ist der Tote?«, fragte David. Jetzt roch auch er diesen süßlichen Gestank, diesen Hauch des Todes.

»Der Mann war vom Bundesnachrichtendienst.«

»BND?« David war völlig perplex. »Das wird ja immer mysteriöser. Ein toter Agent in meiner Scheune.«

»Wenn du diesen Agenten nicht getötet hast, wer hat ihn dann ermordet, David Stein?«

8

ERZURUM, TÜRKEI

»Sie sind ein mutiger Mann«, sagte Sonny Günel und drückte dem Mann im Krankenbett anerkennend die Schulter. Der tätowierte Halbmond auf seinem Handrücken spiegelte sich im metallenen Schirm der Nachttischlampe und wirkte wie ein höhnisch grinsender Mund. »Sie sind doch Journalist. Für welche Zeitung schreiben Sie, wenn ich fragen darf?«

»Ankara News, das Wochenmagazin«, sagte der Mann mit heiserer Stimme und ließ sich schwer atmend wieder in seine Kissen zurücksinken. »Woher wissen Sie, dass ich Journalist bin?«

Sonny holte den Ausweis hervor und ließ ihn zwischen seinen Fingern tanzen.

»Das haben die Ärzte bei Ihnen gefunden.«

»Scheiße. Der gehört mir nicht«, machte der Kranke einen lahmen Versuch, alles abzuleugnen.

»Sie brauchen keine Angst zu haben«, sprach Sonny freundlich weiter. »Hier sind Sie in Sicherheit. Jetzt kann Ihnen nichts mehr passieren.«

»Wieso dürfen Sie mich eigentlich auf der Intensivstation besuchen?«, fragte der Kranke skeptisch. »Das ist doch verboten.«

»Ich schere mich nicht um Verbote!« Sonny machte eine wegwerfende Handbewegung. »Genau wie Sie. Sie haben sich doch auch in die Fabrik geschlichen, um auszukundschaften, ob die Gerüchte stimmen, die im Umlauf sind.«

»Welche Gerüchte? Ich weiß nicht, was Sie meinen!«

»Na, Sie wissen schon. Dass im türkisch-irakischen Grenzgebiet große Mengen Opium zu Heroin verarbeitet werden. Dass mit einem Teil des Geldes die IS-Milizen bestochen und finanziert werden. Das alles erzählt man sich doch.« Abwartend lächelte Sonny den Journalisten an. Als dieser nicht antwortete, blickte er auf den Monitor, der monoton piepste. »Wie ich sehe, sind Sie auf dem Weg der Besserung. Das freut mich.«

»Wer sind Sie eigentlich?«, fragte der Journalist. »Ich kenne Sie nicht.«

»Ich bin der Sicherheitchef des Hospitals«, log Sonny, ohne mit der Wimper zu zucken. »Sie können mir also vertrauen.«

»Das ist gut. Das ist sogar sehr gut. Hören Sie«, flüsterte der Journalist plötzlich, »Sie müssen mir einen Gefallen tun.«

»Gerne. Worum handelt es sich?« Beruhigend klopfte Sonny mit seiner Hand auf die Bettdecke.

»Sie müssen meine Redaktion informieren, dass ich einer großen Sache auf die Spur gekommen bin.« Der Journalist packte den Arm von Sonny und zog ihn ganz nahe zu sich. »Das kann die Regierung in Ankara stürzen.«

»Übertreiben Sie da nicht ein bisschen?« Sonny verzog skeptisch das Gesicht.

»Ganz und gar nicht.« Der Journalist senkte die Stimme zu einem vertraulichen Gemurmel. »Die Fabrik gehört dem einflussreichen Erkan Günel.«

»Haben Sie schon mit jemandem darüber gesprochen?«

»Nein, ich wurde ja erwischt und mein Handy mit den Beweisfotos wurde mir von dem Arzt abgenommen.«

»Das ist aber schade«, meinte Sonny und stand auf. »Das nenne ich wirklich Pech.«

»Ja, finde ich auch. Ich hätte die Fotos verschicken müssen, aber der Empfang meines Handys war zu schlecht.«

»Das meine ich nicht«, flüsterte Sonny und griff nach einem Kopfkissen, das auf dem leeren Nebenbett lag. »Ich meine, Pech für Sie, dass noch niemand von dieser Sache erfahren hat.«

»Ich verstehe nicht, was Sie meinen«, stotterte der Journalist.

»Da gibt es auch nichts zu verstehen«, murmelte Sonny, nahm das Kissen mit beiden Händen und drückte es fest auf den Kopf des Journalisten.

Als Sonny das Kopfkissen wieder hochhob, begann plötzlich der Alarm des Überwachungsmonitors zu schrillen. Genervt ging Sonny aus der Intensivstation.

»Weiß jemand, wie man diesen verdammten Alarm abstellt!«, schnauzte er Tarik an.

»Natürlich!« Tarik stürzte an Sonny vorbei in das Zimmer und erkannte mit einem Blick, dass der Mann, der an verschiedenen Schläuchen und Infusionen hing, bereits tot war.

»Hat's doch nicht geschafft, dieser arme Journalist«, meinte Sonny lapidar, als alles wieder ruhig war, und wandte sich dann erneut an Tarik. »Wo sind die Sachen des Journalisten?«

»In, in einem der Zimmer.« Die Stimme von Tarik zitterte leicht und auf seiner Stirn bildeten sich Schweißperlen. Sonny verschwand und kam einige Zeit später mit einem Bündel Kleider zurück.

»Wo ist das Handy des Journalisten?«, herrschte er Tarik an. Doch dieser zuckte nur ratlos mit den Schultern.

»Er hatte kein Handy bei sich.«

»Sind Sie da ganz sicher, Doktor Tarik?«, fragte Sonny ganz leise. »Denken Sie scharf nach und machen Sie jetzt keinen Fehler. Haben Sie es nicht zufällig doch an sich genommen?«

»Ach, da fällt es mir wieder ein«, keuchte Tarik. »Genau, ich habe es dem Journalisten ja abgenommen, weil er telefonieren wollte.«

»Na, sehen Sie. Los, wir holen es!« Sonny packte Tarik am Kragen und schob ihn den Gang entlang, bis sie vor seinem Schreibtisch standen. Langsam öffnete Tarik eine Lade.

»Da ist es.« Mit zitternden Fingern legte er das Handy auf seinen Schreibtisch.

»Na also!« Sonny grinste zufrieden und steckte das Handy in seine Sakkotasche. »Haben Sie vielleicht etwas auf dem Handy gesehen? Etwa Fotos?«

»Nein, nein«, krächzte Tarik. »Ich schwöre beim Augenlicht meiner Frau. Ich weiß nichts von irgendwelchen Fotos.«

»Schwören Sie nicht leichtfertig, Doktor Tarik«, mischte sich jetzt auch Erkan ein, der ihnen gefolgt war. Er zog ein Taschentuch aus seiner Hosentasche und wischte sich damit fast neurotisch intensiv die Hände sauber. »Übrigens, Ihre Frau Sulcan ist sehr hübsch und hat ein entzückendes Gesicht«, sagte er betont beiläufig und wandte sich zum Gehen. »Wäre schade, wenn islamische Fanatiker ihr Augenlicht durch Säure zerstören würden.«

»Denken Sie immer daran.« Sonny klopfte Tarik noch gönnerhaft auf die Schulter, dann wandte er sich wieder an Erkan.

»Erkan Günel, geliebter Onkel, wir müssen uns beeilen. Zu Hause warten schon alle auf uns, um den Geburtstag deines Sohnes gebührend zu feiern.«

»Du hast recht, Sonny.« Mit einem strahlenden Lächeln lief Erkan auf seinen Sohn zu, der noch immer stumm auf der Bank saß und in ein Videospiel vertieft war. »Komm zu deinem Vater, mein Junge. Jetzt feiern wir deinen Geburtstag.«

9

BERLIN, DEUTSCHLAND

»Wie konnte das passieren!«, brüllte Jens Beyer, der Staatssekretär im Auswärtigen Amt, als ihm Marius Müller von dem desaströsen Einsatz auf dem Frankfurter Hauptbahnhof berichtete. Gemeinsam mit Robyn war Müller sofort nach Berlin geflogen, um ein Notfallszenario zu entwerfen und mit dem Staatssekretär die weitere Vorgehensweise zu koordinieren. Immer und immer wieder starrten sie auf die Bildschirme, die aus allen erdenklichen Perspektiven zeigten, wie der Scharfschütze des mobilen Einsatzkommandos Theo van Hell erschoss, um das Leben von Müller zu retten.

»Weshalb waren diese verdammten Kleindealer überhaupt auf dem Frankfurter Hauptbahnhof?«

»Wir wissen es nicht und hatten sie überhaupt nicht auf unserem Radar. Sie müssen etwas mitbekommen haben und wollten sich an van Hell rächen.« Müller zuckte mit den Schultern und schob seine schwarze Brille hoch.

»Was soll das heißen?«, fauchte der Staatssekretär mit den schütteren mausgrauen Haaren und fuhr sich mit zwei Fingern in seinen engen Hemdkragen, der ihm die Luft abschnürte. Mit seinem dicken hochroten Gesicht wirkte er wie kurz vor dem Herzinfarkt. »Ein Rachefeldzug. Das sollen wir auch noch glauben.«

»Menschen neigen zu bizarren Handlungen, wenn es um so abstrakte Dinge wie Ehre oder Zuständigkeiten geht«, antwortete Robyn, ohne von ihrem Tabletcomputer aufzusehen. Wie immer saß sie mit verknoteten Beinen auf ihrem Stuhl und tippte unentwegt Daten in ihr Tablet. »In diesem speziellen Fall kam jedoch der Tipp, dass Theo van Hell in Frankfurt frei herumläuft, von einem Prepaid-Handy.«

»Geht das vielleicht ein wenig präziser?«, schnauzte der Staatssekretär und schnappte nach Luft.

»Sie sollten Ihren obersten Kragenknopf öffnen.« Robyn blickte kurz von ihrem Tablet auf. »Mehr Sauerstoffzufuhr fördert das analytische Denken.«

»Robyn, bitte. Erklären Sie dem Herrn Staatssekretär, weshalb wir bei einem Prepaid-Handy den Anrufer nicht ausfindig machen können«, mischte sich Müller sofort ein, um die Stimmung nicht noch weiter eskalieren zu lassen.

»Danke, aber das interessiert uns jetzt nicht. Wie sieht Ihr weiterer Plan aus, falls es überhaupt einen gibt?« Der Mann, der das fragte, hatte die ganze Zeit über kein Wort gesprochen, sondern nur schweigend an der Wand gelehnt. Er war groß und trug einen engen schimmernden Anzug. Die schwarzen Haare hatte er mit Gel streng nach hinten gekämmt. Sein dünner, messerscharf gestutzter schwarzer Schnurrbart verlieh ihm die Optik eines Schauspielers aus der Stummfilmära.

»Das ist Erol Bülat«, stellte ihn Staatssekretär Beyer vor. »Er ist unser türkischer Verbindungsmann.«

»Sie hätten die Operation unserem Sicherheitsdienst überlassen sollen«, wandte sich Bülat an den Parlamentarischen Staatssekretär Beyer. Müller und Robyn ignorierte er komplett. »Unsere Leute sind in diesen Angelegenheiten besser geschult.«

»Das hat man ja kürzlich bei den Demonstrationen in Istanbul und Ankara gesehen«, konnte sich Müller nicht zurückhalten und rückte seine schwarze Brille zurecht.

»Wollen Sie unseren Präsidenten beleidigen?« Kampflustig reckte Bülat sein Kinn nach vorne. »Wenn dem so ist, dann werde ich nicht mit Ihnen zusammenarbeiten.«

»Soll mir auch recht sein.« Arrogant zog Müller eine Augenbraue hoch und strich sich über seinen schwarzen Bart.

»Meine Herren. Ich muss doch sehr bitten«, beruhigte Staatssekretär Beyer die beiden Männer. »Hier geht es um eine ernst zu nehmende Operation.«

Mit zitternden Fingern goss er sich ein Glas Wasser ein und trank es in einem Zug leer.

»Eine Operation, die Sie komplett an die Wand gefahren haben«, ließ Bülat nicht locker und blickte herablassend von einem zum anderen. »Was wird jetzt aus der Operation ›Rote Wüstenblume‹, wenn van Hell tot ist?«

»Rekapitulieren wir noch einmal den geplanten Ablauf dieser Operation«, sagte Müller, ohne näher auf die Provokation von Bülat einzugehen. »Theo van Hell trifft sich in Istanbul mit Erkan Günel, einem der Förderer des Präsidenten und gleichzeitig dem größten türkischen Drogenpaten. Grund für das Treffen ist die Kontrolle über den Drogenhandel von Norwegen bis Anatolien. Erkan Günel möchte das Drogengeschäft abgeben, um sich ganz der Politik zu widmen. Das will die EU aber mit allen Mitteln verhindern. Entscheidend für uns ist die Tatsache, dass die türkische Regierung Erkan Günel zum Abschuss freigegeben hat. Das ist ein Zugeständnis der Türkei im Zuge der EU-Beitrittsverhandlungen.«

»Kein Zugeständnis«, unterbrach ihn Bülat. »Das ist eine Goodwill-Aktion des türkischen Präsidenten. Unser hochgeschätzter Präsident macht keine Zugeständnisse.«

»Im Grunde ist doch gar nichts passiert«, unterbrach plötzlich Robyn das Gespräch, ohne von ihrem Tablet aufzublicken. »Niemand weiß, dass Theo van Hell tot ist. Wir können also genauso weitermachen wie geplant.«

»Wie soll das denn funktionieren?«, zischte Bülat, der jetzt knapp davor war, die Fassung zu verlieren, und dessen Filmstargesicht sich zu einer hässlichen Grimasse verzog. »In Ihrer heilen Welt stellen Frauen sich alles immer so einfach vor. Sollen wir van Hell von den Toten auferstehen lassen?«, sagte er zu Müller gewandt und ignorierte Robyn völlig.

»So etwas haben wir uns gedacht.« Müller lächelte ironisch und ließ seine Fingerknöchel knacken. »Jemand anderes wird die Identität von Theo van Hell annehmen und Erkan Günel nach Deutschland bringen. Dieser Mann sieht Theo van Hell zum Verwechseln ähnlich. Er hat sogar eine Narbe über der Augenbraue. Er war lange Jahre Agent der ›Abteilung‹ und ist daher der perfekte Ersatz.«

Er gab Robyn ein Zeichen und diese tippte eine Nummer ein.

10

Der Anruf, der David Steins Leben wieder eine andere Richtung geben würde, kam von Robyn. Schweigend hatte sich David zunächst angehört, was ihm Müller, Robyn, ein nervöser Staatssekretär und ein arroganter türkischer Verbindungsoffizier, die alle ständig durcheinanderredeten, mitteilten. Nach und nach konnte er sich dann ein Bild über die Operation »Rote Wüstenblume« machen und wusste sofort, dass die Chancen für einen positiven Ausgang der Mission denkbar schlecht standen.

»Ich will sofort fünfhunderttausend Dollar als Anzahlung. Noch heute«, sagte er trotzdem und wurde nach einer Schrecksekunde inklusive entrüstetem Stöhnen am anderen Ende der Leitung wie üblich auf eine Warteschleife geschaltet. Doch schon nach wenigen Augenblicken wurde seine Forderung akzeptiert und auch ein Erfolgshonorar über zwei Millionen Dollar bewilligt. Noch immer wurden die Honorare der Mitarbeiter der »Abteilung« in Dollar abgerechnet, da genügend nicht-registrierte Dollarnoten aus beschlagnahmten Vermögen von Kriminellen für diverse verdeckte Operationen auf geheimen Konten lagerten.

Als sich Müller, der Staatssekretär und der Türke Bülat aus dem Gespräch ausklinkten, hatte ihn Robyn noch mit den nötigen Details versorgt.

»Es gibt ein Problem hier auf meiner Finca«, sagte er schließlich zu Robyn, als die üblichen Formalitäten bereits geklärt waren. »Ich habe hier die Leiche eines Agenten. Jemand hat ihn vor einiger Zeit ermordet. Wissen Sie etwas darüber?«

»Natürlich, Stein. Der Agent war während Ihres letzten Einsatzes zum Schutz Ihrer Freundin in Artà abgestellt. Als er sich aber nicht mehr gemeldet hat, sind wir der Sache nachgegangen, fanden jedoch keine Spur von ihm. Ihre Freundin konnten wir auch nicht mehr befragen, denn nach dem Zwischenfall in Berlin ist sie ja untergetaucht. Aber jetzt wissen wir wenigstens, was mit unserem Agenten passiert ist«, konstatierte Robyn ohne sonderliche Gemütsregung.

»Gibt es schon Vermutungen, wer ihn ermordet hat?«

»Die gibt es. Logisch betrachtet tippe ich auf Ihre Freundin, Stein. Aber das ist natürlich nur meine persönliche Meinung. Sie ist noch nicht durch Fakten erhärtet.«

»Ist gut, aber was passiert jetzt mit der Leiche? Wenn die Guardia Civil Wind davon bekommt, dann wandere ich ins Gefängnis.«

»Ich weiß, Stein. Ich organisiere eine Reinigungseinheit für Ihre Finca und sorge dafür, dass es keine Schwierigkeiten mit den spanischen Behörden gibt. Unser Entsorgungsprogramm arbeitet grenzübergreifend.«

»Sie drücken sich immer so rational aus, Robyn.« Unwillkürlich musste Stein über Robyns kühle Ausdrucksweise lächeln. Er mochte diese Frau, die ihm mit ihrem technischen Genie schon öfter aus brenzligen Situationen geholfen hatte.

»Bitte? Ich verstehe nicht, was Sie meinen, Stein.«

»Ist schon gut.«

»Was hätten Sie eigentlich gemacht, wenn ich den Auftrag abgelehnt hätte?«, fragte David am Ende des Gesprächs.

»Nachdem Sie das Videofile auf der App geöffnet haben, wusste ich, dass Sie nicht ablehnen würden. Deshalb habe ich routinemäßig einen Satellitenslot zur Observierung Ihrer Finca verwendet.«

»Was hat Sie da so sicher gemacht? Ich hätte auch ablehnen können, um mich nur noch dem Hundetraining zu widmen.«

»Ich bitte Sie, Stein. Sie wollen doch diese Hunde in der Tötungsstation retten. Das haben Sie dem Aufseher ja versprochen und Sie brechen niemals Ihr Wort. Das ist zwar ein wenig naiv, aber ich bewundere Ihre unerschütterlichen Grundsätze.«

»Sie bewundern mich, Robyn.« David schüttelte den Kopf. »Da gibt es nichts zu bewundern. Die Hunde waren meine Rettung, damals ...«

»Denken Sie nicht an die Vergangenheit, Stein«, unterbrach ihn Robyn. »Das macht Ihre Frau auch nicht wieder lebendig. Konzentrieren Sie sich auf Ihre zukünftigen Aufgaben. Die Liebe trübt nur den Verstand, verwässert die Urteilskraft und verleitet zu irrationalen Handlungen.«

»Sprechen Sie jetzt aus eigener Erfahrung?«, fragte David neugierig. »So viel Empathie hätte ich Ihnen gar nicht zugetraut.«

»Nein. Das stammt aus einer empirischen Untersuchung. Ich selbst kann das selbstverständlich nicht nachvollziehen, aber wie dem auch sei, wir sollten nicht zu persönlich werden. Hier geht es um eine schwierige Operation.«

Robyn schwieg plötzlich und David hatte das unbestimmte Gefühl, dass sie noch auf eine Erklärung von ihm warten würde. Aber er war sich nicht sicher, ob er Robyn von Leyla Khan erzählen sollte, die während des Telefonats schweigend am Tisch saß und ihn beobachtete.

Zusammengekauert in dem Korbstuhl wirkte sie wie eine zarte attraktive Frau und überhaupt nicht wie eine Killerin. Doch sie besaß eine unglaubliche Präsenz, der man sich nur sehr schwer entziehen konnte. Alles an ihr wirkte angespannt, wie unter Hochdruck, wie ein Vulkan, der jeden Augenblick explodieren konnte. Eine dicke Ader pulsierte auf ihrer glatten Stirn und ihre schwarzen Haare kringelten sich in der Hitze. In einem anderen Leben wären sie vielleicht in einem Café aufeinander aufmerksam geworden und hätten sich entspannt stundenlang unterhalten. In einer anderen Zeit wären sie vielleicht nach zu viel Rotwein flüchtig umarmt die regennassen Straßen entlangspaziert und hätten sich für den nächsten Tag verabredet. Doch das Schicksal hatte sich anders entschieden, deshalb waren sie auch hier. Beide hatten Menschen getötet und waren durch ihre private Hölle gegangen. Beide waren sie beschädigte Existenzen, die durch ein lichtloses Universum taumelten und sich nach diesem Job wahrscheinlich nie wieder begegnen würden.

11

Drei schwarze Mercedes rasten mit aufgeblendeten Scheinwerfern vom Militärflughafen Güvercinlik über die Ringautobahn von Ankara bis in den Stadtteil Kizilay. Sie passierten den Kizilay-Platz, wo noch vor einiger Zeit Tausende von Türken gegen ihren Präsidenten demonstriert hatten.

Erkan Günel lehnte sich im Fond seines Wagens zurück und dachte an den von ihm finanziell unterstützten Polizeichef, der mit unerbittlicher Härte gegen die Rädelsführer vorgegangen war. Doch anstatt ihm für seinen Einsatz zu danken, war der türkische Präsident erbost über die negative Auslandspresse gewesen. Ja, er hatte Erkan sogar mit dem Aufkündigen der Freundschaft gedroht. Aber Erkan wusste, dass es dazu niemals kommen würde, denn sein Netzwerk an gekauften Parlamentariern, Polizisten und Agenten war so dicht, dass er sich unangreifbar fühlte.

Mit einer wütenden Handbewegung verscheuchte Erkan diese düsteren Gedanken und legte die Hand auf die schmalen Schultern seines Sohnes Arcun.

»Heute ist nicht nur dein Geburtstag, mein Sohn«, sagte er leise. »Heute wird auch der Grundstein zu einer neuen Dynastie gelegt.« Aus den Augenwinkeln betrachtete er seinen Sohn, der abwesend und zusammengesunken neben ihm saß und an seinem Daumen lutschte.

Das musste er ihm abgewöhnen lassen, überlegte Erkan, wenn nötig, mit Gewalt. Aber alles zu seiner Zeit. Zunächst musste sich der Junge erholen und wieder zu einem geregelten Leben finden. Vor allem aber musste er wieder zu sprechen beginnen. Seine Mutter hatte ja nur Deutsch mit ihm gesprochen, hatte versucht, seine türkischen Wurzeln auszureißen, aber Erkan hatte zurückgeschlagen. Wenn es um die Familie ging, war er unerbittlich.

Der Konvoi wurde langsamer und fuhr im Schritttempo die breite Zufahrtsstraße entlang, die von mächtigen Bäumen gesäumt war. Erkan rückte seinen Krawattenknoten zurecht und richtete sich gerade auf. Ein Lächeln huschte über sein Gesicht, als er an die nächsten Stunden dachte. Die schlossähnliche Villa von Erkan Günel befand sich im Botschaftsviertel von Ankara. Deshalb fiel es auch nicht weiter auf, dass sie von einer paramilitärischen Einsatztruppe bewacht wurde. Auf der gekiesten Auffahrt standen zwei große Limousinen. Erkans Gäste waren bereits eingetroffen.

»Hast du das Handy dieses Journalisten entsorgt?«, fragte er seinen Neffen Sonny, als sie gemeinsam durch die parkartige Gartenanlage in das riesige Gewächshaus gingen, wo die Festgesellschaft bereits auf sie wartete.

»Natürlich, Onkel. Aber was, wenn dieser Doktor Tarik nicht den Mund hält?«, fragte er besorgt. »Er macht auf mich den Eindruck eines ehrlosen Revoluzzers.«

»Ach Sonny!« Erkan lächelte milde. »Mache dir um diesen Arzt keine Sorgen. Er weiß, dass wir ein wachsames Auge auf ihn haben und er unserem starken Arm niemals entkommen wird. Er wird schweigen. Also sei guten Mutes, heute feiern wir den Geburtstag von Arcun und gleichzeitig sein Eheversprechen mit Sibel.«

»Ein geschickter Schachzug, Onkel. Durch das Eheversprechen deines Sohnes mit der Tochter des Polizeichefs werden wir unangreifbar«, meinte Sonny bewundernd und schlug mit seiner Faust gegen die Mauer. »Das ist clever, sehr clever, Onkel. Du bist ein Meister.«

»Das hat mich aber eine gehörige Stange Geld gekostet.« Erkan zog die Augenbrauen zusammen, während er an die Summe dachte. Der Polizeichef war bis über beide Ohren verschuldet. Eine Geliebte in Istanbul, Pferdewetten und ein geplatztes Immobiliengeschäft hatten das Vermögen seiner Frau aufgezehrt, und da er nicht offen korrupt sein konnte, hatte er sich an Erkan gewandt. Dieser hatte seine Chance genutzt.

Umrahmt von zwei mächtigen Palmen stand die siebenjährige Sibel, die in ihrem rosa Tüllkleid wie eine orientalische Barbiepuppe aussah, und wartete auf Arcun. Über dem Kopf trug sie einen dünnen rosa Schleier, der bis auf den Boden reichte. Der Polizeichef hielt sich zwar für einen modernen Türken, aber bei seiner Tochter bestand er dennoch auf Tradition.

»Los, stell dich neben deine Braut!« Erkan gab seinem Sohn einen leichten Stoß und dieser trottete mit hängendem Kopf zu Sibel, die ihn ignorierte und nur Augen für die bunte Verlobungstorte hatte, die auf einem silbernen Klapptisch in der Nähe stand.

Als die Zeremonie vorüber und das zukünftige Brautpaar nach islamischem Ritus einander versprochen war, zog Sonny seinen Onkel zur Seite.

»Vergiss nicht die guten Werke, Onkel. Ich lasse jetzt auch unseren Pressefotografen herein.«

Sonny öffnete eine schmale Eisentür, die nach draußen in den Garten führte, und winkte die Wartenden herein: einen beinlosen Krüppel, der sich geschickt mit seinen Händen auf einem Holzbrett mit Rädern vorwärtsbewegte, eine blinde Frau mit einem von Säure entstellten Gesicht und ein bildschönes

Mädchen, dem die IS-Milizen beide Hände abgehackt hatten, weil es Brot gestohlen hatte. Gemeinsam mit diesen vom Schicksal gezeichneten Menschen ließ sich Erkan fotografieren und steckte jedem von ihnen ein Bündel Lirascheine zu.

»Ich will einen Toast auf die Familie aussprechen!«, rief Erkan nach einem opulenten Mahl euphorisch aus und hob sein Glas mit Fruchtsaft. Bei öffentlichen Familienfeiern achtete er penibel darauf, als gläubiger Moslem wahrgenommen zu werden, der keinen Alkohol trinkt. Privat allerdings hatte Erkan eine Vorliebe für Wodka entwickelt, den er wegen seiner Geruchlosigkeit bevorzugte.

Erkan war der geborene Gastgeber und ging von Tisch zu Tisch, um mit jedem aus seiner und der zukünftigen Verwandtschaft zu sprechen. Als er sich neben den Polizeichef setzte, zog ihn dieser am Ärmel nahe zu sich.

»Es gibt da Gerüchte über deine Fabrik an der irakischen Grenze, Erkan. Da ist ja hoffentlich nichts Wahres daran.«

»Du solltest nichts auf Gerüchte geben, Mahmud.« Erkans Miene verfinsterte sich und er erhob sich schnell wieder. »Die Hunde mögen zwar bellen, aber die Karawane zieht weiter.«

Aus den Augenwinkeln sah er, wie zwei Männer in schwarzen Anzügen hereintraten und aufgeregt mit Sonny flüsterten.

»Was gibt es?«, fragte Erkan seinen Neffen und folgte ihm und den beiden Männern in die Küche.

»Sie haben den Dieb hierhergebracht«, informierte ihn Sonny.

»Hasim Mansur! Es freut mich, dich zu sehen.« Erkan lächelte, als er in die riesige Küche trat, wo ein Mann mit einer Platzwunde am Kopf auf dem Boden hockte. »Was ist passiert und was führt dich in mein Haus?«

»Ehrwürdiger Erkan Günel. Eure Männer haben mich so zugerichtet und hierhergeschleppt. Sie glauben, ich hätte auf eigene Rechnung Ware verkauft.«

»Das hast du natürlich nicht!«

»Aber nein! Das Heroin war für Athen bestimmt und dorthin habe ich es auch geliefert. Allah ist mein Zeuge.«

»Aber wie kommt es dann, dass man dich in Istanbul auf dem Taksim-Platz mit den kleinen Briefchen erwischt hat?« Sonny schüttelte ungeduldig den Kopf.

»Das ist ein Missverständnis, großer Erkan Günel. Ein Irrtum.«

»Du hast uns bestohlen, Hasim«, unterbrach ihn Sonny aufgebracht. »Man bestiehlt die Familie nicht.«

»Richtig, Sonny«, sagte Erkan und lächelte. »Die Familie zu bestehlen ist eine Sünde. Aber heute will ich großzügig sein. Heute hat mein Sohn Geburtstag und ist der hübschen Sibel versprochen worden.«

Umständlich holte Erkan ein weißes Taschentuch aus seiner Hosentasche und wischte sich damit die Hände.

»Sonny. Du erledigst das für mich«, sagte er noch zu seinem Neffen und wandte sich zum Gehen. »Ich darf die Familie nicht zu lange warten lassen.«

»Was, was passiert jetzt mit mir?«, fragte Hasim und blickte ängstlich zwischen Sonny und den beiden Männern in den schwarzen Anzügen hin und her.

»Du hast doch gehört, was der große Erkan Günel gesagt hat.« Sonny verzog sein Gesicht zu einem sardonischen Grinsen und ballte seine Faust mit dem Halbmondtattoo. »Heute ist dein Glückstag.«

Er gab einem der Männer ein Zeichen. Dieser zog eine Pistole aus seiner Sakkotasche und befestigte einen Schalldämpfer auf dem Lauf. Seelenruhig legte er an und schoss Hasim zwischen die Augen.

»Dein Glückstag«, meinte Sonny zu dem Toten und spuckte auf ihn. »Sonst hätten wir dich an den Beinen aufgehängt, bis du tot bist.«

12

Schweigend saß David an dem großen Tisch auf der Terrasse. Vor sich hatte er sein Handy liegen, auf dem ihn in fünf Minuten Robyn wieder anrufen würde. Er blickte zu Leyla.

Mit ihren schlanken Fingern klopfte sie einen imaginären Takt auf die Trommel ihres Revolvers, den sie noch immer vor sich auf der zerfurchten Tischplatte liegen hatte. Wie viele Menschen sie damit wohl schon getötet hatte? David wollte es gar nicht wissen. Aber er musste ehrlich zu Leyla sein. Die Operation »Rote Wüstenblume« war ohne Unterstützung kaum zu bewältigen. Anders als bei seinen letzten Aufträgen musste er jetzt eine komplett neue Identität annehmen. Er musste auch das Vertrauen eines Kindes gewinnen und es dann unbemerkt außer Landes schaffen. Dabei würde er gänzlich auf sich alleine gestellt sein. Das konnte nicht funktionieren. Doch dann hatte er eine Idee.

»Ich mache dir einen Vorschlag, Leyla Khan«, sagte er in die Stille hinein. »Eine Hand wäscht die andere.«

»Was soll das heißen?« Leyla runzelte die Stirn und drehte den Lauf ihres Revolvers wieder in Davids Richtung. »Was ist das für ein Vorschlag?«

»Ich helfe dir bei der Suche nach meiner verschwundenen Freundin Sonja. Dafür arbeitest du bei diesem Job gemeinsam mit mir.«

»Was ist das für ein Job?«, fragte Leyla misstrauisch.

»Ich soll einen türkischen Drogenpaten nach Deutschland locken. Er hat versucht, die Mutter seines Sohnes umzubringen. Sie hat überlebt, aber er hat den gemeinsamen Sohn in die Türkei entführt.«

»Wie ist der Plan?« Leyla runzelte die Stirn und strich sich eine widerspenstige Haarsträhne aus dem Gesicht.

»Wir schaffen das Kind wieder zu seiner Mutter und locken den Vater mit einer Lösegeldforderung nach Deutschland. Ist ganz einfach.« David lächelte, doch Leylas Miene blieb ernst und verschlossen.

»Das klingt alles viel zu leicht«, sagte sie schließlich nach einer längeren Pause. »Du ahnst bereits jetzt, dass es Schwierigkeiten geben wird. Dass es vielleicht ein Todeskommando ist.«

»Überleg es dir gut, Leyla. Wenn du mir hilfst, dann aktiviere ich meine Kontakte beim Geheimdienst. Glaube mir, die finden eine Spur.« Wieder lächelte er und spielte seinen größten Trumpf aus. »Außerdem gehört das ganze Geld dann dir. Ich will nur den Ring, den Sonja mir gestohlen hat.«

»Du willst nichts davon?«, fragte sie erstaunt.

»Ich pfeife auf das Geld.« David schüttelte den Kopf. »Immer ist es eine Jagd nach dem verdammten Geld. Das widert mich an.«

»Du bist verrückt, David Stein!« Leylas Augen loderten auf und sie lächelte. Lächelte wie jemand, der ein klares Ziel vor Augen hat. Es war dieses Lächeln, das Leyla plötzlich in eine schöne Frau verwandelte. Doch so schnell wie es gekommen war, erlosch dieses Lächeln wieder, als sie weiterredete.

»Du fühlst dich erhaben, weil dir Geld nichts bedeutet. Was verstehst du schon davon? Du bist nicht als Waisenkind auf einer Müllhalde groß geworden und hast dich nicht mit Katzen und Hunden um verdorbene Lebensmittel streiten müssen. Du bist nicht vor tollwütigen Kötern um dein Leben gerannt«, zischte sie erbost. »Also halte bloß deinen Mund. Du brauchst nicht so überheblich zu sein. Geld sichert mein Überleben. Mit dem Geld kann ich mir meinen Traum erfüllen.«

»Welchen Traum hast du?«

»Geht dich nichts an.« Leylas Gesicht wurde ernst.

»Wie wirst du dich entscheiden?«, ließ David nicht locker.

»Gut, ich werde dir bei diesem Job helfen«, sagte sie kurz und bündig, hielt aber die Hand weiterhin auf ihrem Revolver. »Aber ich bin nicht sicher, ob ich dir trauen kann, David Stein.«

»Mir geht es genauso, Leyla. Das ist doch eine gute Basis für eine erfolgreiche Zusammenarbeit.«

»Ich werde diesmal nicht alleine arbeiten. Das Risiko ist zu groß«, sagte David deshalb auch sofort zu Robyn, als sie sich nach exakt fünf Minuten wieder bei ihm meldete. »Sondern gemeinsam mit einer Partnerin. Sie erhält die Informationen, die für unsere Operation wichtig sind.«

»Natürlich, Stein. Das ist Ihre Entscheidung«, antwortete Robyn ohne sonderliches Interesse. »Aber seien Sie trotzdem vorsichtig. Lassen Sie sich nicht von Ihren Gefühlen leiten. Es ist noch nicht allzu lange her, da wollte Sie Ihre neue Partnerin noch töten.«

»Oh, Sie wissen also schon Bescheid.« David war ein wenig überrascht, dass Robyn Leyla Khan so schnell identifiziert hatte.

»Wir haben doch den Satellitenslot auf Ihre Finca gerichtet, schon vergessen, Stein?«

»Natürlich, das hatte ich komplett verdrängt. Wie gehen wir weiter vor? Meine Partnerin braucht eine Verbindungs-App zu Ihnen.«

»Völlig ausgeschlossen, Stein. Die Kommunikation läuft ausschließlich über Ihre Schnittstelle.«

An Robyns Tonfall merkte David, dass es zwecklos war, weiter auf diesem Punkt zu beharren. Deshalb wartete er, was Robyn zu berichten hatte.

»Noch etwas, Stein. Ich werde für Ihre Partnerin auch meine Befugnisse überschreiten.« Robyns Stimme wurde um eine Nuance dunkler und klang fast verschwörerisch. »Ich habe Ihrer Partnerin den Decknamen Yasmina gegeben und Ihre Identität verändert. Müller weiß nicht, wer Yasmina wirklich ist, und so soll es auch bleiben.«

»Warum tun Sie das für mich, Robyn?«

»Weil ich will, dass Sie diese Mission überleben, Stein.«

»Oh, Sie machen sich Sorgen um mich. So viel Anteilnahme bin ich ja gar nicht von Ihnen gewöhnt«, antwortete David verwundert.

»Wenn Sie überleben, dann ist die Operation ›Rote Wüstenblume‹ ein Erfolg. Nur darum geht es. Das ist doch logisch.«

13

Kairo, Ägypten

Die Privatschule der koptischen Kirche von Kairo befand sich in einer großen baufälligen Villa direkt am Nil. Früher einmal hatte es hier luxuriöse Herrenhäuser mit prächtigen Gärten voller exotischer Pflanzen gegeben. Doch jetzt war die Gegend ziemlich heruntergekommen, denn die Besitzer waren aus Angst vor den Repressalien der Muslim-Bruderschaft und dem Militär ins Ausland geflüchtet. In einigen Häusern, auf den Zufahrten, Gehsteigen und in den weitläufigen Gärten hatten deshalb Flüchtlinge aus Libyen illegal ihre Lager errichtet. Versorgt wurden sie von den Angehörigen der Muslim-Bruderschaft, die nach der von ihnen als Militärputsch gebrandmarkten Entmachtung in die Illegalität abgedrängt worden waren. Doch noch immer warteten sie auf ihre Chance, um die Macht im Lande wieder an sich zu reißen und einen muslimischen Gottesstaat zu errichten.

Es war natürlich eine Ironie, dass ausgerechnet die koptischen Christen die verwilderten Gärten ihrer Privatschule diesen armen Flüchtlingen zur Verfügung stellten.

Anika Bergman war eine der zahlreichen Aushilfslehrerinnen an dieser Schule, die gegen geringes Geld den Mädchen so wichtige Dinge wie Kochen oder Nähen beibrachten. Sie war Ende vierzig und hatte eigentlich nur vorgehabt, ihre Schwester Mette zu besuchen, die schon seit über zwanzig Jahren in Kairo lebte. Doch dann hatte sie ihren Aufenthalt Woche für Woche verlängert, und als Mettes Mann ihr ein eigenes Zimmer vermietet hatte, war sie geblieben. Anika wäre eine attraktive Frau mit feinen Gesichtszügen gewesen, wenn sie ihre frühzeitig ergrauten Haare gefärbt und auf die altmodische Brille verzichtet hätte. Weder ihre imposante Größe noch ihre glockenhelle Stimme passten zu dem unscheinbaren Äußeren. Doch Anika machte sich nichts aus Äußerlichkeiten und trug deshalb auch täglich denselben langen, grauen Rock und die weite, weiße Bluse. Sie war auch nicht an Freundschaften interessiert und lehnte jede Einladung der anderen Europäer höflich, aber bestimmt ab.

An einem besonders heißen Nachmittag wurde Anika jedoch von einer inneren Unruhe erfasst, die sie völlig nervös machte. Anstatt wie sonst immer noch eine Weile am Nilufer zu sitzen und die Gedanken schweifen zu lassen, setzte sie sich sofort nach der Schule in den überfüllten Bus, der sie in die Nähe ihrer Wohnung brachte. Unauffällig zählte sie ihr Geld, ehe sie sich in einen engen und heißen Laden quetschte, um frische Streu zu kaufen. Eigentlich eine unnötige Geldausgabe, überlegte sie, als sie einige zerknüllte ägyptische Pfund auf den Tresen legte und den Laden wieder verließ. Aber sie wollte auf Nummer sicher gehen. Auf einer mit Müll übersäten Treppe setzte sie sich kurz nieder und atmete tief durch.

Heute während der Mittagspause war sie kurz eingenickt und hatte diesen schrecklichen Traum gehabt. Sie träumte von Kairo, sah das Flachdach des Wohnblocks, in dem sie mit ihrer Schwester Mette hauste, und darauf Dutzende von schwarz vermummten Frauen, die wie Krähen um einen Hühnerstall hockten. Als Anika zu ihnen auf das Dach hinaufstieg, sprangen alle gleichzeitig auf, umkreisten sie und begannen aufgeregt auf sie einzureden. Immer schneller drehten sich die Weiber um Anika, ihre schwarzen Tücher flatterten im Wind und bald war Anika völlig von ihnen eingehüllt, konnte nicht mehr sehen, was weiter geschah. Immer fester wickelten die schnatternden Frauen sie in diese schwarzen Tücher, und erst, als sie sich nicht mehr bewegen konnte, hörte auch das Geschrei der Frauen auf. In ihrem schwarzen Gefängnis hörte Anika, wie sich die Frauen an dem Hühnerstall zu schaffen machten, das Schloss aufbrachen und die Streu durchwühlten. Anika schlug um sich, schnappte nach Luft, wollte sich befreien, aber die schwarzen Tücher umschlossen sie wie eine luftdichte Folie. Als sie schweißgebadet erwachte, wusste sie, dass dieser Traum ein Warnzeichen gewesen war.

Mit gesenktem Kopf betrat sie durch den Hintereingang ein hässliches mehrstöckiges Haus und zwängte sich auf der mit Frauen und Kindern bevölkerten Treppe nach oben. Während sie in den obersten Stock schlurfte, versuchte sie, den Traum zu verdrängen und stattdessen an ihre Schwester zu denken. Mette Bergman, die vor zwanzig Jahren einen Ägypter geheiratet hatte und nach Kairo gezogen war, hatte sie seitdem nicht wiedergesehen. Bis jetzt, als sie in Kairo auftauchte, um bei ihrer Schwester zu wohnen. Im Nachhinein betrachtet war das keine sehr gute Idee gewesen, denn Yussuf, Mettes Mann, war ein strenggläubiger Moslem, der immer extremere Ansichten vertrat und mit dem IS sympathisierte. Ein Konservativer, der jetzt nur noch mit Vollbart und Käppi umherlief und seine Familie mit seinen Wertvorstellungen drangsalierte. Mette, seine Frau, durfte nur noch mit einer blauen Burka mit Sehschlitzen auf dem Boden hocken und die fünf Kinder hüten, die alle noch nie eine Schule von innen gesehen hatten. Außer den Koranschulen natürlich, aber dorthin durften auch nur die beiden Jungs.

Dass Anika eine ungläubige Frau war, schien Yussuf hingegen nicht zu stören, denn sie bezahlte wöchentlich Geld für ihr verlaustes Zimmer, das nicht einmal ein Fenster hatte. Als Anika einmal nackt unter dem trübselig tropfenden

Wasserschlauch stand, der als Dusche diente, war Yussuf einfach hereingekommen und wollte mit ihr schlafen.

»Du bist eine Ungläubige«, hatte er in einem unsagbar schlechten Englisch zu ihr gesagt, als sie ihn entrüstet weggestoßen hatte. »Ungläubige sind Leugner und sie sind unvollkommen, so sagt es der Prophet.«

Zum Glück war Yussuf heute nicht in der Wohnung und Mette hockte wie ein Unglücksrabe auf dem Boden, umringt von ihren plärrenden Kindern. Es war ein Bild unsagbarer Traurigkeit. Mette hatte natürlich auch keine Ahnung, was in der Welt so vor sich ging. Es gab kein Radio und kein Fernsehen, die einzige Abwechslung in ihrem freudlosen Dasein bestand aus dem nervigen Gejaule des Muezzins, und das fünfmal am Tag.

Anikas Zimmer hatte kein Fenster, sondern nur an der rückwärtigen Wand ein rundes vergittertes Loch nach draußen. Die Toilette musste sie mit der Familie teilen, was ziemlich unangenehm war, denn Yussuf ließ keine Gelegenheit aus, sie mit Blicken auszuziehen. Sie hatte sich auch bei Mette darüber beklagt, doch diese hatte nur ein unverständliches Gestammel hinter ihrer Burka ausgestoßen und war auf dem Boden hocken geblieben. Doch Anika wusste, dass sie selbst Yussuf töten würde, sollte er es tatsächlich wagen, sich an ihr zu vergreifen.

Als Anika endlich alleine in ihrem Zimmer saß, atmete sie heftig durch. Sie musste so schnell wie möglich ihre Schwester und die Stadt verlassen. Aber sie wusste natürlich auch, dass es nicht so einfach war, wie sie sich das vorgestellt hatte. Mit zittrigen Fingern griff sie unter ihre fleckige Matratze und zog eine verknitterte Fotografie hervor. Es war das Bild eines Mannes mit einem dreibeinigen Hund im Arm, der herausfordernd in die Kamera lächelte. Nachdenklich strich sie über das Gesicht des Mannes. Es war der Mann, den sie geliebt hatte, der sie aber immer nur betrog. Er hatte sich als Fotograf ausgegeben und war ständig mit Models fremdgegangen. Doch vielleicht bildete sie sich das auch nur ein, sie war sich einfach nicht sicher. Sicher wusste sie jedoch, dass dieser Mann sie hasste und bis ans Ende der Welt verfolgen würde. Sie wusste auch, dass sie diese Fotografie verbrennen musste, konnte sich aber noch immer nicht dazu entschließen.

Langsam zog Anika ihre nach Schweiß riechenden Kleider aus, legte die Hände in den Schoß und starrte die Fotografie an. Bilder gingen ihr durch den Kopf, an die sie lieber nicht erinnert werden wollte. Mit einem Seufzer riss sie sich los und steckte das Bild wieder unter die Matratze. Dann zog sie sich einen schwarzen, nach Knoblauch stinkenden Tschador über, schnappte sich den Sack Streu und ging leise hinaus auf den Korridor. Ihre Schwester Mette betete mit den Kindern Suren aus dem Koran und ging darin völlig auf. Vorsichtig kletterte Anika über eine Hühnerleiter hinaus auf das Dach und schlich gebückt weiter. Sie sah nirgends die krähenähnlichen Weiber in ihren schwarzen Tüchern, sondern nur geflickte Wäsche und das unendliche Häusermeer von Kairo mit einem Wald von Antennen und Satellitenschüsseln.

In einer Ecke des Dachs hatten diese Weiber auch dilettantisch einen windschiefen Hühnerstall gezimmert, in den sie ihre mageren Hühner pferchten. Einen dieser Käfige hatte Anika von einer Frau aus dem Wohnblock angemietet und ein Huhn hineingesetzt. Unkonzentriert schüttete sie Streu auf den Boden, scheuchte das Vieh angeekelt zur Seite. Denn das hektisch gackernde Huhn interessierte sie nicht, sondern etwas ganz anderes. Mit beiden Händen wühlte sie sich durch Streu und Hühnerscheiße und spürte mit ihren Fingerspitzen bald das Plastik eines wasserdichten Beutels. Aus Angst vor den schwarzen Krähenweibern wagte sie es nicht, den Beutel aus dem Nest zu heben. Wie eine Blinde tastete sie über die Oberfläche. Doch diese Berührung beruhigte sie.

14

Leyla Khan saß auf einem durchhängenden Bett im Bahnhofsviertel von Frankfurt und dachte an das weiße Haus am Meer, das sie sich bald kaufen würde. Das Hotel, in dem sie eingecheckt hatte, war mies und befand sich über einem Nachtklub. Der Boden ihres engen Zimmers vibrierte jedes Mal, wenn unten ein Song mit lautem Bass gespielt wurde – und das passierte ununterbrochen. An Schlaf war deshalb auch nicht zu denken, obwohl sie wusste, dass mangelnder Schlaf ihre Aufmerksamkeit trüben würde. Leyla war mit dem Nachtzug aus Barcelona gekommen, nachdem sie mit David die Einzelheiten der Operation »Rote Wüstenblume« besprochen hatte. In Frankfurt hatte sie auch eine Kontaktperson aus früheren Zeiten, die ihr ein Paket zusammenstellen und nach Istanbul schicken konnte. Aber das Treffen war erst für den nächsten Tag vorgesehen. Sie hatte David zwar den Namen ihres Hotels mitgeteilt, wusste aber, dass es viel zu riskant war, wenn sie sich treffen würden. Der nächste Kontakt war frühestens in Istanbul geplant.

Von einer inneren Unruhe erfasst ging sie in dem schmutzigen Zimmer auf und ab. Wenn sie jetzt ein Mountainbike hätte, dann würde sie durch Frankfurt radeln, einfach ihre überschüssige Energie durch kilometerlange Fahrten abbauen. Doch sie hatte David versprochen, in ihrem Zimmer zu bleiben und erst am nächsten Tag mit dem Zug nach Sofia in Bulgarien zu fahren. Für etwaige Beobachter durfte es keine Verbindung zwischen ihnen geben, das war Teil des Plans, den sie noch auf Davids Finca in Artà entworfen hatten.

Nervös riss sie das Fenster auf, schnappte gierig nach Luft. Der Lärm von unten war ohrenbetäubend, hämmernde Beats vermischten sich mit Grölen und Geschrei. Nicht die beste Umgebung für eine allein reisende Frau. Aber sie musste ins Freie, musste ihre überschüssigen Kräfte abbauen, musste wieder klar denken.

Schnell lief sie die enge Treppe nach unten, vorbei am schlafenden Nachtportier. Draußen auf dem Gehsteig überfiel sie das Inferno der Großstadt. Zuckende Neonlichter und dazwischen Dealer, die alle Arten von Drogen und Tabletten verkauften. Leyla ging hastig in eine schmale Gasse, um aus dieser Gegend zu verschwinden. In der Gasse war es dunkel und ruhig, und ihre Nervosität legte sich ein wenig. Schemenhaft sah sie weiter vorne zwei Typen auftauchen. Schwankend und lachend gingen sie direkt auf sie zu. Leyla spannte ihre Muskeln an, atmete kontrolliert. Die beiden Männer kamen immer näher, lachten und stießen sich gegenseitig in die Rippen, wie um sich Mut zu machen.

»Hello«, lallte einer von ihnen, als die beiden auf ihrer Höhe waren. »I need something to drink.« Beide lachten sie wie über einen gelungenen Scherz.

Es waren Engländer und irgendwie wirkten sie auf Leyla harmlos. Von hinten näherte sich ein eleganter Mann, der einen Rottweiler an der Leine führte.

»Werden Sie belästigt, junge Dame?«, fragte er mit einer kultivierten Stimme. Aber sein Hund knurrte leise, als er sich Leyla näherte.

»We are looking for a bar«, stotterte einer der Engländer, als der Hund plötzlich die Zähne fletschte.

»Immer geradeaus. Dort gibt es mehr als genügend Lokale«, sagte der Hundebesitzer und wandte sich dann wieder freundlich an Leyla. »Unmöglich, diese betrunkenen Touristen.«

»War nicht so schlimm.« Aus den Augenwinkeln beobachtete Leyla den Rottweiler, der sich inzwischen auf den Boden gelegt hatte, sie aber nicht aus den Augen ließ.

»Danke für Ihre Hilfe«, sagte Leyla und gab ihrer Stimme den naiven Tonfall von Ruth Mayer. Sie schenkte dem Mann ein freundliches Lächeln und drehte sich um.

»Möchten Sie noch einen Sprung mit zu mir kommen? Ich wohne gleich hier um die Ecke.« Noch immer klang die Stimme des Mannes melodisch, aber mit einem strengen Unterton, als wäre er keine Widerrede gewohnt.

»Sehr freundlich von Ihnen, aber ich bin in Eile«, murmelte Leyla.

Innerlich ermahnte sie sich, ruhig zu bleiben und kein Aufsehen zu erregen. Sie machte einen Schritt vorwärts.

In diesem Moment sprang der Rottweiler auf und stellte sich quer in die Gasse. Er begann sofort laut zu knurren, als sie weitergehen wollte.

»Nehmen Sie bitte den Hund weg!« Leyla musste das Zittern in ihrer Stimme unterdrücken, denn der Hund erinnerte sie an die tollwütigen Köter ihrer Kindheit. Die Hunde, die sie durch das Flüchtlingslager gejagt hatten und wahrscheinlich zerrissen hätten. Die Hunde, mit denen sie um verfaulte Lebensmittel gekämpft hatte. Leyla war eine furchtlose Kämpferin, aber Hunde machten ihr Angst. Dann versiegte das Adrenalin in ihrem Körper und ihr Verstand war blockiert. Dann wurde sie willenlos. David hatte ihr gesagt, dass Hunde besser als Menschen waren. Nur der Mensch würde die Hunde böse machen. Hunde seien reine Geschöpfe. So verhielt es sich also auch mit diesem Hund: Dieser Hund war darauf trainiert, Angst zu machen.

»Ich mag es nicht, wenn mir eine Araberschlampe einen Wunsch abschlägt. Ist das klar!«, sagte der Mann und seine melodische Stimme wurde mit einem Mal rau und wütend.

»Bitte, halten Sie Ihren Hund zurück!«, keuchte Leyla. Das Tier spürte ihre ängstliche Ausstrahlung und wurde stärker und aggressiver, riss an der Leine, fletschte die Zähne, knurrte immer lauter.

»Los, komm mit nach oben. Sonst zerfleischt dich der Hund. Willst du das wirklich? Du bist doch sicher sonst auch nicht so. Du treibst dich alleine in diesem Viertel herum. Also hab dich nicht so, du kleine Schlampe!«

Die Beleidigungen ließen die Zornesader auf Leylas Stirn anschwellen. Plötzlich spürte sie wieder das Adrenalin, das durch ihre Venen raste, sie spürte, dass die Kraft zurückgekehrt war und auch das eiskalte Denken. Die Furcht wurde abgeworfen wie ein unnützer Mantel und ihr Wille gewann wieder die Oberhand, der Wille, diesen Mann zu besiegen.

Sie spannte all ihre Muskeln, konzentrierte sich auf den Mann. Blendete den Hund und damit auch ihre Angst aus. Der Mann war ein Hindernis, das sie an ihrem Auftrag hinderte. Er war einfach lästig. Mit einem Fuß stützte sie sich an der Wand auf. Für den Mann sah das herausfordernd aus, aber für sie war es wie ein Sprungbrett. Mit einem schrillen Schrei stieß sie sich von der Wand ab, schnellte hoch, drehte sich in der Luft, um dem Mann mit der Fußsohle gegen den Kehlkopf zu treten. Doch in dem Moment, in dem sie durch die Luft schoss und zustoßen wollte, ging der Hund dazwischen.

15

Der Mann, der als Theo van Hell eingecheckt hatte, lag auf seinem Kingsize-Bett in einem luxuriösen Frankfurter Hotel und rauchte eine Mentholzigarette, die er für seinen Eigenbedarf aus Serbien importieren ließ. Immer wieder musste er aufstehen und sich mit Wasser den Mund ausspülen, um den Hustenreiz zu unterdrücken. Aber Theo van Hell war Raucher und David Stein musste so authentisch wie nur möglich wirken. Deshalb war er auch nach Frankfurt gekommen. Theo van Hell organisierte seine Deals immer von diesem Hotel aus. An der Rezeption hatte man ihn wie einen alten Bekannten begrüßt. Niemand schöpfte Verdacht, seine Ähnlichkeit mit Theo van Hell hatte alle überzeugt. Aber würde er auch Erkan Günel überzeugen können? Das war die alles bestimmende Variable dieser Operation. Wenn Erkan Günel Verdacht schöpfte, dann war die Operation »Rote Wüstenblume« gescheitert und David tot.

»Stein, Ihre Partnerin bekommt bald Ärger!« Auf dem Display seines Handys sah David nur den blonden Haarschopf von Robyn, die ihn aus seinen Gedanken riss. »Sie läuft durch das Bahnhofsviertel, das ist nicht die beste Gegend für eine Frau.«

»Danke, Robyn, aber ich glaube, Yasmina kann auf sich selbst aufpassen.« David musste sich auf Leylas Decknamen konzentrieren, um sie nicht zu verraten. Wahrscheinlich wurde dieses Gespräch mitgeschnitten.

»Stein.« Die Stimme von Robyn bekam einen warnenden Unterton. »Ich muss Sie bitten, sich auf den Weg zu machen. Die Logik lässt keinen anderen Schluss zu. Eine attraktive Frau alleine in dieser Gegend. Ein Mann mit Hund hat sie anscheinend angesprochen. Wir dürfen die Operation nicht gefährden.«

»Okay!«, sagte er und schwang sich aus dem Bett. Wenn Robyn so insistierte, dann war Leyla wirklich in Gefahr.

»Ich schicke Ihnen die Koordinaten, aber Sie müssen sich beeilen!«

David rief ein Taxi und stieg am Bahnhofsviertel aus. Auf dem Display seines Handys sah er wie immer nur die aufstehenden Haare von Robyn, die ihn lotste.

»Stein. Der Mann mit dem Hund drängt sie ab. Das sieht nicht gut aus. Sie kennen sich doch mit Hunden aus«, sagte Robyn plötzlich, als David aus einer lauten Straße mit Animierlokalen und Spielhallen in eine ruhige Gasse einbog.

»Robyn. Sie haben mich doch gründlich durchleuchtet, also was soll dann diese Frage?«

»Yasmina befindet sich in dem Haus links am hinteren Ende der Gasse. Wie ich es voraussah: Sie wurde von dem Mann mit dem Hund gezwungen, dort hineinzugehen.« Robyns Stimme klang weiterhin ruhig, so als würde sie mit David über das Wetter plaudern.

»In welchem Stockwerk sind sie?«, fragte Stein hastig, während er die Gasse entlanglief.

»Stein, ich habe keine Möglichkeit, direkt in das Haus zu sehen. Es gibt nur die Überwachungskamera an der Ecke, die ich angezapft habe.«

»Dann nehme ich besser den direkten Weg.«

Mit einem Fußtritt öffnete David die Haustür, hörte von oben sofort ein Hecheln, wusste, dass er nicht eine Sekunde zögern durfte, aktivierte sämtliche Techniken aus seiner Zeit als aktiver Agent und rannte die Stufen hoch. Im zweiten Stock sah er einen Mann, der Leyla am Arm gepackt hatte und in eine Wohnung zerren wollte. Dahinter ein großer Rottweiler, der wütend nach ihrem Bein schnappte, sobald sie eine Abwehrbewegung machte.

»Lassen Sie sofort die Frau los!«, rief David, zog seine Waffe und nahm drei Stufen auf einmal.

Doch der Mann machte keinerlei Anstalten, Leyla loszulassen, denn er hielt sich durch den Hund für unangreifbar. Der Rottweiler drehte jetzt seinen mächtigen Schädel in Davids Richtung, fletschte die Zähne, denn er spürte, dass von David Gefahr ausging.

»Fass!«, befahl der Mann seinem Hund. »Fass!« Er wies mit seiner Hand auf David. »Fass!« Reflexartig ließ er Leyla los und gab ihr einen Stoß, sodass sie in das Treppenhaus stolperte.

»Los, du verdammter Köter, fass!«, schrie er noch, sprang in seine Wohnung und schlug die Tür hinter sich zu.

»Achtung, David, der Hund!«, hörte er Leyla mit erstickter Stimme rufen.

Der Rottweiler war ein sechzig Kilogramm schweres Muskelpaket und trampelte mit gefletschten Zähnen und gesträubtem Fell auf David zu. Doch David kannte sich mit Rottweilern aus. Mit ihrer Kraft können sie den Gegner aus dem Gleichgewicht bringen und sich dann über ihn stürzen. Aber es war möglich, dem Angriff eines Rottweilers auszuweichen, ihm so die Stärke zu nehmen. David machte einen Schritt zur Seite. Der Hund knallte gegen die Wand, drehte sich benommen im Kreis. David erkannte sofort seine Chance. Der Rottweiler war so verwirrt, dass er das eigentliche Ziel seines Angriffs aus den Augen verloren hatte. Er schnappte noch einmal reflexartig nach David und erwischte ihn an der Hand. Zum Glück war es nur ein oberflächlicher Biss, aber das Blut tropfte über Davids Handrücken auf den Boden.

Keine Schwäche zeigen! Breitbeinig stellte sich David vor den Hund, atmete laut und tief durch, um den Rottweiler so noch mehr zu irritieren. Er gönnte dem Tier keine Sekunde Ruhe, musste auch selbst so lange durchhalten, bis der Kampfwille des Hundes gebrochen war. Durch dieses offensive Selbstbewusstsein, das David ausstrahlte, dominierte er den Hund. Der Rottweiler legte sich auf den Rücken und ergab sich.

Leyla hockte währenddessen an der Wand und beobachtete den Hund mit weit aufgerissenen Augen.

»Der Hund, was ist mit dem Hund? Er erinnert mich an die tollwütigen Hunde meiner Kindheit. Er hätte mich zerfleischt.«

»Keine Angst, dieser Hund ist harmlos«, beruhigte sie David.

»Du bist verletzt«, flüsterte Leyla. Sie deutete auf seine Hand. »Du blutest ja.«

»Ist nur ein Kratzer.«

»Du hast mir das Leben gerettet.«

Langsam stand Leyla auf und drückte sich vorsichtig an dem Rottweiler vorbei. Dabei streifte sie David und ihre Gesichter waren sich plötzlich ganz nah. Ihr Atem strich über seine Wange. Sie roch nach Minze und nach einem fernen Land.

16

Der Boden des kleinen Hotelzimmers vibrierte unter den dröhnenden Bässen aus der Disco im Erdgeschoss. David saß auf dem durchhängenden Bett und hatte den Ärmel seines Hemdes hochgekrempelt. Eine Leuchtreklame an der Wand des gegenüberliegenden Hauses tauchte das Zimmer im Sekundentakt in rotes, grünes und blaues Licht.

»Du musst die Wunde desinfizieren«, hörte er Leyla aus dem winzigen Bad rufen. Gleich darauf kam sie mit einer Tube und einer Mullbinde zurück, die sie in einer Nachtapotheke gekauft hatte.

»Weshalb machst du dir so viel Mühe?«, rief er ihr über den dumpfen Basslärm hinweg zu. »Es ist doch nur ein Kratzer.«

»Das ist das Mindeste, was ich für dich tun kann. Schließlich hast du mir das Leben gerettet.«

»Das stimmt nicht. Der Hund hätte dich nicht getötet.«

»Doch, ich konnte es an seinem Blick erkennen. Er hätte mich zerfleischt.«

Gekonnt strich Leyla die Paste auf die Wunde und legte den Verband an.

»Das machst du richtig professionell«, sagte David.

»Gehört zum Ausbildungsstandard der Hamas«, murmelte Leyla und verknotete die Enden der Mullbinde. »Die verwundeten Kämpfer muss man professionell verarzten und verhindern, dass es zu einer Infektion kommt. Denn Infektionen töten die meisten Krieger.«

»Interessant. Weshalb bist du eigentlich zu einer Killerin geworden?«

»Was soll die Frage, David?« Irritiert blickte Leyla auf und ihre Lippen zitterten leicht. »Hältst du mir jetzt eine Moralpredigt?«

»Nein, ich meine nur, du hättest ja ein normales Leben führen können.«

»Ein normales Leben!« Angeekelt spuckte Leyla die Worte aus. »Was ist das? Ich bin im Müll groß geworden und die Hamas hat mich gerettet. Ihr verdanke ich alles. Ohne die Hamas wäre ich schon längst tot, wahrscheinlich verhungert oder ein Kollateralschaden, wenn es wieder eine Schießerei im Lager gegeben hätte.«

»Aber trotzdem bist du keine Terroristin geworden.« David schenkte ein Glas Wein ein und hielt es Leyla hin. »Dein Zimmer hat leider nur ein Glas«, sagte er lächelnd.

»Egal.« Leyla trank es in einem Zug leer. »Ich konnte schon mit achtzehn Jahren gut schießen, mich in fünf Sprachen unterhalten und hatte ein gutes Auftreten. Ich habe mich dann in einen Libanesen verliebt. Das war ein Fehler. Er hat gesagt, für die Liebe und sein Land müsse man töten. Ich habe ihm geglaubt, ich war so naiv. Dann war ich plötzlich mittendrin im Töten und konnte nicht mehr aussteigen.«

Sie hielt David das Glas hin. »Gib mir noch ein wenig Wein.«

Sie prostete ihm zu. »Wie ist das mit dir, David?«

Er nahm einen kräftigen Schluck aus der Flasche.

»Der Nachrichtendienst hat mich angeworben. Ich trainierte eine Zeit lang die Suchhundestaffel in Afghanistan. Habe dort meine Frau kennengelernt. Sie war bei einer Spezialeinheit, die es offiziell nicht gibt. Ich ließ mich zu einem ersten Job überreden, weil ich in ihrer Nähe sein wollte. So kam eines zum anderen. Und jetzt sitze ich hier in einem winzigen Hotelzimmer mit einer Profikillerin, die mich töten wollte. Das Leben kann ziemlich seltsam sein.«

»Wir sind komplett gegensätzlich und haben uns wie Magneten aufeinander zubewegt«, meinte Leyla plötzlich nachdenklich.

»Aus zwei gänzlich unterschiedlichen Richtungen sind wir aufgebrochen, von zwei Polen aus haben wir uns auf die Reise gemacht«, ergänzte David. »Es gibt ein kurzes Zusammentreffen, dann trennen sich unsere Wege wieder. Du fährst nach Sofia und weiter nach Burgas und ich nach Istanbul.«

»Der Nord- und der Südpol. Ein schönes Bild. Werden die beiden Pole anschließend wieder zueinanderfinden? Ich weiß es nicht!« Leyla lachte leise auf, trank ihr Glas leer und griff vorsichtig nach Davids verbundener Hand.

»Werden wir dann gemeinsam nach Sonja suchen?«, fragte sie dann mit rauer Stimme.

»Das ist so abgemacht. Doch zuvor musst du mir sagen, welchen Traum du mit dem Geld verwirklichen willst.«

»Ich möchte mir ein weißes Haus am Meer kaufen«, antwortete Leyla zögernd und lächelte versonnen. »Diesen Traum hatte ich schon immer. Dort will ich leben, alt werden und dem Klang der Wellen lauschen.«

Ihr Gesicht strahlte bei dieser Vorstellung und in ihrem Lächeln lag der unerschütterliche Glaube, dass dieser Traum eines Tages Wirklichkeit werden würde. David hätte dieses Bild am liebsten angehalten, so sehr traf es ihn in seinem Innersten und brachte eine vergessene Saite zum Klingen. Leyla bemerkte die Veränderung in seinem Verhalten und drehte sich langsam zu ihm. Sie sah ihm prüfend ins Gesicht und lächelte noch immer. Zögernd hob sie ihre Hand und strich sanft über die Narbe, die seine Augenbraue teilte.

Ihr Gesicht wurde von der aufblinkenden Reklame blau erleuchtet, als sie mit banger Stimme fragte: »Wird es für uns gut ausgehen, David?«

Darauf wusste er keine Antwort.

17

Erkan Günel stand in seinem Arbeitszimmer vor dem großen Fenster, von dem aus er einen unvergleichlichen Blick auf den Bosporus und die Galata-Brücke hatte. Mit gerunzelter Stirn blickte er auf das Handy in seiner Hand, als sei es schuld daran, dass der Innenminister leider nicht zu sprechen war.

So ging das bereits seit mehreren Wochen. Immer wenn er den Innenminister an das Versprechen erinnern wollte, das an seine großzügige Wahlspende geknüpft war, hieß es, der Minister sei im Ausland, mit wichtigen Wirtschaftsdelegationen unterwegs oder einfach in einer Sitzung. Erkan war Profi genug, um diese Vorzeichen richtig zu deuten. Es war eine Absetzbewegung. Der Innenminister ging auf Distanz zu Erkan, wollte mit ihm und seinen Geschäften nichts mehr zu tun haben. Aber natürlich wusste der Minister auch, dass Erkan ein mächtiger Mann war, der über einflussreiche Freunde verfügte, die mit Sicherheit in der Lage wären, ihn zu stürzen.

Aber das hatte noch Zeit. Die nächste Regionalwahl fand erst im Frühjahr statt. Bis dahin würde Erkan in der Provinz Erzurum bereits eine Partei aus dem Boden gestampft haben und zum Gouverneur gewählt worden sein. Mit Ende fünfzig würde Erkan dann als kleiner Regierungspartner ins

Regionalparlament gelangen und dann weiter bis nach Ankara, bis an die Spitze der Macht. Deshalb mussten jetzt auch seine Geschäfte gebündelt und internationalisiert werden. Dafür hatte er das Treffen mit Theo van Hell eingefädelt. Theo van Hell versorgte den Westen mit Drogen und Erkans Neffe Sonny den Osten, bis sein Sohn dazu in der Lage wäre. Erkan selbst behielt seine weiße Weste und saß an den Schalthebeln der Macht. Es war eine Win-win-Situation für alle Beteiligten.

»Kannst du nicht anklopfen, Sonny, wenn du mein Arbeitszimmer betrittst!«, herrschte Erkan seinen Neffen Sonny an, der gerade in das Zimmer gestürmt war. »Was gibt es denn so Wichtiges?«

»Theo van Hell ist bereits in seinem Hotel eingetroffen.« Sonny war ganz außer Atem, und Erkan wunderte sich, dass diese Information seinen Neffen so aus der Fassung brachte.

»Ja, und?«

»Er ist aber nicht alleine, wie wir es doch vereinbart haben.«

»Wie? Er verstößt gegen unsere Abmachung? Traut uns nicht über den Weg und nimmt einen Leibwächter mit?« Verärgert strich sich Erkan über seinen eisgrauen Schnurrbart, der ihm ein patriarchalisches und würdevolles Aussehen verlieh.

»Er hat sich sofort nach seiner Ankunft hier in Istanbul im Geheimen mit einer Frau getroffen.«

»Ja, und wenn schon. Vielleicht ist es jemand vom Escortservice«, erwiderte Erkan und entspannte sich wieder. Sonny hatte immer diese Paranoia, dass hinter jeder Ecke Gefahr lauern würde.

»Nein, Onkel. Es hatte ganz den Anschein, als wolle er seine Beschatter abschütteln, aber wir sind an ihm drangeblieben. Außerdem ist die Frau mit dem Zug in Istanbul angekommen.«

»Ich verstehe nicht ganz, worauf du hinauswillst.«

»Onkel! Theo van Hell kommt mit dem Flugzeug und trifft sich sofort mit einer Frau, die am selben Tag mit einem Zug aus

Burgas in Bulgarien eingetroffen ist. Das kann doch kein Zufall sein.«

»Mhm!« Erkan strich sich wieder über seinen grauen Schnurrbart. »Da könnte was dran sein.«

»Sollen wir uns die Frau einmal vornehmen?«

»Noch nicht«, unterbrach ihn Erkan. »Finde zunächst heraus, wer diese Frau ist und was sie mit Theo van Hell zu tun hat.«

»Du hast natürlich recht, Onkel.« Sonny fischte sein goldenes Zigarettenetui aus seiner Hosentasche. »Ich lasse sofort ihre Identität checken.« Er klappte sein Etui auf und steckte sich eine Zigarette in den Mund, suchte in den Taschen seines Sakkos nach einem Feuerzeug.

»Genau so wirst du es machen, Sonny.« Erkan ging langsam auf seinen Neffen zu und nahm ihm die Zigarette aus dem Mund. »Das ist eine ausländische Zigarette, Sonny. Wie oft schon habe ich dir gesagt, dass in meinem Haus nur türkische Zigaretten geraucht werden dürfen.« Angewidert schnippte er die Zigarette auf den Boden. »Unsere türkischen Zigaretten sind die besten der Welt.«

»Oh, entschuldige, Onkel«, stotterte Sonny, und der eins neunzig große Hüne blickte betreten zu Boden. »Wie dumm von mir. Ich habe die Zigaretten auf dem Basar als Geschenk erhalten. Natürlich werfe ich sie sofort weg. Es kommt nicht wieder vor.«

»Ist schon gut.« Nachsichtig tätschelte Erkan die Wange seines Neffen. »Versprich mir nur noch eines. Bis ich das Geschäft mit Theo van Hell abgeschlossen habe, ist die Frau tabu. Hast du mich verstanden!« Mit zwei Fingern zwickte er seinen Neffen so fest in die Wange, dass dieser zusammenzuckte. »Wenn sie bloß eine Nutte ist, die Theo van Hell sich hierherbestellt hat, dann kaufen wir sie ihm anschließend einfach ab.«

»Eine gute Idee, Onkel. Wann nehmen wir mit van Hell Kontakt auf?«

»Lassen wir ihn noch einen Tag im Unklaren. Wir beschatten ihn und machen uns ein Bild von dem Mann. Was er den ganzen Tag über so treibt, wen er trifft, wie oft er telefoniert. Ich will alles von ihm wissen.«

Erkan trat wieder hinter seinen Schreibtisch und nahm eine kleine geschwärzte Schaufel aus einer Samtschatulle, die auf der Tischplatte stand.

»Damit hat mein Urgroßvater, der Begründer unserer Dynastie, in den kargen Bergen nach Bodenschätzen gesucht.« Er hielt die verbogene Schaufel in die Höhe und drehte sie in seiner Hand. »Vergiss nie, dass wir der Familie alles zu verdanken haben. Ohne Familie sind wir nichts.«

»Danke, Onkel, dass du mich an meine Wurzeln erinnert hast«, sagte Sonny ehrfürchtig, blieb aber noch unschlüssig stehen. »Onkel?«

»Was ist, Sonny? Wir haben alles besprochen. Van Hell wird beschattet und dann nehmen wir Kontakt mit ihm auf.«

»Onkel, ich weiß nicht so recht«, druckste er herum. »Theo van Hell wirkt so ganz anders, als ich ihn aus den Erzählungen unserer Geschäftspartner kenne.«

»Was meinst du damit?« Erkan legte die Schaufel wieder zurück in das Samtetui und hob den Kopf.

»Ich kann es nicht sagen. Ist bloß so ein Gefühl.« Ratlos zuckte Sonny mit den Schultern. »Dann die Sache mit der unbekannten Frau. Irgendetwas stimmt hier nicht.«

»Haben wir jemanden, der ihn kennt?«

»Da war doch diese eine Frau in Amsterdam.« Sonny tippte sich mit der Fingerspitze an die Stirn und dachte angestrengt nach. »Sehr impulsiv, sehr aufregend, sehr drogenabhängig. Wie hieß sie doch gleich?«

»Versuche, dich zu erinnern, dann überlegen wir, wozu wir sie überhaupt brauchen.«

»Ich hab's! Nikki. Ja, genau, sie hieß Nikki.«

»Nikki? Was für ein merkwürdiger Name«, brummte Erkan.

»So hieß die Frau, mit der van Hell vor einiger Zeit in Amsterdam eine Affäre hatte. Sie hat ihm im Drogenrausch auch die Narbe über seiner Augenbraue zugefügt. Das wurde mir erzählt. Die beiden hatten einen fürchterlichen Streit und sie wollte ihm eine Wasserpfeife über den Schädel schlagen.«

»Interessant. Und wo ist diese Nikki im Augenblick? Vielleicht ist sie ja schon längst tot. Erlitt das Schicksal aller dieser nichtswürdigen Junkies.«

»Das werde ich herausfinden, Onkel. Verlass dich auf mich«, sagte Sonny euphorisch. »Wenn ich sie gefunden habe, bringe ich sie zu dir.«

»Das ist eine gute Idee, Sonny.« Erkan nickte anerkennend. »Finde Nikki und lade sie zu einem Abendessen mit Theo van Hell in unser Haus ein.«

18

Als Theo van Hell trat David aus seinem Hotel auf die Straße und blinzelte in die Sonne. Er trug einen leichten Sommeranzug und eine Aktentasche unter dem Arm. Auf den ersten Blick würde man ihn für einen seriösen Geschäftsmann halten, der hier in Istanbul mit seinen türkischen Partnern Geschäfte im großen Stil abwickelte. Und im Grunde ging es ja auch um ein großes Geschäft. Aus der Brusttasche seines Sakkos zog er eine verspiegelte Sonnenbrille, die er sorgfältig putzte, ehe er sie aufsetzte. Unauffällig blickte er sich um. Der Concierge des Hotels trug trotz der Hitze einen roten Fez und weite Pluderhosen, gab sich ganz als folkloristischer Türke. Drei Männer in dunklen Anzügen mit schwarzen Sonnenbrillen standen unweit der Tiefgarage und flüsterten miteinander. Sie waren unschwer als türkische Staatspolizisten zu identifizieren, die zum Schutz der Luxushotels in der Stadt abkommandiert worden waren. Lärmend strömte eine Gruppe Touristen den Gehsteig entlang und folgte einer grell geschminkten Fremdenführerin, die einen roten Schirm mit einem weißen Halbmond als Erkennungszeichen in der Luft schwenkte. Zwei Schuhputzjungen lungerten im Schatten eines Baumes herum und warteten auf Kundschaft.

Ein polierter schwarzer Mercedes mit blitzenden Chromleisten hielt vor dem Hotel. Ein Mann in einer grauen Livree stieg aus und steuerte direkt auf David zu.

»Mr Theo van Hell?«, fragte er, obwohl er natürlich genau wissen musste, wie van Hell aussah. »Der hochgeschätzte Erkan Günel erwartet Sie.«

Langsam fuhren sie durch Istanbul, vorbei an den Sehenswürdigkeiten, wo Dutzende Reisebusse die Straßen blockierten. Endlich hatten sie die Innenstadt hinter sich gelassen und gelangten in ein Viertel mit großzügigen Villen und prächtigen Gärten. Vor einer Villa im klassizistisch-türkischen Stil des letzten Jahrhunderts passierten sie ein massives Stahltor und fuhren durch eine breite Allee bis zu einer Freitreppe aus weißem Marmor. Oben zwischen riesigen Säulen stand bereits ein Mann in einem engen doppelreihigen Nadelstreifenanzug.

Mit ernster Miene lief David die Treppe nach oben. Natürlich kannte er den Mann, er hatte ihn auf unzähligen Fotos gesehen, die ihm Robyn von der »Abteilung« geschickt hatte. Es war Erkan Günel, Duzfreund des Präsidenten und Pate der türkischen Drogenmafia. Vielleicht wäre es am einfachsten gewesen, Erkan Günel gleich hier auf der Treppe auszuschalten, überlegte David blitzartig, aber dann sah er die vier Männer in paramilitärischen Uniformen zwischen den Säulen und verwarf diesen Gedanken sofort wieder.

»Theo van Hell. Es freut mich, Sie in meinem Haus begrüßen zu dürfen«, sagte Erkan Günel salbungsvoll und ignorierte die ausgestreckte Hand von David. Er drehte sich um und ging durch sich lautlos öffnende Flügeltüren in einen großen, lichtdurchfluteten Salon, der nur aus Marmor, Elfenbein und Gold zu bestehen schien.

»Schön haben Sie es hier«, sagte David lapidar und nahm seine Sonnenbrille ab. »Wirklich erstaunlich.«

Erkan Günel schwieg und taxierte David mit einem prüfenden Blick.

»Wir Türken sind stolz auf unsere Kultur. Die türkische Industrie zeichnet sich durch ein zweistelliges Wachstum aus«, verkündete er dann plötzlich stolz.

Wie würde Theo van Hell in dieser Situation reagieren? Wäre er gekommen, um sich einen Vortrag über die Größe und Einzigartigkeit der Türkei anzuhören? Nein, Theo van Hell wollte Business machen und hatte keine Zeit für dieses langatmige Geschwafel.

»Schön und gut, Mr Günel«, unterbrach er Erkan auf Englisch. »Aber wir sind nicht hier, um uns über die türkische Kultur und Wirtschaft zu unterhalten. Bei uns beiden geht es nur ums Geschäft.«

David ahmte den tiefen harten Tonfall von Theo van Hell nach und ging mehr und mehr in der Person auf. Er sah, wie zwei junge verschleierte Mädchen in grellgrünen Pluderhosen Tee und eine gläserne Wasserpfeife auf einem goldenen Tablett in den Raum trugen und vor ihnen abstellten. Als eines der Mädchen an David vorbeiging, tätschelte er ihm ganz nebenbei den Hintern.

»Wenn unsere Geschäfte zu einem positiven Abschluss kommen, dann schenke ich Ihnen das Mädchen«, sagte Erkan gönnerhaft, denn er hatte Davids Handbewegung sehr wohl bemerkt.

Die Mädchen verschwanden kichernd. Erkan hielt David das Mundstück der Pfeife entgegen.

»Das ist bestes Haschisch aus den Bergen«, sagte er und nickte auffordernd. Doch seine Pupillen verengten sich plötzlich und David wusste sofort, dass eine Falle auf ihn lauerte. Blitzschnell scannte David sein Gedächtnis und ließ die Bilder und Videos, die ihm Robyn in die verschlüsselte Dropbox geschickt hatte, im Zeitraffer Revue passieren.

Dutzende kurze Clips von Theo van Hell. Beim Rauchen seiner Mentholzigaretten, in einem Coffeeshop in Amsterdam, im Frankfurter Bahnhofsviertel in einem Animierlokal, in einem türkischen Spielsalon. Stopp. David starrte ausdruckslos auf Erkans Hand mit dem Mundstück, während in seinem Kopf das Bild einfror. Theo van Hell scheuchte einen Türken weg, der ihm eine Wasserpfeife reichen wollte. »Ist mir viel zu unhygienisch«, hörte er van Hells Stimme in seinem Kopf. »Van Hell hat Angst vor Bakterien«, hatte Robyn gesagt.

»Danke! Aber ich bevorzuge meine eigene Marke«, sagte er sofort und winkte ab. Erkan grinste zufrieden und lehnte sich zurück. David zuckte mit keiner Wimper, sondern fischte seine Packung Zigaretten hervor und zündete sich eine davon an.

»Oh, Sie haben noch immer Angst vor Bakterien?« Erkan lächelte hintergründig.

»Ich merke schon, Sie haben Ihre Hausaufgaben gemacht.«

»Ich will schließlich wissen, mit wem ich es zu tun habe, Mr van Hell.«

»Wo waren wir stehen geblieben, Erkan. Ich darf Sie doch Erkan nennen?« Theo van Hell war ein Mann, der sich nicht um Konventionen scherte und alle Welt nur mit dem Vornamen ansprach.

Erkan nickte gnädig. »Aber natürlich, Mr van Hell.«

»Sagen Sie Theo. So macht man einfacher Geschäfte.«

Erkan nahm eine futuristische Fernbedienung vom Glastisch und schaltete einen riesigen Bildschirm ein. David sah dasselbe Video, das er bereits von Robyn auf sein Handy geschickt bekommen hatte. Es war der hermetisch abgeriegelte Firmenkomplex im türkisch-irakischen Grenzgebiet mit seinen Feldern mit Tausenden von wogenden Opiumblüten, die ein rotes Flammenmeer bildeten und der Operation ihren Namen gegeben hatten: »Rote Wüstenblume«.

»Sehen Sie, Theo, das alles habe ich mir durch die serienmäßige Verarbeitung von Opium zu Heroin erarbeitet. Im Osten der Türkei arbeiten über tausend Menschen für mich. Ich habe ein Krankenhaus errichtet und sorge dafür, dass es meinen Arbeitern auch im Alter noch gut geht. Wir sind eine große Familie. Jetzt will ich diese Familie mit einer anderen Familie verheiraten, verstehen Sie, Theo?« Erkan schaltete den Bildschirm ab.

»Natürlich, ich kann Ihnen folgen.« David nahm einen tiefen Zug aus seiner Zigarette.

»Aber dafür müssen wir uns natürlich erst besser kennenlernen. Wir hier in der Türkei haben ein Sprichwort: ›Lüfte den Schleier, damit das Geheimnis ans Licht gelangt.‹ Wir machen nichts im Verborgenen.«

Erkan stand auf und trat an ein vergoldetes Sideboard, auf dem ein schweres, in rotes Leder gebundenes Buch lag.

»Das ist eine Chronik unserer ruhmreichen Geschichte«, sagte er mit einem Lächeln und hielt David das Buch entgegen. »Darf ich Ihnen dieses wertvolle Exemplar zum Geschenk machen?«

»Das ist sehr freundlich von Ihnen, Erkan. Aber ich lese nicht.« David hob abwehrend die Hände und für einen kurzen Augenblick verfinsterte sich die Miene von Erkan, doch dann knipste er sofort wieder sein einnehmendes Lächeln an und strich sich über den eisgrauen Schnurrbart.

»Ein Mann von Prinzipien, das gefällt mir.« Er zögerte einen Augenblick, ehe er weitersprach. »Aber vielleicht freut sich die Dame, die Sie am Bahnhof getroffen haben, über das Buch.«

»Welche der Damen meinen Sie?«, fragte David und zwang sich zu einem süffisanten Lächeln. »Es haben mich am Bahnhof mindestens drei Frauen um Feuer gebeten. Es scheint, dass mein Äußeres hier in Istanbul sehr gut ankommt.«

»Ja, ja. Unsere Frauen lieben blonde Männer«, antwortete Erkan zerstreut und legte das Buch auf den großen Glastisch.

»Es war nett, Sie kennenzulernen, Theo«, sagte er dann plötzlich. »Es gibt ein Sprichwort hier bei uns: ›Wirf einen Stein dreimal in den Fluss, ehe er Kreise zieht.‹ Deshalb werden wir uns öfter treffen, bevor wir detailliert über unsere Geschäfte reden.«

In diesem Moment wurde eine Seitentür aufgerissen und ein Junge von ungefähr sechs Jahren stürzte herein, gestikulierte wild mit den Armen und starrte mit weit aufgerissenen Augen auf David. Er sprach kein Wort, sondern stieß nur wolfsähnliche Laute aus. Erkans Stimme wurde ganz weich, als er auf Türkisch mit dem Jungen redete.

Der Junge nickte, drehte sich dann wieder um und stürmte durch die Tür. Aus dem Korridor dahinter war auch lautes Hundegebell zu vernehmen, doch ehe David einen Blick riskieren konnte, wurde die Tür auch schon wieder geschlossen.

»Wer war das?«, fragte David.

»Das war mein Sohn Arcun«, antwortete Erkan mit weicher Stimme und lächelte glücklich. »Er ist mein Nachfolger und wird eines Tages meine Geschäfte übernehmen, wenn ich ein alter Mann bin.«

Das also war das Kind, das David gemeinsam mit Leyla wieder zu seiner Mutter bringen sollte. Es stimmte, die Operation »Rote Wüstenblume« war ein sehr schwieriger Job. Auf den ersten Blick schien es aussichtslos, den Jungen unbemerkt aus der Villa zu schaffen, aber David stand ja erst am Anfang. Als er von Erkan durch die Eingangshalle zum Ausgang geleitet wurde, erinnerte sich David wieder an das Hundegebell aus dem Korridor und an den Videoclip, auf dem Arcun mit einem kleinen Schäferhundwelpen zu sehen war. Das war eine Chance, die vielleicht zum Erfolg führen konnte.

19

Am nächsten Tag machte sich David auf, um den großen Basar von Istanbul zu besichtigen. Während er sich mit den Menschenmassen vorwärtstreiben ließ und die bunten Stände vorüberzogen, hatte sich eine junge Touristin in Jeans und Sneakers zu ihm gesellt. In der Hand hielt sie einen Reiseführer und die große Sonnenbrille verdeckte die Hälfte ihres Gesichts.

Natürlich war es riskant gewesen, sich mit Leyla im großen Basar von Istanbul ein zweites Mal zu treffen. Doch noch gefährlicher wäre es gewesen, wenn David mit ihr telefoniert hätte. Aber er hatte seine Beschatter abgeschüttelt, und als sie mitten in einer dichten Menschenmenge nebeneinander hergingen, wäre ein Beobachter nie auf die Idee gekommen, dass sich die beiden kannten. Er hatte nicht damit gerechnet, dass seine Verfolger so hartnäckig gewesen waren und ihn trotz aller Vorsichtsmaßnahmen mit Leyla auf dem Bahnhof gesehen hatten. Einmal konnte er das mit einem Zufall erklären, aber ein zweites Mal war es gänzlich ausgeschlossen. Deshalb hatte er auch den großen Basar als Treffpunkt gewählt.

»Hast du in Burgas alles regeln können?«, fragte David Leyla und blickte starr geradeaus. In der Nacht der Hunde in Frankfurt hatten sie noch die Details ihres Plans ausgearbeitet.

Eines Plans, der so tollkühn wie risikoreich war und deshalb auch funktionieren konnte. Sie würden den Sohn von Erkan Günel mit einem Schnellboot nach Burgas in Bulgarien bringen. Von dort würde die Reise dann mit einem kleinen Privatjet über Rumänien nach Deutschland weitergehen. Die ganze Operation konnte in einem Tag abgewickelt werden, wenn nichts Unvorhergesehenes passierte.

»Natürlich, mein Kontaktmann verlangt einhunderttausend Dollar, davon habe ich bereits die Hälfte im Voraus bezahlt. Den Rest erhält er, wenn wir im Flugzeug sitzen.«

»Wie soll er an sein Geld kommen, wenn wir in der Luft sind?«, fragte David überrascht.

»Mein Kontaktmann ist Pilot. Er selbst wird uns fliegen.« Leyla lächelte und David betrachtete sie von der Seite. Mit ihrem aristokratischen Profil wirkte sie wie ein edler Raubvogel, der bereits sein Ziel umkreist und nur auf den günstigsten Augenblick wartet, um hinabzustürzen und seine Beute zu töten.

»Ganz schön clever von dir«, machte ihr David ein Kompliment, denn so hatten sie einen Unsicherheitsfaktor weniger, wenn der Kontaktmann in Burgas gleichzeitig auch der Pilot war.

Der Plan war im Grunde ganz einfach. Alles, was sie brauchten, war ein verlässlicher Kontaktmann in Bulgarien. Und Leyla verfügte über diese Kontakte noch aus ihrer Zeit als Beraterin für den Beiruter Consulter Brian Farruk. Deshalb war sie auch von Frankfurt mit dem Zug nach Sofia gereist, hatte ihre Kontaktperson getroffen und war mit ihm von dort mit einem Mietwagen nach Burgas an die Schwarzmeerküste gefahren. Burgas lag ungefähr zweihundertfünfzig Kilometer von Istanbul entfernt. Mit einem Schnellboot war die Strecke in kurzer Zeit zu schaffen.

»Ich organisiere noch ein hochgerüstetes Schnellboot, das uns ins Schwarze Meer fährt«, sagte David und drehte sich unauffällig nach etwaigen Verfolgern um. Doch in der Menschenmenge verloren sich die Gesichter und alles war nur noch eine einzige wogende bunte Masse.

»Wann startet die finale Phase der Operation?«, fragte Leyla und prüfte den Stoff eines bunten Kleides mit ihren Fingern.

»Zunächst muss ich mir ein Bild der Situation machen. Keine Ahnung, wie ich an den Jungen herankomme. Das kann ganz schnell gehen, aber auch etwas dauern. Vielleicht eine oder zwei Wochen.« David zuckte mit den Schultern.

»Zwei Wochen sind zu viel, David. In der Schnelligkeit liegt die Kraft«, sagte sie leise. »So lange können wir nicht unter Strom stehen.«

»Wir sollten uns nicht unter Zeitdruck bringen«, antwortete er.

»Doch, David, das sollten wir. Unter Druck arbeitet das Gehirn schneller, bringt Höchstleistungen zustande. In Beirut habe ich diese Methode trainiert. Immer in Bewegung bleiben.« Unbewusst tippte Leyla mit ihren Fingerspitzen auf Davids Oberarm.

David drehte sich zu einem großen Spiegel in einem vergoldeten Rahmen, der an einer Wand hing, und fuhr mit seiner Hand über die vergoldeten Schnitzereien. Da sah er die zwei Männer mit schwarzen Schnurrbärten, die aus der Masse der Basarbesucher herausstachen und unauffällig in ihre Richtung blickten.

»Achtung! Man hat anscheinend entdeckt, dass wir zusammengehören«, flüsterte er, und sofort ließ Leyla seine Hand los, verschwand in einem der Geschäfte. Im Spiegel sah David, dass einer der Männer sein Handy aus der Tasche zog, eine Nummer wählte und dann zornig auf das Display blickte.

Es gab kein funktionierendes Handynetz in dem Basar, dafür waren die Mauern wohl zu dick, überlegte David. Er hatte also noch einige Minuten. Der Mann mit dem Handy drehte sich gerade um und steuerte eine der seitlichen Basargassen an, die zu einem Ausgang führten. Er wollte sicher draußen telefonieren. Vorsichtig blickte er sich nach Leyla um. Sie stand in einem Laden, hatte sich in einen großen Schal gehüllt und sah dadurch völlig verändert aus.

»Du kümmerst dich um den Mann, der uns weiter beschattet. Lenke ihn ab, locke ihn auf eine falsche Fährte und schalte ihn aus, wenn es nötig ist«, flüsterte er. »Man darf auf gar keinen Fall wissen, dass wir zusammengehören.«

»Gehören wir auch wirklich zusammen?«, fragte Leyla, wartete aber keine Antwort ab, sondern verschwand wie eine Fata Morgana in der gleichförmig wogenden Menschenmenge.

David tauchte inmitten der Passanten unter, um auf die andere Seite der breiten Basarstraße zu gelangen. Der Mann mit dem Handy schob sich durch eine Gruppe von Touristen, die einem Führer mit aufgespanntem Schirm folgte, und wurde von der Menge aufgehalten. David holte auf. Er kramte fünf Dollar aus seiner Hosentasche und riss einen bunten Schal von einem der Ständer. Ehe der Besitzer protestieren konnte, hatte David die fünf Dollar auf sein Pult gelegt. Der Mann beruhigte sich wieder. Im Gehen drehte David den Schal zu einem kompakten Seil, umfasste es an den Enden mit beiden Händen. Der Mann war vielleicht hundert Meter vom Eingang entfernt, durch den eine weitere Touristengruppe in den Basar strömte. Links vom Eingang war ein leerer Verkaufsstand mit einer schmalen Tür, die einen Spalt weit offen stand.

Mit gesenktem Kopf ging David schnell seitlich an der Touristengruppe vorbei, die durch den Eingang drängte. Vor sich sah er den breiten Rücken des Mannes, sah das Telefon, das dieser in der Hand hielt. Der Mann war mit seinem Handy beschäftigt und achtete daher nicht auf seine Umgebung. David blieben vielleicht ein, zwei Sekunden, um zu handeln. Gerade hatte der letzte Tourist den Eingang passiert und der Mann wollte nach draußen treten. Mit der Hand schob er das Tor auf, da war David bereits hinter ihm, warf ihm den Schal über den Kopf. Er nutzte das Überraschungsmoment und zerrte den Mann blitzschnell in den leeren Verkaufsstand. Sein Verfolger war so überrumpelt, dass er nicht an Gegenwehr dachte, und David setzte ihn mit einem gezielten Handkantenschlag direkt auf den Kehlkopf außer Gefecht.

Hastig zog er sein Handy aus der Tasche und wählte eine Nummer.

»Sie dürfen diese Nummer nur in Notfällen anrufen«, hörte er die arrogante Stimme von Erol Bülat, seinem türkischen Verbindungsmann.

»Es ist ein Notfall«, flüsterte David und hockte sich auf den Boden. »Ich habe ein Paket im großen Basar, das abgeholt werden muss. Unauffällig. Es muss so aussehen, als wäre es ein Unfall.«

»Sie sind erst kurz in Istanbul und schon gibt es einen Zwischenfall. Gratuliere!« Die Stimme von Erol troff vor Zynismus. »Sie haben die Operation gefährdet.«

»Nicht, wenn Sie das Richtige tun, Erol. Theo van Hell darf mit dem Toten nicht in Verbindung gebracht werden«, schoss David zurück.

»Ich kümmere mich darum. Das ist doch mein Job«, erwiderte Erol kühl. »Wo sind Sie genau?«

»Ich bin auf der Seite des Basars, wo die Touristengruppen immer hereingeführt werden.«

»Also auf der Seite, wo sie abgezockt werden.« Erol trennte die Verbindung, ohne sich zu verabschieden.

David erkannte, dass Leyla recht hatte. In der Schnelligkeit lag die Kraft. Sie mussten schnell handeln. Es würde über kurz oder lang auffallen, dass einer von Davids Verfolgern fehlte. Damit war auch David in Gefahr, denn seine Tarnung als Theo van Hell konnte jederzeit auffliegen.

20

Nachdenklich steckte Erol Bülat sein Handy wieder in seine Hosentasche und ging zurück in den Barbierladen. Dieser David Stein machte Schwierigkeiten und das war gar nicht gut für die Operation »Rote Wüstenblume«, vor allem aber kam es zur denkbar ungünstigsten Zeit für Erols Geschäfte. Er hatte noch immer das große weiße Leintuch um den Hals gebunden, das ihm wie ein Leichenhemd erschien, als er sich im Spiegel des Ladens betrachtete. So wie jeden Tag war Erol auch an diesem Tag in den Barbierladen gekommen, um sich mit einem scharfen Messer klassisch rasieren zu lassen, und vor allem, um seinen bleistiftdünnen Schnurrbart exakt zu trimmen.

»Was war denn los?«, fragte der Mann, der die ganze Zeit über, während Erol telefoniert hatte, auf einem Stuhl an der rückwärtigen Wand gesessen und in einer Zeitschrift geblättert hatte. »Du siehst so aus, als hättest du soeben eine schlechte Nachricht erhalten.«

»Nichts von Bedeutung. Vielleicht habt ihr bald einen neuen Kunden«, meinte Erol kryptisch zu dem Mann.

Dieser legte die Zeitschrift zur Seite und ließ seine Fingerknöchel knacken.

»Dann ist eine schöne Provision für dich fällig.« Der Mann verzog sein Gesicht zu einem angedeuteten Lächeln, das aber bei ihm wie eine böse Fratze wirkte. »Um wen handelt es sich?«

»Das ist mein Deal und so soll es auch bleiben«, antwortete Erol kühl und setzte sich wieder in den altmodischen Barbierstuhl. »Wo waren wir stehen geblieben?«, fragte er den Barbier, einen alten Mann mit weißem Vollbart.

»Wir hatten gerade über Ihren Schnurrbart philosophiert, geschätzter Erol Bülat. Dabei hat uns das Klingeln des Telefons aus unseren kühnen Überlegungen gerissen.« Er nestelte in seinem weißen Mantel herum und zog einen zerknüllten Zeitungsausschnitt hervor.

»Geehrter Erol Bülat. Hier habe ich ein Foto in einem alten kinematografischen Magazin bei meiner Schwester entdeckt. Was haltet Ihr von dieser Fasson?«

»Zeig her!« Erol nahm dem Barbier den vergilbten Zeitungsausschnitt aus der Hand. »Sieht nicht übel aus! Wer ist das?«

»Das ist der Hollywoodschauspieler Errol Flynn. Ein berühmter Filmstar und bekannter Schnurrbartträger.«

»Errol Flynn? Habe ich noch nie gehört. Aber der Mann hat ja denselben Vornamen wie ich und fast den gleichen Schnurrbart. Was für ein Zufall!« Erol schlug sich mit der flachen Hand auf den Oberschenkel. »Was für ein eigenartiger Zufall.«

»Deshalb habe ich mir auch erlaubt, Ihnen diese Bartversion vorzuschlagen«, sagte der Barbier mit unterwürfigem Tonfall.

»Du denkst an deine Kunden, das gefällt mir«, lobte ihn Erol. »Ja, warum nicht. Der Schnurrbart auf dem Foto ist zwar ein wenig dicker, aber nur eine Nuance. Mach also keinen Fehler, sonst lasse ich dich köpfen.«

Erol lachte laut über seinen Scherz und drehte dabei abrupt seinen Kopf. Überrascht zuckte der Barbier zurück. Das scharfe

Rasiermesser glitt geschmeidig wie von selbst über das Kinn von Erol und fügte ihm einen dünnen Schnitt zu.

»Kannst du nicht aufpassen, du alter Idiot«, fauchte Erol wütend und sprang auf. Er riss sich das Tuch vom Hals, packte den zitternden Barbier an der Schulter und stopfte ihm den Zeitungsausschnitt in die Brusttasche seines Arbeitsmantels. »Hier, behalte deine alten Stummfilmstars für dich. Ich bin ein moderner Türke. Merk dir das.«

»Ich bin ein nichtswürdiger Barbier, Erol Bülat«, stammelte der Alte und krümmte sich zusammen, als würde er Schläge erwarten. »Ich bin es nicht wert, in Ihrer Sonne zu stehen.«

»Ist ja schon gut«, beruhigte Erol den Barbier, denn seine Wut hatte sich bereits wieder gelegt. »Aber das nächste Mal konzentriere dich besser auf das Rasieren. Hast du mich verstanden?«

Erol legte einige Lira-Banknoten auf den Tresen und griff nach seinem silbrig glänzenden Jackett, das an einem Kleiderbügel an der Wand hing.

»Ich muss los. Die Arbeit ruft«, sagte er zu dem Mann, der noch immer in der Zeitschrift blätterte und von der ganzen Szene anscheinend nichts mitbekommen hatte.

»Was ist mit deinem neuen Kunden?«, fragte dieser, ohne von seiner Zeitschrift aufzublicken. Er klang gelangweilt. »Du weißt, wir müssen eine Bestellung aufgeben, und das dauert seine Zeit.«

»Ich weiß, ich weiß. Ich gebe dir morgen Bescheid, ob wir uns handelseinig geworden sind. Dann kannst du das Heroin liefern.«

Erol trat vor die große Spiegelwand und tippte mit seiner Fingerspitze auf den Schnitt an seinem Kinn.

»Du kannst froh sein, dass ich heute kein Rendezvous mehr habe«, brummte er zu dem Barbier und rückte seine Krawatte zurecht. Ohne zu fragen, griff er nach einem der bunten Tiegel, die auf dem Tresen standen, und wischte mit zwei Fingern einen Batzen Brillantine heraus, den er gekonnt in seinen schwarzen Haaren verteilte. Mit beiden Händen strich er sich die Haare zurück und betrachtete sich wohlgefällig im Spiegel.

»Ist der neue Kunde vielleicht eine Frau?«, fragte der Mann im Hintergrund. Im Spiegel sah Erol, dass der Mann anzüglich grinste. »Willst du sie mir nicht vorstellen?«

»Seit wann interessierst du dich für Frauen?«, antwortete er sarkastisch und schickte eine angedeutete Kusshand zurück in den Spiegel. Der Mann sprang wie von der Tarantel gestochen in die Höhe und ballte seine Faust.

»Sag so etwas nicht noch einmal. Lange stehst du sowieso nicht mehr auf meiner Lohnliste, du kleiner korrupter Agent. Ich zeige dir gleich, wer hier ein ganzer Mann ist, und breche dir alle Knochen!«, schrie Sonny Günel und schleuderte wutentbrannt die Zeitschrift auf den Boden.

21

»Das zweite Paket ist ein Irrläufer – zurückholen!«, las Leyla die Nachricht von David auf dem Display ihres Handys. Schnell wickelte sie sich wieder aus dem großen Schal, damit ihr Verfolger sie leichter identifizieren konnte. Solange sie sich hier im großen Basar aufhielten, bestand keine Gefahr, dass der Mann seine Auftraggeber informierte. Bis jetzt wusste also noch niemand von der Verbindung zwischen Leyla und David.

Sie blieb an einem Geschäft stehen und ließ sich von einem übereifrigen Verkäufer mehrere goldene Ketten umhängen. Ihr Beobachter stand ein Stück entfernt vor einem Laden und probierte große protzige Ringe, die auf einem Tresen vor der Tür ausgestellt waren. Leyla verließ den Laden, ließ sich von der Menge vorwärtstreiben, wollte sich einen Lageplan des Basars auf ihr Handy holen, doch sie hatte keinen Empfang. Wie hatte David ihr die Nachricht schicken können? Wahrscheinlich war er bereits außerhalb des Basars und sie hatte durch Zufall eine Verbindung gehabt. Doch sie hatte keine Zeit, sich länger darüber Gedanken zu machen, denn sie musste handeln.

Langsam ging sie von den Gassen der Schmuckverkäufer und Goldschmiede in weniger frequentierte Bereiche des Basars. Sah ihren Beschatter in einem Umkleidespiegel, wie er sich suchend umblickte und dann zufrieden grinste, als er sie erneut entdeckt hatte.

Auffällig schlenderte Leyla durch einen schmalen Gang, der die Ladenlokale voneinander trennte. Hier waren nur wenige Touristen unterwegs, denn dieser Teil des Basars wurde gerade renoviert. Überall standen Leitern und Kübel mit Farbe herum. Sie riskierte einen Blick zurück. Ihr Verfolger war noch nicht in die Gasse eingebogen, wartete wahrscheinlich an der Ecke, um nicht aufzufallen. Diesen Augenblick nutzte Leyla. Schnell kletterte sie auf eine der umherstehenden Leitern und gelangte so auf das flache Dach eines Ladens, der wie alle anderen als Betonwürfel in die riesige Basarhalle gebaut worden war. Schmale Holzbalken verbanden die einzelnen Betonwürfel miteinander, dort liefen die Leitungen für Strom und Wasser.

Wie eine Katze balancierte Leyla über die schmalen Holzbalken, die oben von einem der Shops zum nächsten führten. Ihr Beschatter war inzwischen ebenfalls in die Gasse gekommen, blickte ratlos umher, hatte sie natürlich aus den Augen verloren. Hastig steuerte er auf einen Ausgang am Ende der Gasse zu. Leyla hielt den Atem an, als ihr Verfolger unter ihr durch die Gasse lief. Jetzt war sie hinter ihm und konnte die Situation kontrollieren. Lautlos folgte sie ihm über die Holzbalken. Der Mann ging immer schneller, zog jetzt sein Handy hervor und überprüfte die Netzverbindung, steckte es fluchend wieder ein, lief zu dem Ausgangstor, dessen Rollbalken schief nach oben geschoben war. Ein verbeulter Kleinlastwagen parkte in dem Durchlass und versperrte den Weg. Arbeiter luden lärmend Farbeimer und Baumaterialien von der Ladefläche. Leylas Verfolger war jetzt vielleicht hundert Meter von dem kleinen Lastwagen entfernt, er rief ihnen etwas auf Türkisch zu, aber die Arbeiter hörten ihn in dem Lärm nicht, sondern gingen nach draußen. Der Mann fluchte leise und begann schneller zu laufen.

Geduckt raste Leyla über die Holzbalken, war jetzt wieder direkt über dem Mann, der wild gestikulierend auf den Ausgang zulief. Jetzt hatte sie ihn überholt, warf einen schnellen Blick auf das Tor, der Kleinlastwagen verstellte den Arbeitern draußen die Sicht nach innen, aber ihr Verfolger würde bald das Tor erreicht haben. Es waren vielleicht noch fünfzig Meter bis zu dem Lastwagen, und Leyla war jetzt bereits einen Meter vor dem Mann, huschte zwei Meter über dem Boden vorwärts. Im Laufen griff sie nach einem losen Kabel, riss es aus der Verankerung. Plötzlich stoppte sie und setzte sich mit Schwung seitlich auf den Holzbalken. Sie streckte ihre Beine, die in Sneakers und engen Jeans steckten, nach unten, machte eine Grätsche direkt vor dem Gesicht des Mannes, der nicht mehr anhalten konnte und gegen ihre Beine prallte.

Mit ihren Unterschenkeln umklammerte Leyla seinen Hals, nutzte den Schwung aus und riss den Mann nach oben. Ehe er durch sein Gewicht aus ihrer Beinschere wieder zurück auf den Boden fallen konnte, hatte sie ihm das Kabel um den Hals geschlungen. Unter Aufbietung aller Kräfte katapultierte sie ihn hinauf auf den Holzbalken, der bedenklich ächzte und knackte. In Todesangst nach Luft schnappend schlug der Mann mit seinen Armen um sich, doch Leyla drehte das Kabel immer fester um seinen Hals zusammen. Nach einem letzten verzweifelten Aufbäumen sackte der Kopf des Mannes leblos zur Seite.

Ein, zwei Sekunden ruhig sitzen, Atem holen, dann denn leblosen Mann nach hinten in die Dunkelheit ziehen, befahl sie sich und überlegte blitzschnell die nächsten Schritte. Den toten Mann würde sie zunächst in einem der renovierten Läden ablegen, dann irgendwie unauffällig nach draußen schaffen und auf neue Anweisungen warten.

Deshalb musste sie wieder mit David Kontakt aufnehmen, um den Toten wegzubringen. In dem belebten Basar war das fast ein Ding der Unmöglichkeit, noch dazu bei der starken

Polizeipräsenz außerhalb. Sie musste sich also beeilen und sofort handeln.

Rasend schnell huschte sie über Holzbalken und Dächer auf den Ausgang zu. Der Lastwagen stand noch immer in der Toreinfahrt und der Rollbalken hing schief. Hastig fingerte sie ihr Handy aus der Tasche, hielt es zwischen Rollbalken und Wand nach draußen, um eine Verbindung zu bekommen. Das Piepsen signalisierte ihr, dass eine Nachricht eingegangen war. Schnell zog sie das Handy wieder nach drinnen.

»Bleib. Standort bekannt«, konnte sie noch gerade lesen, dann riss die Verbindung bereits wieder ab. Nur mit Mühe konnte sie einen Wutschrei unterdrücken. Wie sollte sie den toten Mann aus dem Basar bringen? Sie spürte, dass die Operation auf Messers Schneide stand. Wenn man den Toten fand, war alles vorbei. Sie presste die Lippen zusammen und band ihre Haare noch straffer nach hinten, so straff, dass ihre Kopfhaut schmerzte. Ja, Schmerz war gut, Schmerz ließ das Adrenalin fließen und machte das Denken klar. Sie schloss die Augen und ließ die Energie ungehindert fluten.

Als sie sich wieder auf ihre Umgebung konzentrierte, hatte sich etwas verändert. Die Stimmen der Arbeiter waren jetzt ganz nahe unter ihr. Es waren drei Männer, die Farbkübel, Leitern und Pressluftbohrer in die Gänge schleppten. Einen Laden nach dem anderen würden sie renovieren und bald auf den Toten auf dem Dach stoßen. Einer der Männer begann, mit dem Pressluftbohrer ein Loch in die Wand eines Ladens zu bohren. Brüchige Mauerteile fielen durch die Erschütterung nach unten. Auch die alten Verbindungsbalken knackten und plötzlich stürzte einer von ihnen mit lautem Krachen knapp neben einem der Männer zu Boden.

Der Lärm hörte abrupt auf und die Männer redeten hektisch auf Türkisch durcheinander. Leyla verstand kein Wort. Doch als einer der Männer eine Leiter an die Wand stellte, um nach oben zu klettern und die Beschaffenheit der anderen Balken zu überprüfen, wusste sie, dass man den Toten finden würde, der nur wenige Kojen entfernt auf einem der Dächer lag. Sie hielt den Atem an und blickte suchend umher. Sie war unbewaffnet, denn sie hatte noch keine Gelegenheit gehabt, ihr Paket von ihrer Istanbuler Kontaktperson abzuholen. Womit sollte sie sich verteidigen? Sie griff nach einer Holzlatte, die neben ihr auf dem Flachdach lag. Das war lächerlich, würde ihr aber zu einigen Minuten Vorsprung verhelfen. Einen Vorsprung, den sie brauchte, um zwischen Rollbalken und Lastwagen nach draußen zu verschwinden.

Leise stand sie auf, hielt die Holzlatte wie einen Baseballschläger, lauschte auf die bedächtigen Tritte und das Ächzen der Leiter, als jemand nach oben stieg. Der Kopf eines Mannes tauchte auf und Leyla holte mit dem Holz weit aus. Doch dann sah sie die Mündung einer großkalibrigen Pistole, die auf sie gerichtet war. In diesem Augenblick wusste sie, dass sie keine Chance mehr hatte.

»Legen Sie das Holz zur Seite«, sagte der Mann in fast akzentfreiem Deutsch mit einem arroganten Tonfall. Das Gesicht des Mannes mit dem bleistiftdünnen Schnurrbart erinnerte Leyla an einen Filmstar aus längst vergangenen Zeiten.

22

ISTANBUL, TÜRKEI

»Sie möchten doch nicht, dass ich Ihr hübsches Gesicht mit einer Kugel entstelle?«, meinte der Mann und lächelte schmierig, während er langsam die Leiter weiter nach oben stieg. »Also, legen Sie das Holzstück weg.«

»Sind Sie eine männermordende Femme fatale?«, fragte er ironisch und wies mit dem Lauf seiner Pistole auf den Toten, der noch immer das Kabel um den Hals hatte.

»Das reicht jetzt, Erol«, sagte David, während er auf das Dach der Fahrerkabine des Lastwagens stieg und sich zwischen dem Rollbalken hindurchzwängte, um in das Innere des Basars zu gelangen.

Er hatte Erol Bülat, den türkischen Verbindungsmann, draußen vor dem Nebeneingang des Basars getroffen. Dieser hatte die Arbeiter abgelenkt und war dann auf das Dach geklettert, um Leyla zu helfen.

Leyla hatte die Holzlatte auf das Dach gelegt und atmete hektisch. Der Schweiß stand ihr auf der Stirn. Eine schwarze Haarsträhne hatte sich aus ihrem Zopf gelöst und kringelte sich, als würde sie unter Strom stehen. Argwöhnisch blickte sie auf Erol, der nervös auf dem Dach auf und ab ging und sich dabei auf die Lippen biss, sodass sein bleistiftdünner Schnurrbart leicht vibrierte.

»Zwei tote Männer innerhalb kürzester Zeit. Und das ausgerechnet im großen Basar, der Touristenattraktion von Istanbul«, schnaubte Erol. »Das ist eine Katastrophe, David Stein.«

»Was sollen wir tun?«, unterbrach ihn David. »Die beiden Toten müssen verschwinden und dürfen auf keinen Fall mit mir in Verbindung gebracht werden. Das ist jetzt Ihr Job. Sonst können wir die Operation vergessen.«

»Ich weiß, was mein Job ist!«, fauchte Erol zurück und rückte seinen Krawattenknoten zurecht.

»Wieso zwei Tote?« Leyla blickte zu David und dieser nickte nur. »Verdammt ... zwei Leichen verschwinden zu lassen, wird schwierig. Gibt es einen Plan B?« Leyla kniff die Augen zusammen und sah abwartend von David zu Erol.

»Wer ist die Frau?« Erol drehte sich nicht einmal um, sondern wies nur mit seinem Daumen auf Leyla.

»Das ist Yasmina. Wir arbeiten gemeinsam. Das ist so mit der ›Abteilung‹ besprochen«, informierte ihn David kurz und knapp.

»Ich weiß nichts davon.« Erol verzog den Mund zu einem abfälligen Grinsen. »Das war unüberlegt, was du da gemacht hast, Yasmina«, sagte er zu Leyla, drehte sich ruckartig um und deutete mit seinem Zeigefinger auf sie. »Wenn ich die Arbeiter jetzt nicht weggeschickt hätte, dann würdest du ziemlich in der Klemme sitzen. Du bist eine hübsche Frau, handelst für meine Begriffe aber viel zu impulsiv.« Er wandte sich wieder an David. »Sind bei euch alle Frauen so männermordend?«

»Spar dir bitte deine zynischen Kommentare, Erol.« David war nicht in der Stimmung für Erols Ironie und baute sich vor ihm auf. »Jetzt hörst du uns zu. Wir sind hier, weil wir einen Job zu erledigen haben. Private Befindlichkeiten sind absolut unprofessionell und im Augenblick völlig fehl am Platz. Wenn du das nicht verstehst, dann ist es besser, wir kümmern uns selbst um die beiden Toten.«

»Okay, okay!« Erol hob beschwichtigend die Hände. »Ich wollte nur die Stimmung ein wenig auflockern. Natürlich müssen wir professionell arbeiten und die beiden verschwinden lassen. Ich lasse mir etwas einfallen, damit kein Verdacht auf dich fällt, Theo van Hell.«

Plötzlich hörten sie vom hinteren Ende der Basargasse Stimmengemurmel.

»Was ist das? Ich dachte, du hättest die Arbeiter weggeschickt, Erol?«, fragte David leicht irritiert.

»Habe ich auch«, antwortete dieser, und eine flammende Röte überzog sein Gesicht. David wusste sofort, dass Erol keinen Fehler eingestehen konnte. Das war zwar nicht die beste Voraussetzung für eine gute Zusammenarbeit, aber dagegen konnte er jetzt nichts machen. »Doch die Männer müssen etwas missverstanden haben. Ich schickte sie zum Haupteingang, um dort die hässlichen Kisten zu entfernen, die unsere Touristen behindern.«

»Da sind sie aber schnell wieder zurückgekommen«, antwortete David. »Wahrscheinlich waren sie zu faul, um deinen Befehl auszuführen«, meinte er noch abschließend, damit Erol nicht sein Gesicht verlor.

»Ja, genauso wird es sein.« Erol nickte mit dem Kopf und wischte sich mit dem Handrücken den Schweiß von der Stirn.

»Beeilung, wir müssen schnell handeln«, mischte sich jetzt Leyla ein und warf die Holzstange hinunter auf den Boden.

»Wo ist dein Auto?«, wandte sie sich schroff an Erol.

»Steht draußen hinter dem Lastwagen«, antwortete Erol sofort, und David wunderte sich insgeheim, dass er an ihrem scharfen Ton nichts auszusetzen hatte.

»Okay, dann fass mal mit an. Wir müssen den Toten sofort durch das Rolltor nach draußen in deinen Wagen schaffen.«

»Gibt es Überwachungskameras hier?«, fragte David und sah sich genau um.

»Nein, dieser Teil des Basars wird gerade renoviert. Deshalb gibt es auch noch keine Kameras.«

»Dann haben wir ja nochmals Glück gehabt.«

Die Stimmen der Arbeiter wurden lauter, als sie näher kamen, während David und Erol den leblosen Körper zwischen Rolltor und Fahrerkabine hindurchzwängten. Leyla stand draußen hinter dem Lastwagen und achtete darauf, dass nicht plötzlich ungebetene Gäste oder die Polizei auftauchten. Umständlich öffnete Erol den Kofferraum seines cremefarbenen Cadillac Eldorado, in dem bereits ein in Plastikfolie eingeschlagener Toter lag.

»Nummer zwei! Los!«, rief Erol und gab David ein Zeichen. Mit Schwung beförderten sie den anderen Toten in den Kofferraum des chromblitzenden Cadillacs.

»Es geht doch nichts über ein geräumiges amerikanisches Auto«, sagte Erol und holte ein silbernes Zigarettenetui aus seiner Sakkotasche.

»Die beiden Männer werden schnell vermisst werden«, meinte David zu Erol, der am Kühler lehnte und eine Zigarette in einer elfenbeinenen Spitze rauchte.

»Ich habe da schon so eine Idee«, sagte Erol und blies einen Rauchring in die Luft. »Macht euch keine Sorgen, die Operation ›Rote Wüstenblume‹ läuft weiter wie geplant.«

Prüfend betrachtete ihn David. Erol hatte jetzt seine Selbstsicherheit wiedererlangt, aber David war sich nicht sicher, ob er ihm trauen konnte. Ein Rest an Unsicherheit blieb, auch als Erol ihm auf die Schulter klopfte, dann sein silbergraues Sakko auszog und vorsichtig in den Fond des Wagens legte.

»Wo ist Yasmina?«, fragte er plötzlich und blickte sich um.

»Sie ist einfach abgehauen. Hast du sie nicht unter Kontrolle?«

»Sie braucht keine Kontrolle«, antwortete David und zuckte mit den Schultern. Leyla war lautlos verschwunden, um in der Millionenstadt Istanbul unterzutauchen, um sich in der Masse aufzulösen. Wahrscheinlich würde sie bald durch die Straßen und Gassen hetzen, um ihre Energie abzubauen, um die Dämonen zu bannen, die immer wieder Besitz von ihr ergreifen wollten. Es waren dieselben Dämonen, die auch David heimsuchten und seine Nächte zur Hölle machten.

»Komm mit«, sagte Erol plötzlich und zog David von seinem Cadillac weg. »Wir müssen das überschüssige Adrenalin abbauen.«

Es war, als könnte Erol Gedanken lesen, deshalb hatte David auch nichts dagegen einzuwenden.

»Aber was ist mit den beiden Toten im Kofferraum?«, fragte David und deutete auf den Cadillac, der zwei Parkplätze beanspruchte.

»Ach, der Wagen ist so auffällig, dass ihn niemand durchsuchen wird«, meinte Erol leichthin. »Außerdem habe ich ja die kleine Plakette an der Windschutzscheibe.«

»Was für eine Plakette?«, fragte David.

»Nichts Besonderes, nur ein weißer Halbmond mit schwarzem Stern. Da weiß die Polizei sofort, dass ich etwas Besonderes bin.« Erol lächelte und strich sich über seinen bleistiftdünnen Schnurrbart.

»Ihr seid schon ein besonderes Volk«, sagte David und schüttelte den Kopf.

»Endlich hast du begriffen, dass wir Türken einzigartig sind.« Erol klopfte ihm anerkennend auf die Schulter.

Schweigend gingen sie durch die verwinkelten Straßen der Altstadt, es waren immer weniger Menschen auf den Straßen und bald überhaupt keine Touristen mehr. Vor einem mit schwarzen Holzschindeln verkleideten Haus blieben sie stehen. Erol drehte sich zu David.

»Wollen wir?«, fragte Erol. Sein ironischer Tonfall war schlagartig verschwunden. Er drückte auf eine Klingel und eine Tür schwang lautlos auf.

»Was ist da drinnen?«, fragte David und war mit einem Mal sehr wachsam. Die ganze Situation gefiel ihm überhaupt nicht mehr. »Wo sind wir hier?«

»Lass dich einfach überraschen«, flüsterte Erol und rollte bedeutungsvoll die Augen.

»Ich hasse Überraschungen«, antwortete David und wollte ein wenig zur Seite treten. Doch Erol gab ihm völlig unerwartet einen Stoß in den Rücken und David stolperte über die Schwelle hinein in einen schwarzen Gang, an dessen Ende ein rotes Licht zuckte.

23

»Du bist verrückt, Erol!«, schrie David gegen den Lärm an, als er unter dem zuckenden roten Licht stand und in einen großen Keller hinunterblickte, der mit Menschen vollgestopft war, die alle zu ohrenbetäubend lauten türkischen Popsongs ekstatisch tanzten. »Was sollen wir hier? Vielleicht tanzen?«

»Wo denkst du hin, David.« Erol lachte laut auf und die Lichtorgel spiegelte sich in seinen pomadisierten Haaren. »Das ist für die gewöhnlichen Gäste. Aber ich bin hier ein VIP-Kunde.«

Er zog David weiter über eine Galerie, von der aus man die Gäste beobachten konnte, bis sie eine Treppe erreichten, die von Fackeln erhellt war, die links und rechts an den Wänden hingen.

Zielgerichtet stieg Erol nach unten und David folgte ihm. Noch immer war er angespannt, aber sein Misstrauen gegenüber Erol hatte sich bereits ein wenig verflüchtigt.

Plötzlich standen sie in einem niedrigen Kellergewölbe, dessen Wände blutrot bemalt waren. Das Gewölbe hatte verschieden große Nischen an jeder Wand, in denen sich Tische und Kissen befanden. In der Mitte des Raums drehte sich eine einsame Bauchtänzerin entrückt zu leiser orientalischer Musik aus versteckten Lautsprechern. Mädchen und Jungen in weißen Pluderhosen und T-Shirts liefen gebückt mit Tabletts voller Getränke und Wasserpfeifen umher. Erol winkte David und beide nahmen in einer Nische auf weichen goldenen Kissen Platz.

Ein Mädchen stellte plötzlich eine große Wasserpfeife auf den niedrigen Tisch und entzündete den Klumpen, der in dem silbernen Kopf lag. Sofort erfüllte der intensive Geruch von Haschisch die Nische.

»Du willst mir doch nicht sagen, dass du hier Haschisch rauchst, Erol?«, fragte David erstaunt, doch Erol schraubte gekonnt ein silbernes Mundstück auf den Schlauch und saugte so heftig daran, dass der Haschischklumpen aufglühte.

»Entspanne dich, David. Unser Job ist hart, da braucht man manchmal etwas Ablenkung.«

»Aus dir werde ich einfach nicht schlau, Erol.« David griff nach dem zweiten Mundstück, das ihm Erol hinhielt, und schraubte es auf den anderen Schlauch. Er inhalierte tief und das Haschisch stieg ihm sofort zu Kopf, räumte alle unnötigen Gedanken beiseite.

Mit einem lauten Seufzer ließ sich Erol in die Kissen zurücksinken.

»David, wie fühlt es sich an, wenn man jemanden tötet?«, fragte er unvermittelt.

»Ich arbeite immer zielorientiert«, gab David ausweichend zur Antwort, denn das Thema behagte ihm nicht. »Ich versuche, die Personen auszublenden und mich auf meinen Auftrag zu konzentrieren.« Er machte eine kurze Pause und nuckelte an seinem Mundstück. »Trotzdem ist es ein beschissenes Gefühl. Deshalb bin ich auch ausgestiegen und Hundeflüsterer geworden. Hunde sind einfach die besseren Menschen.«

»Das gefällt mir.« Erol schnippte und eines der Mädchen rutschte mit einem Tablett auf den Knien zu ihnen.

»Was willst du trinken? Gin, Whiskey, Wodka?«, fragte er David.

»Ich denke, als Moslems dürft ihr keinen Alkohol trinken?«

»Ach, David, das ist wie bei euch. Ihr geht ja auch nicht jeden Sonntag in die Kirche.«

»Wodka pur«, sagte David und prostete Erol zu.

»Ich finde, als Agent steht man außerhalb dieser Welt«, meinte Erol plötzlich und drehte nachdenklich sein Glas. »Man führt eine Schattenexistenz, lügt ständig und betrügt jeden. An diesen ständigen Lügen ist auch meine Ehe zerbrochen. Hatte eine wunderschöne Frau und zwei reizende Töchter. Aber ich habe mich nicht um sie gekümmert, war immer nur für meinen Job da. Bin oft monatelang untergetaucht, ohne ein Lebenszeichen von mir zu geben. Weißt du, David, undercover zu arbeiten ist fürchterlich. Du veränderst dich schleichend, wirst zu einer anderen Person, ohne dass du es bemerkst. Aber meine Frau hat es mitbekommen und mich verlassen. Eines Tages war sie mit den Kindern weg. Jetzt lebe ich mit einer schwarzen Katze zusammen.« Erol lachte laut auf, aber es klang nicht befreiend, sondern tieftraurig. »Verflucht. Ich rede abends mit einer Katze, weil es niemand anderen in meinem Leben gibt«, flüsterte er und strich sich seine pomadisierten Haare mit beiden Händen zurück. »Bist du verheiratet?«

»Meine Frau ist tot«, sagte David und saugte intensiv an der Wasserpfeife. Wie hatte Jane das in Kabul immer gemacht? Richtig, sie hatte Wodka auf das glühende Haschischstück gekippt. Das schoss einen direkt ins Universum. Wie in Trance erzählte er dann Erol von seiner Ehe, von dem Glück, das er verspürt hatte, aber auch von der unendlichen Trauer.

»Was ist mit Yasmina?«, fragte Erol nach einer Pause. »Ist ja fast dieselbe Konstellation wie mit deiner Frau.«

119

»Yasmina und ich sind sehr unterschiedlich«, antwortete er ausweichend und dachte an Leyla. »Wir sind komplett gegensätzlich.«

»Wie zwei gegensätzliche Pole, die sich trotzdem anziehen«, brummte Erol.

»Merkwürdig. Das hat sie auch einmal zu mir gesagt«, antwortete David überrascht. »Glaubst du, dass es für die große Liebe eine zweite Chance gibt?«, fragte er dann und bestellte noch eine Runde Wodka.

Mit seinem Glas in der Hand beugte sich Erol zu David.

»Sei glücklich, wie es ist, mein Bruder«, antwortete Erol mit schwerer Zunge. »Erfreue dich daran, dass du eine große Liebe erleben durftest. Manchen Menschen bleibt es für immer verwehrt, jemanden zu lieben. Wie Blinde tasten sie durch den schwarzen Tunnel des Lebens, suchen nach einem Ausgang, um einmal ihr Gesicht in das strahlende Sonnenlicht zu halten. Doch sie wissen nicht, dass dieser schwarze Tunnel niemals endet.«

»Du bist ein echter Poet, Erol.«

»Die Poesie liegt uns Türken im Blut.«

»Ich bin froh, dich zu kennen, Erol.« David hob sein Glas und prostete ihm zu.

»Ab jetzt bist du mein Bruder, David.« Die Gläser klirrten leise, als sie miteinander anstießen. »Ich arbeite undercover für Sonny Günel und das ist beschissen. Wenn ich in die Villa fahre, kommt mir das Kotzen. Ich bin der Dreck unter seinen Fingernägeln, denn ich bin käuflich. Ich bin ein korrupter Agent. Manchmal weiß ich selbst nicht mehr, ob das Fiktion ist oder doch die Wirklichkeit.«

»Du weißt genau, dass du auf der richtigen Seite stehst, Erol.«

»Hoffentlich sterbe ich auch für die richtige Sache, mein Bruder.«

24

Vor zehn Jahren hatte man Nikki de Klerk eine glänzende Karriere als Model vorausgesagt. Damals war sie siebzehn Jahre alt und sie war auch eine Zeit lang gut gebucht worden. Mit ihren langen blonden Haaren und den großen blauen Augen entsprach sie dem damaligen Schönheitsideal. Sie wirkte sauber, rein und unschuldig und das war Nikki damals auch gewesen. Doch dann war ihre Managerin bei einem Autounfall in Frankfurt ums Leben gekommen. Aus Kummer darüber hatte sich Nikki nach dem Begräbnis sinnlos betrunken. In derselben Nacht war sie vor einer Disco einem Mann mit Hund über den Weg gelaufen, der sie zu sich nach Hause mitnahm und drei Wochen in seiner Wohnung gefangen hielt.

Was in dieser Zeit wirklich mit ihr passiert war, darüber konnte oder wollte Nikki niemals sprechen. Tatsache war aber, dass sie nach dieser Tortur mit dem Modeln aufhörte und sich mit Gelegenheitsjobs über Wasser hielt. Sie lebte auch mit verschiedenen Typen zusammen, bei denen sie die Bekanntschaft mit Heroin und anderen Drogen machte. Immer wenn sie sich einen Schuss setzte, lösten sich die Gespenster der Vergangenheit auf, und Nikki war glücklich. Sie übersiedelte nach Amsterdam auf ein verschimmeltes Hausboot und wäre dort wahrscheinlich zugrunde gegangen, wenn nicht Theo van Hell in ihr Leben getreten wäre.

Van Hell sah Nikki vor dem Paradiso in Amsterdam, wo sie beide ein Konzert der Bad Seeds besuchten. Nikki erinnerte van Hell an eine Jugendliebe und er nahm sich vor, sie von ihrer Heroinsucht zu kurieren. Es war natürlich eine Ironie, wo doch van Hell sein Geld mit dem Verkauf von Drogen verdiente. Aber Nikki sollte clean werden, das hatte er sich in den Kopf gesetzt. Mit viel Champagner, Methadon und ausuferndem Sex schaffte es Nikki, zwei Monate lang sauber zu bleiben, doch dann traf sie einen alten Bekannten, der sie auf eine Crystal-Meth-Session einlud. Nikki konnte nicht widerstehen. Als Theo van Hell in seine Wohnung zurückkehrte, hatte Nikki einen drogenbedingten Anfall von Paranoia und versuchte, ihm mit einem Aschenbecher den Schädel einzuschlagen. Van Hell überlebte und warf Nikki aus der gemeinsamen Wohnung. Sie sahen sich nie wieder.

Sonny Günel fand, dass Nikki wie ein Wrack aussah. Mit siebenundzwanzig wirkte ihr ausgezehrtes Gesicht mit den dünnen Fältchen gut zehn Jahre älter. Ihre blonde Mähne war strähnig und ungewaschen. Sie hatte sich in einen verschlissenen Kimono gewickelt und an ihren dürren Handgelenken klimperten billige Armreifen. In dem Hausboot stank es durchdringend nach Cannabis und Moder. Es war Sonny nicht sonderlich schwergefallen, Nikki in Amsterdam zu finden. Im Vondelpark erkundigte er sich nach dem Mädchen und für ein paar Gramm Heroin gab man ihm auch bereitwillig Auskunft. Junkies waren eben Gewohnheitstiere, sie suchten immer dieselben Plätze auf und hatten überhaupt einen eingeschränkten Bewegungsradius. Sonny verachtete alle Arten von Drogen. Seine Droge war das Stemmen von Gewichten und das Auspowern am Sandsack. Wenn er fest gegen den ledernen Sack drosch, dann verflogen auch seine Ängste, denn Sonny hatte Angst. Angst, dass man ihm seine Gedanken von der Stirn ablesen konnte, Angst davor, dadurch bei Allah in Ungnade zu fallen.

Deshalb hatte er auch ein schlechtes Gewissen, denn bevor er Nikki aufgesucht hatte, war er mit einer großen knochigen Blondine mit harten Gesichtszügen noch schnell in einem diskreten Hotel gewesen.

Doch jetzt war er auf dem modrigen Hausboot von Nikki und die geilen Momente lösten sich in nichts auf. Mit gerümpfter Nase und eingezogenem Kopf ging er langsam durch die niedrige Kajüte, die Nikki bewohnte. Apathisch lag sie auf dem breiten Bett und folgte Sonny mit ihren Blicken.

»Du fährst mit mir nach Istanbul«, sagte Sonny schließlich nach einer längeren Pause, nachdem er sich in dem ganzen Dreck einigermaßen akklimatisiert hatte. »Dort wartet eine Überraschung auf dich!«

»Ich fahre nirgendwo hin«, lallte Nikki und verdrehte die Augen.

Sonny atmete tief durch und musste sich zurückhalten, um Nikki nicht einfach zu verprügeln. Diese Frau war wirklich das Letzte. Aber natürlich würde er nichts dergleichen tun, nein, ganz im Gegenteil. Deshalb grinste er bloß zynisch und holte eine Plastiktüte aus seiner Jackentasche, die er vor Nikki schwenkte.

»Wenn du brav bist, dann bekommst du den besten Stoff, den du jemals probiert hast.«

»Was muss ich dafür tun?«, fragte Nikki und öffnete bei diesen Worten ihren Kimono. Herausfordernd streckte sie Sonny ihre dürren Brüste entgegen.

»Vergiss es!«, sagte er und drehte sich schnell weg.

Es war doch immer wieder dasselbe. Sonny war angewidert. Die Frauen der Ungläubigen wollten immer mit ihrem Körper bezahlen. Da hatte der Prophet schon recht gehabt: Frauen sollten nur in Begleitung das Haus verlassen, dann konnte so etwas niemals passieren.

Professionell verpasste er Nikki einen Schuss, damit sie wieder klar denken konnte. Dann zog er ihr ein zerschlissenes Hippiekleid über und schleppte sie die Grachten entlang, bis sie zu einer Edelboutique gelangten. Dort wurde Nikki von oben bis unten mit perfekt aufeinander abgestimmten Designerstücken ausgestattet. Als ihr ein Nobelfriseur auch noch einen modischen Haarschnitt verpasst hatte, sah Nikki fast wieder aus wie früher.

»Warum machst du das alles für mich?«, flüsterte Nikki und schmiegte sich eng an Sonny, während sie an den schmalen Häusern entlanggingen. »Liebst du mich?«

»Nein, ich nicht!«, erwiderte Sonny angeekelt und rückte ein Stück ab. »Aber es gibt jemanden, der dich vielleicht noch immer liebt.«

»Der mich noch immer liebt?« Irritiert blieb Nikki stehen und starrte in das ausdruckslose Gesicht von Sonny. Mit ihren Bleistiftabsätzen war sie fast so groß wie er und sah wirklich beeindruckend aus. »Wer soll das sein? Mich kann keiner leiden!« Sie lachte freudlos und ihre blauen Augen schimmerten feucht. »Ich habe niemanden mehr auf der Welt.« Sie schniefte kurz auf. »Alles Pech der Erde hat sich über mich ergossen.«

»Beruhige dich!« Sonny versuchte, seiner Stimme einen angenehmen Klang zu geben, aber diese Frau ging ihm wahnsinnig auf die Nerven. Doch sie musste mit ihm nach Istanbul reisen, und zwar freiwillig. Er wollte auf keinen Fall hier in Holland Aufsehen erregen, jetzt, wo sein Onkel mit Theo van Hell so große Pläne mit dem Drogenkonsortium schmiedete. Also riss er sich zusammen und gab sich Mühe, sanft zu lächeln.

»Diesmal bist du eben auf der Sonnenseite des Lebens gelandet, Nikki«, sagte er und schob sie weiter. »Jemand hat sich nach dir erkundigt und will dich unbedingt wiedersehen.«

»Wer ist das?«, flüsterte Nikki.

»Nun, wenn ich es dir sage, dann musst du mir aber auch versprechen, mit mir nach Istanbul zu fliegen.«

»Wieso nach Istanbul?«

»Weil dort jemand ist, der dich einfach nicht vergessen kann.« Sonny wunderte sich, wie einfach und selbstverständlich eine Lüge nach der anderen aus seinem Mund kam. »Jemand, der immer nur an dich denken muss.«

»Mein Gott. Ich, ich habe keine Ahnung, wen du meinst!« Nikki riss ihre blauen Augen weit auf, und Sonny verfluchte sich innerlich, dass er vergessen hatte, Nikki eine Sonnenbrille zu besorgen, denn ihre Pupillen waren stecknadelkopfklein und man konnte auf den ersten Blick erkennen, dass sie unter Drogen stand.

»Bitte, bitte, sag mir doch endlich, wer es ist«, bettelte Nikki und klatschte wie ein kleines Mädchen in die Hände.

»Es ist Theo. Theo van Hell«, antwortete Sonny und war gespannt auf ihre Reaktion.

»Theo? Theo van Hell will mich sehen?« Nikki machte ein ungläubiges Gesicht. »Das kann ich mir nicht vorstellen. Nicht nach alledem, was zwischen uns passiert ist.«

»Du meinst die Geschichte mit dem Aschenbecher?«, fragte Sonny. »Mit dem du ihm diese Narbe über seinem Auge verpasst hast.«

»Nicht nur das. Theo weiß auch, was damals in der Wohnung passiert ist, als mich der Mann mit dem Hund gefangen gehalten hat.« Zweifelnd schüttelte Nikki den Kopf. »Er wollte mir den Horror nehmen, aber dann habe ich alles kaputtgemacht.«

»Jetzt kannst du wieder alles in Ordnung bringen, Nikki.« Mit seiner großen Hand strich ihr Sonny über die Wange und war in Gedanken wieder bei seiner knochigen Blondine.

»Ja, vielleicht.« Müde lehnte sie ihren Kopf an Sonnys Schulter. »Ich komme mit nach Istanbul.«

25

Der Wagen war eine schwarze Mercedes-Limousine, die mit überhöhter Geschwindigkeit auf einen Tunnel am Bosporus zuraste, kurz ins Schleudern kam, aber noch die Spur halten konnte, um dann mit schlingernden Fahrbewegungen in der Tunnelröhre zu verschwinden.

»Was passiert weiter?« Marius Müller von der »Abteilung« rückte seine Brille zurecht und sah seine Assistentin Robyn fragend an. Auf den Monitoren in der Zentrale der »Abteilung« sah man nur die schwarze Tunnelröhre, die wie ein unheilvolles Tor zur Hölle wirkte. Robyn saß wie immer mit verknoteten Beinen auf ihrem Drehstuhl und war gerade dabei, ihre bunten Schuhbänder aus den Ösen ihrer Sneakers zu fädeln. Müller kannte dieses Ritual schon, das machte sie immer, wenn sie schlechte Nachrichten zu berichten hatte.

»Im Tunnel ist der Mercedes mit einem Tankwagen kollidiert und bei dem Zusammenstoß ist der Tankwagen in die Luft geflogen. Das jedenfalls hat mir soeben Erol Bülat berichtet.«

»Und, glauben Sie das?«, blaffte Staatssekretär Beyer, der am anderen Ende des Tisches saß und dem der Schweiß von der Stirn tropfte. »Zwei Männer, die zu der Entourage von Erkan

Günel gehören, sitzen in dem Auto und sind tot, während unser Agent in Istanbul ist. Das ist doch kein Zufall.«

Herausfordernd blickte er umher, doch weder Robyn noch Müller gaben ihm eine Antwort.

»Ich sage Ihnen jetzt, was da wirklich passiert ist: Die beiden Leibwächter haben David Stein enttarnt und er hat sie ermordet.« Er klopfte sich mit der flachen Hand auf die Stirn. »Das muss man sich einmal vorstellen. Ein deutscher Staatsbürger tötet in der Türkei zwei türkische Staatsbürger. Diese politischen Verwicklungen. Nicht auszudenken, was es da für Konsequenzen gibt.«

»Vielleicht war es wirklich ein Unfall«, versuchte Müller, den Staatssekretär zu beruhigen, obwohl er selbst nicht daran glaubte. »Stein war zu diesem Zeitpunkt in seinem Hotel. Das haben wir überprüft.«

»Ach was!« Staatssekretär Beyer machte eine wegwerfende Handbewegung. »Der Mann hat doch überhaupt keine Skrupel. Der führt uns an der Nase herum. Will nur unser Geld.«

»Stopp!«, sagte Robyn. »Das ist völlig unlogisch. Stein bekommt das Honorar nur, wenn die Mission erfolgreich abgeschlossen ist. Also wird er nicht unüberlegt gehandelt haben.«

»Trotzdem wird Erkan Günel jetzt extrem auf der Hut sein«, ließ sich der Staatssekretär nicht von seinem Pessimismus abbringen. »Theo van Hell ist in der Stadt und seine Leute sterben. Der wird sich was denken.«

»Die Operation kann von unserer Seite aus wie gewohnt weiterlaufen«, sagte Müller kühl. »Stein hat sich nicht gemeldet, also ist alles im grünen Bereich.«

»Nein, das glaube ich nicht. Hier passieren Dinge, von denen ich keine Ahnung habe.« Beyer zückte sein iPad und startete ein File. Eine Stadt am Meer war zu sehen, dann eine attraktive Frau mit dunklen Haaren, die gemeinsam mit einem Mann in einem unbeleuchteten Restaurant verschwand. Bereits nach einigen Minuten kam sie wieder heraus und fuhr mit einem Taxi davon. Die nächste Sequenz zeigte die Frau am Bahnhof von Sofia in Bulgarien, wie sie in den Zug nach Istanbul stieg. Dann war das File zu Ende und das letzte Bild fror ein. Auf dem Display war jetzt nur noch ihr Gesicht im Halbschatten zu sehen.

»Wer ist die Frau?«, fragte Beyer und hielt das iPad in die Runde.

Robyn sah nicht auf und Müller zuckte nur mit den Schultern.

»Und Sie, was ist mit Ihnen?« Beyer fixierte Robyn, doch diese verschanzte sich weiter hinter ihrem Tablet und schob ihren Kopf noch tiefer.

»Das ist Yasmina«, sagte sie schließlich mit ihrer neutralen Stimme und tippte wieder in ihr Tablet, das mit den Bildschirmen synchronisiert war. Sofort ging ein Fenster auf und man sah die junge Frau mit den schwarzen Haaren aus dem File und daneben eine Kurzbiografie.

»Yasmina Delgado. War früher beim MI6, also beim britischen Geheimdienst, und hat sich nach ihrer aktiven Zeit selbstständig gemacht«, sagte Robyn.

»Ich verstehe nicht ganz, was das alles soll!« Müller wirkte aggressiv, das war er immer, wenn ihm die Dinge aus der Hand zu gleiten drohten oder er nicht genügend informiert war.

Staatssekretär Beyer lächelte ihn höhnisch an. »Sie scheinen nicht ausreichend Bescheid zu wissen, was Ihre Abteilung so macht, Müller.« Er leckte sich die Lippen und trank ein Glas Wasser. »Dann werde ich mal Ihren Wissensstand updaten.«

»Diese Yasmina hat sich in Burgas an der Schwarzmeerküste mit einem unidentifizierten Mann getroffen. Kurz darauf wurde von Burgas aus eine Überweisung über einhunderttausend Dollar auf ein zypriotisches Konto getätigt.«

»Was hat Yasmina mit unserer Operation zu tun, Robyn?«, fragte Müller jetzt gefährlich leise.

»Sie ist die Partnerin von David Stein!« Zum ersten Mal während dieser Besprechung blickte Robyn auf und sah Müller direkt an. »Sie haben Stein freie Hand gelassen, wie er die Operation anlegt. Er hat mich darüber informiert, dass er diesmal nicht alleine arbeiten möchte. Yasmina kennt er aus Khartum. Wir arbeiten in diesem Fall mit dem britischen Geheimdienst zusammen.«

»Jemand vom britischen Geheimdienst?« Beyer schlug mit seiner flachen Hand auf den Tisch. »Ich fasse es einfach nicht!« Immer wieder schüttelte er den Kopf. »Diese ganze Operation wird mir jetzt zu unübersichtlich. Ich riskiere doch nicht meinen Kopf dafür! Wir werden den Auftrag ›Rote Wüstenblume‹ beenden.«

»Aber Sie können doch unseren Agenten David Stein nicht einfach mit einer falschen Identität in Istanbul zurücklassen?« Müller schüttelte entrüstet den Kopf.

»Nochmals, Müller, damit wir uns auch verstehen: Ihre Abteilung existiert überhaupt nicht, ergo gibt es auch keinen David Stein. Es gibt nur den Drogendealer Theo van Hell. Wenn der in Istanbul stirbt, dann macht das auch nichts.«

Beyer blickte durchdringend auf Müller. Dieser rückte sich seine schwarze Brille zurecht und kratzte seinen Bart.

»Verstehe ich Sie richtig, Herr Staatssekretär. Sie wollen tatsächlich David Stein opfern, damit Sie aus der Sache raus sind?«

»Jetzt endlich haben Sie es kapiert.«

Beyer erhob sich und knöpfte sein Sakko zu. »Ich verlasse mich darauf, dass von der Operation ›Rote Wüstenblume‹ keine Spuren zurückbleiben – und ich meine tatsächlich keine Spuren. Haben wir uns verstanden?«

»Wie wollen Sie das dann in Brüssel kommunizieren?« Robyn starrte auf ihre offenen Sneakers, von denen die bunten Schuhbänder auf den Boden herunterbaumelten.

»Was? Wovon reden Sie, Sie überdrehter Freak?«, geiferte Beyer, blieb aber dennoch stehen, ohne die Tür zu öffnen.

»Die türkischen Beitrittsverhandlungen sind doch an die Auslieferung von Erkan Günel geknüpft«, redete Robyn ruhig weiter. »Doch der türkische Ministerpräsident wird niemals einen türkischen Staatsbürger an Deutschland ausliefern. Gleichzeitig will er aber in die EU. Deutschland kann Erkan Günel natürlich nicht auf türkischem Territorium entführen. Wir sind schließlich nicht der Mossad. Deshalb auch der Plan mit Theo van Hell. Dabei verliert kein Staat sein Gesicht und die Beitrittsverhandlungen können in die entscheidende Phase eintreten.«

»Was schlagen Sie also vor, Sie Wunderkind?«, ächzte Staatssekretär Beyer und ließ sich schwer auf einen Stuhl fallen.

»Wir lassen Stein mit seiner Partnerin weiterarbeiten wie bisher. Stein hatte bereits das erste Meeting mit Günel und dieser hat keinen Verdacht geschöpft. Jetzt kommt es zu einem neuerlichen Treffen der beiden. Da wird auch der Neffe, Sonny Günel, dabei sein und Stein lernt den Jungen, sein eigentliches Zielobjekt, kennen.«

»Wieso ist das Kind bei den Verhandlungen anwesend?«, fragte Beyer. »Das ist doch ungewöhnlich.«

»Es ist ein Familienessen. Die Familie ist Erkan Günel heilig, genau das ist ja auch sein Schwachpunkt.«

26

KAIRO, ÄGYPTEN

Anika Bergman erwachte schweißgebadet in ihrem stickigen Zimmer im Zentrum von Kairo. Durch das Loch in der Wand hörte sie den nie verebbenden Verkehrslärm der Stadt. Es war dunkel und nur durch das Loch fiel ein schmaler Streifen Mondlicht in das Zimmer. Anika schloss die Augen und versuchte, sich einen menschenleeren Strand vorzustellen, der von hohen Felsen eingerahmt war. Der Sand war weiß und unberührt und der Mann, der sich am Strand sonnte, lachte und winkte ihr zu. Neben ihm lag zusammengerollt ein struppiger Hund, der nur drei Beine hatte. Anika winkte lächelnd zurück und ihre zu zwei Zöpfen geflochtenen hellblonden Haare schlugen im Takt auf ihre Schultern.

Dann hörte sie das gepresste Atmen und die Bilder lösten sich auf. Es war nicht ihr Atem, sondern der Atem eines anderen Menschen. Vorsichtig öffnete sie wieder die Augen, gab sich Mühe, in der Dunkelheit etwas zu erkennen. Das Atmen kam von der Tür und in der dünnen Mondlichtspur sah sie die Konturen einer gebückt schleichenden Gestalt. Es war noch jemand in ihrem Zimmer! Ihr Herz schlug bis zum Hals, und nur schwer konnte sie die Panik unterdrücken, die sich ihrer bemächtigte. Am besten stellte sie sich schlafend, dann würde ihr schon nichts passieren.

Mit fest geschlossenen Augen und angehaltenem Atem lag sie regungslos in ihrem schmalen Bett und spürte den Schweiß, der in Bächen aus allen Poren drang und den Schmutz hinwegspülte, der sie innerlich immer mehr zersetzte. Das Atmen kam näher, wurde jetzt lauter und erregter. Sie roch eine durchdringende Knoblauchausdünstung und ein fauliger Hauch strich über sie hinweg. Noch immer versuchte sie, ruhig zu atmen, der Person im Zimmer das Gefühl zu geben, als würde sie tief und fest schlafen.

Eine schwielige Männerhand strich über ihre Brust, zunächst nur flüchtig, dann ein wenig fester. Ihr dünnes Baumwollhemd war schweißdurchtränkt und die Konturen ihrer Brustwarzen zeichneten sich deutlich ab. Vorsichtig strich eine Handfläche darüber. Anika drehte leicht den Kopf, so als würde sie im Schlaf gestört, und die Männerhand verharrte regungslos auf ihrer Brust, bis sie wieder gleichmäßig atmete. Plötzlich wusste sie, wem diese Hand gehörte und wer diesen fauligen Atem hatte.

Yussuf, dieses Schwein! Anika ballte unter der dünnen Decke ihre Fäuste. Es war, als hätte Yussuf diese Bewegung gespürt, denn mit einem Ruck zog er die durchgescheuerte Decke weg. Jetzt spürte sie seine andere Hand langsam wie eine kalte Ratte ihren Oberschenkel nach oben kriechen, um unter das dünne Baumwollhemd zu gelangen. Der stinkende Atem wurde hektischer, schneller und erregter. Anika atmete weiterhin laut und gleichmäßig, während ihr Herz vor Hass und Panik zu zerspringen drohte. Als die Hand von Yussuf zwischen ihren Schenkeln angelangt war, er alle Hemmungen verlor und rücksichtslos zu fummeln begann, konnte sie sich nicht mehr länger verstellen und schoss blitzartig in die Höhe.

»Hau ab, du Schwein!«, kreischte sie und verpasste Yussuf einen Faustschlag mitten in sein Gesicht. Sie hörte das Knirschen, als ihre Faust seine Nase brach, und sah im Mondlicht Blut über seinen Fusselbart rinnen. »Verschwinde!«, heulte sie und wollte nochmals zuschlagen, doch Yussuf hatte sich von seiner

Überraschung erholt und schlug ihr mit der flachen Hand so fest ins Gesicht, dass ihr Kopf wieder zurück auf das Kissen geschleudert wurde. Seine schwielige Hand umfasste ihren Hals und drückte zu, bis sie nur noch keuchen konnte und schwarze Punkte vor ihren Augen tanzten. Mit seiner anderen Hand zerrte er an ihrem Baumwollhemd und riss es mit einem Ruck entzwei. Brutal drückte er mit seinem Knie ihre Schenkel auseinander.

Yussufs Blut tropfte auf das Gesicht von Anika und es brannte auf ihrer zarten Haut wie Säure. Aber sosehr sie sich auch wehrte, der Schraubstockgriff, mit dem er ihren Hals umklammerte, gab nicht nach. Immer heftiger presste Yussuf sein Knie zwischen ihre Schenkel, versuchte jetzt, mit seinem dürren Körper auf sie zu kriechen, um sie zu vergewaltigen. Anika schlug wie wild um sich und für einen kurzen Moment ließ der Druck an ihrem Hals nach, sie schnappte nach Luft und begann zu schreien, so laut sie konnte.

Yussufs knochiger Körper presste sie auf die Matratze und mit der Hand hielt er ihr den Mund zu, um sie am Schreien zu hindern. Das Blut tropfte unaufhörlich aus seiner gebrochenen Nase in ihre Augen und hinterließ einen rötlichen Film auf ihrer Netzhaut, als wäre sie in einer roten Folterkammer. Aber es war kein roter Albtraum, sondern die Wirklichkeit, und die war grausam. Anika spürte, dass sie ihre Kräfte langsam verließen und dass Yussuf bald sein Ziel erreicht haben würde. Da wurde die Tür aufgerissen und jemand drehte das Licht an.

»Yussuf! Was geht hier vor!«, schrie ihre Schwester Mette und ließ dieser Frage einen Schwall Flüche folgen.

Yussuf rollte sich blitzartig von Anika, sprang aus dem Bett und strich sich seinen Kaftan glatt.

»Da siehst du, was deine ungläubige Schwester mit mir angestellt hat!«, rief er mit weinerlicher Stimme und tippte auf seine gebrochene Nase. »Sie wollte mich verführen«, wimmerte er und bemühte sich, sich das Blut aus dem Gesicht und dem

Fusselbart zu wischen. In dem trüben Licht einer einzelnen nackten Glühbirne wirkte die ganze Szenerie auf Anika unsagbar abstoßend und traurig. Sie begann zu weinen und versuchte, sich in ihr zerrissenes Hemd zu wickeln. Anstatt sie zu trösten, starrte Mette jedoch angeekelt auf ihre nackten Brüste, die Anika nur notdürftig mit dem zerfetzten Hemd bedeckt hatte.

»Verschwinde, du Hure!«, sagte sie zu Anika und legte alle Verachtung in ihre Worte. Dann packte sie ihren Mann am Arm und schob ihn aus dem Zimmer. Langsam drehte sie sich wieder zu Anika um. Ohne ihre blaue Burka wirkte Mette attraktiv, aber nach den vielen Kindern hatte ihre Figur die Form verloren und auch an ihrem einstmals so strahlenden Gesicht waren die Spuren des tristen islamischen Lebens nicht spurlos vorübergegangen. »Du liegst nackt im Bett und willst meinen Mann verführen. Leugne nicht!«, zischte sie böse.

»Du glaubst doch nicht, dass ich etwas von diesem Schwein will!«, kreischte Anika fassungslos. »Glaubst du wirklich, dein hässlicher Mann interessiert mich auch nur für eine Sekunde?«

»Beleidige nicht meine Familie. Du hast genau zehn Minuten, um aus dieser Wohnung, um aus meinem Leben zu verschwinden!« Mette rang die Hände und blickte gegen die Decke, auf der sich Stockflecken durch die Luftfeuchtigkeit gebildet hatten. »Oh, gütiger Gott, weshalb hast du mich mit einer ungläubigen Schwester geschlagen? Warum nur diese Prüfung?«

»Wo, wo soll ich denn hin?« Anika stand konfus in dem winzigen Zimmer und schlüpfte in ihren grauen Rock. Ihre Wange war gerötet und schmerzte noch immer von Yussufs Ohrfeige. In einem Spiegelscherben an der Wand sah sie die roten Striemen an ihrem Hals. »Ich kenne doch in Kairo niemanden außer dir«, stammelte sie weinerlich. »Es ist mitten in der Nacht!«

»Verschwinde! Du hast dieses Haus entehrt und ich brauche jetzt den Korangelehrten, der die Wohnung wieder von deiner Verderbtheit reinigt. Das kostet mich eine Menge Geld.

Geld, das ich nicht habe.« Wieder rang Mette die Hände wie ein altes Weib.

»Na gut. Ich verschwinde«, sagte Anika und stopfte wahllos ihre wenigen Habseligkeiten in einen zerschlissenen Rucksack, den sie sich dann über die Schulter schwang.

»Ich finde alleine nach draußen«, zischte sie, als Mette ihr folgen wollte, die sich in einen schwarzen Fetzen gewickelt hatte, da sie sich vor ihren Söhnen nicht ohne Tschador oder Burka zeigen durfte.

»Ich habe gesagt, ich finde alleine nach draußen!« Wütend stieß Anika ihre Schwester zur Seite. In diesem Moment kam Yussuf aus dem anderen Zimmer, in dem seine Söhne schliefen. Er hatte sich das Blut aus dem Gesicht gewischt und seine Nase notdürftig verbunden.

»Versuche bloß nicht, jetzt auf das Dach zu schleichen, du nichtswürdige Tochter einer Hure!«, rief Yussuf ihr hinterher. »Sonst werfe ich dich hinunter.«

»Dach? Wieso sollte ich auf das Dach?« Wie angewurzelt blieb Anika stehen und war knapp davor, ohnmächtig zu werden. »Was habe ich mit dem Dach zu tun? Ich war noch nie da oben.«

»Du Lügnerin! Du Lügnerin!«, schrie jetzt auch wieder ihre Schwester. »Ich habe dich beobachtet, wie du nach oben geschlichen bist, um die Eier einzusammeln und zu verkaufen, anstatt sie mit uns zu teilen.«

»Eier? Was für Eier?« Anika begann am ganzen Körper zu zittern. »Ich war nie auf dem Dach. Ich gehe auch jetzt ganz sicher nicht hinauf.«

»Spar dir deine Lügen. Alle im Haus wissen, dass du einen Käfig gemietet hast. Aber vor mir, deiner Schwester, wolltest du es verschweigen. Warum nur?«

»Ich war nie auf dem Dach.« Anika war müde, so unsagbar müde. Sie hätte sich am liebsten in einer Ecke zusammengerollt, um ein wenig zu schlafen. Ihr ganzes Leben lang hatte sie unüberlegt gehandelt, jetzt musste sie wohl die Konsequenzen dafür tragen. Vielleicht war es besser zu sterben. »Ich war nie auf dem Dach!«, kamen die Worte wie automatisch über ihre Lippen.

»Wenn ich dich auf dem Dach erwische, dann werfe ich dich hinunter.« Yussuf trat gefährlich nahe an Anika heran. Sein fauliger Atem brachte sie beinahe zum Kotzen. »Das Huhn, das du von deinem Hurengeld gekauft hast, gehört jetzt uns! Hast du verstanden? Versuche nicht, das Huhn mitzunehmen, sonst töte ich dich.«

»Ich war nie auf dem Dach«, wiederholte Anika mechanisch, drehte sich um und stieg schwerfällig die Stufen nach unten. Auf den Treppenabsätzen musste sie vorsichtig über schlafende Kinder und Frauen steigen, die dort nächtigten. In ihrem Kopf wirbelten die Gedanken umher, aber sie konnte sie nicht fassen. Alles war so konfus. Wie sollte sie jemals wieder auf das Dach gelangen? Wie konnte sie an ihr Nest kommen, wo unter dem Hühnerdreck der wasserdichte Plastiksack versteckt war?

Als sie einsam und verlassen durch die verdreckten Straßen von Kairo irrte, wurde sie von einem Gefühl der Hoffnungslosigkeit erfasst, das plötzlich wie eine schwarze Welle über sie hereinbrach. Sie hatte einfach keine Kraft mehr, um dagegen anzukämpfen. Mit geschlossenen Augen trat sie auf einem breiten Boulevard mitten in dem tosenden Verkehr auf die Straße. Doch nicht einmal das Sterben wollte ihr gelingen, denn die Autos blieben mit quietschenden Reifen stehen und die Fahrer fluchten und hupten wie verrückt. Also musste sie weiterleben. Immer wieder schlich sich der Plastiksack in ihre Gedanken, in dem all ihre Hoffnungen, Sehnsüchte und Wünsche lagerten. Dort war ihre Zukunft, die sie verloren hatte.

27

Leyla stand unter der eiskalten Dusche und spürte, wie das Adrenalin langsam aus ihrem Körper gewaschen wurde. Sie war bis zum Topkapi-Museum gejoggt, um dort nach einer Nachricht von David zu sehen. Auf einer Bank hatten sie einen toten Briefkasten eingerichtet. Ein mit Faserstift geschriebenes »A« auf der Lehne bedeutete »Alles läuft nach Plan«, ein »B« das Gegenteil. Schon von Weitem sah sie das »A«. Also würde David heute erneut mit Erkan Günel zusammentreffen.

Aber was gab es für sie zu tun? Das Schnellboot hatte sie bereits für eine ganze Woche gechartert. Morgen würde es in dem neuen Jachthafen auf der europäischen Seite von Istanbul eintreffen. Wieder verfiel sie in einen leichten Trab, rannte dann plötzlich los, verlangsamte ihr Tempo. Das Ganze machte sie so lange, bis sie wieder in ihrem Hotel war. Jetzt schmerzten ihre Füße und ihre Muskeln brannten wie Feuer. Sie wickelte sich in ein fadenscheiniges Handtuch und setzte sich an ihren Computer. Eine WLAN-Verbindung war der einzige Luxus, den das einfache Hotel zu bieten hatte. Es gab keinen Concierge und keine Kameras, was Leyla nur recht war.

Sie dachte an David, der am anderen Ende der Stadt mit Erkan Günel konferierte. Noch nie hatte sie für einen Mann so etwas wie Liebe empfunden. Deshalb kannte sie das merkwürdige Gefühl auch nicht, das sich ihrer bemächtigte, wenn sie an ihn dachte. Wahrscheinlich verschwendete er keinen Gedanken an sie, war völlig auf die Operation konzentriert. So wie früher sollte sich auch Leyla auf ein Ziel fokussieren und alles andere ausblenden. Doch so einfach war das nicht. Sie musste an Davids Freundin Sonja aus Artà denken und an die Postkarte mit den Pyramiden, die sie in Sonjas Wohnung gefunden hatte. War Sonja vielleicht in Kairo untergetaucht? Kairo war eine schmutzige, chaotische Millionenstadt und wie geschaffen, um Spuren zu verwischen, um ein neues Leben zu beginnen.

Sie schloss die Augen und versuchte, in den Kopf von Sonja zu schlüpfen. So zu denken wie Sonja, so zu handeln und daraus ihre Schlüsse zu ziehen. Ja, es war durchaus möglich, dass Sonja nach Kairo geflohen war. Doch jemanden in dieser Millionenstadt zu finden, war wie die berühmte Suche nach der Stecknadel in einem Heuhaufen. Es war aussichtslos. Aber wozu hatte sie ihre Verbindungen aus ihrer Zeit als Profikillerin? Sie verfügte nach wie vor über ein Netzwerk von Personen, die neuralgische Plätze und Hotspots beobachteten und Tag und Nacht die Augen offen hielten. Sie wusste aber auch, dass es gefährlich war, sich erneut zu melden. Schließlich hatte sie Brian Farruk, ihren früheren Auftraggeber, im Stich gelassen und in Marrakesch einflussreiche Personen seiner Organisation getötet. Doch vielleicht war sie nicht mehr wichtig für Farruks Organisation, vielleicht hatte man sie längst vergessen oder hielt sie für tot.

»Volles Risiko«, flüsterte sie und aktivierte einen Account, den sie seit damals nicht mehr benutzt hatte. In Windeseile verband sie sich mit einer Kontaktperson aus früheren Tagen.

»Ich suche dieses Zielobjekt«, schrieb sie und schickte ein gescanntes Porträt von Sonja mit einigen Eckdaten an die Webadresse. Umgehend erhielt sie eine verschlüsselte Antwort.

»Fehler, Fehler, Fehler!«, hämmerte es in ihrem Schädel. »Jetzt habe ich eine Spur hinterlassen, so breit wie eine Autobahn.«

Hastig deaktivierte sie ihren Account und schaltete den Computer aus. Zog auch die SIM-Karte aus ihrem Handy. Nur keine Spuren hinterlassen, warum nur hatte sie sich nicht daran gehalten? Ihr Puls begann plötzlich zu rasen.

Hatte sie wirklich einen Fehler begangen? Natürlich, sie hätte auf David warten sollen, der seinen ganzen geheimdienstlichen Apparat für die Suche verwenden würde. Aber jetzt war es zu spät. Jetzt konnte sie nur hoffen, dass sich niemand auf ihre digitale Spur gesetzt hatte. Nervös stand sie auf, schob den Vorhang ein wenig zur Seite und spähte aus dem Fenster. Sie sah weiter vorne die Lichter der Galata-Brücke den schwarzen Himmel erleuchten. Unten auf der Straße war alles ruhig. Autos parkten am Straßenrand, doch in einem von ihnen glaubte sie das Aufglühen einer Zigarette gesehen zu haben. Panisch prallte sie zurück. Hatte man so schnell ihren Standort lokalisiert und vielleicht bereits ein Kommando in Bewegung gesetzt, um sie zu töten?

Schnell griff sie unter ihre Matratze, zog eine glänzende Beretta hervor. Drückte den kühlen Stahl gegen ihre heiße Stirn.

»Ich will jetzt noch nicht sterben«, flüsterte sie. »Nicht jetzt, wo ich zum ersten Mal wirklich etwas für einen Mann empfinde.«

28

Das Restaurant »Süleyman« lag direkt auf einem Felsen am Meer.
Es war ein ehemaliger Sommerpalast des Sultans Süleyman gewesen und verfügte den Erzählungen nach über 365 Zimmer,
jedes davon in einer anderen Farbe. Süleymans Frau Roxelane
war vernarrt in Farben gewesen und wollte täglich in einem
anders kolorierten Salon erwachen. So weit zu den Erzählungen
aus dem sagenumwobenen Osmanischen Reich, wie es blu-
mig in dem Folder stand, den David in seinem Zimmer vorgefunden hatte. Der Folder hatte gemeinsam mit einer Karte
von Erkan Günel auf seinem Bett gelegen, und David gab sich
betont gleichgültig, denn wahrscheinlich war seine Suite inzwischen mit versteckten Kameras ausgestattet worden.

»Theo van Hell, wir erwarten Sie um 21.00 Uhr« stand auf
der Rückseite der Karte, die vorne nur den Namen von Erkan
Günel aufgedruckt hatte. Kein Ort, aber David konnte sich
schon denken, dass der Treffpunkt das Restaurant »Süleyman«
sein musste.

Als er sein Hotel verließ, spürte er bereits wieder die
Beschatter, die sich an seine Fersen geheftet hatten. Er hätte
jetzt zu gerne noch einen Kontakt zu Robyn hergestellt, um
sich über das Restaurant und die anderen Gäste zu informieren,

aber es war zu riskant. Eine weitere Auseinandersetzung mit den Männern von Erkan Günel konnte er nicht brauchen, das wäre viel zu auffällig gewesen. David winkte gerade einem Taxi, um sich zu dem Restaurant bringen zu lassen, da hielt eine schwarze Mercedes-Limousine vor seinem Hotel und ein livrierter Fahrer stieg aus, ging wortlos um den Wagen herum und hielt David die hintere Wagentür auf. Achselzuckend ließ sich David in den Fond des Wagens fallen und starrte nach draußen auf die Stadt und den pulsierenden Verkehr.

»Gehört das Restaurant ›Süleyman‹ auch Erkan Günel?«, fragte David und beugte sich nach vorne zu dem Fahrer. Doch dieser gab keine Antwort, sondern erhöhte das Tempo. Nach einer längeren Fahrt kamen sie an ein mit arabischen Zeichen verziertes vergoldetes Tor, das sich automatisch öffnete. Sie fuhren eine breite Straße nach oben und sahen in der Ferne bereits das Meer glitzern. Auf einem riesigen Parkplatz blieb der Mercedes stehen und der Fahrer öffnete David die Tür. Es standen nur wenige Fahrzeuge auf dem Parkplatz, aber alle waren in einer Preisklasse angesiedelt, die für David illusorisch war. Maserati, Ferrari, Bentley und mehrere schwarze Porsche Cayenne für das Personal.

»Sie werden erwartet«, sagte der Fahrer auf Deutsch und deutete auf die breite Treppe, als David stehen blieb. Die Eingangshalle des Restaurants »Süleyman« war in Silber gehalten, das sich als Farbthema bis hin zu den Kerzenleuchtern erstreckte. Im großen runden Speisesaal, der einen grandiosen Ausblick auf die Galata-Brücke und den europäischen Teil der Türkei bot, war die vorherrschende Farbe Gold. Die Wände waren mit Blattgold verziert und selbst Tische und Stühle hatten goldene Beschläge. Aus Tausenden von Kerzen wurde dieser Goldton nach oben unter die vergoldete Kuppel getragen und wieder zurückgeworfen auf einen einzigen riesigen runden Tisch, der in der Mitte des Saales stand und an dem bereits mehrere Frauen und Männer saßen, die David alle interessiert anblickten.

Als Erkan Günel David sah, sprang er auf und ein Lächeln breitete sich auf seinem gebräunten Gesicht aus.

»Theo van Hell! Wie schön, Sie hier begrüßen zu dürfen.« Er umfasste Davids Arm mit seinen beiden Händen und führte ihn wie einen alten Freund um den Tisch, um ihm die Anwesenden vorzustellen.

»Wo ist Arcun?«, rief Erkan, nachdem sie die Runde gemacht hatten, und blickte sich suchend um. Er klatschte in die Hände und sofort sprang eine rundliche Frau auf, die über und über mit Goldschmuck behängt war, und verneigte sich vor Erkan.

»Großmütiger Erkan Günel, verzeiht, aber Euer Sohn wollte mit seinem Scooter das Restaurant erkunden.«

Sie machte eine kurze Pause. David bemerkte, dass ihre Unterlippe zitterte. »Ich konnte ihm doch diesen Wunsch nicht abschlagen.«

»Wir haben einen Gast, da muss die Familie vollzählig anwesend sein«, unterbrach sie Erkan und maß sie mit einem verachtenden Blick. »Bring ihn sofort zu mir«, befahl er.

Schon nach wenigen Minuten kam sie mit dem Sohn zurück, der wortlos mit seinem Scooter wieder seine Runden um den Tisch zog. An einer golddurchwirkten Leine zog er einen jungen Schäferhund hinter sich her, dem bereits die Zunge aus dem Maul hing. Als der Junge stehen blieb, riss sich der junge Schäferhund los und stürmte auf den Tisch zu. Dort stellte er sich auf die Hinterbeine und schnappte nach einem Stück Brot, das auf einem der Teller lag. Niemand nahm Anstoß an dieser Szene, doch David wusste natürlich, dass der Hund überhaupt noch nicht erzogen war. Vielleicht war der Hund eine Möglichkeit, das Vertrauen des Jungen zu gewinnen.

Obwohl er den Sohn von Erkan Günel erst einmal gesehen hatte, machte er auch diesmal einen sonderbaren Eindruck auf David. Er war vielleicht sechs Jahre alt, sprach aber kein Wort, sondern gab nur unartikulierte Laute von sich, schnitt Grimassen und gestikulierte wie wild mit seinen Armen. Immer wieder zerrte er den jungen Schäferhund an der Leine zu sich und vergrub sein Gesicht im weichen Fell des Hundes. Der Hund war der einzige Lichtblick im Leben des Jungen, das erkannte David sofort. Er hatte ähnliche Situationen als Hundeflüsterer schon oft erlebt. Kinder, die ihre Ängste oder Aggressionen nicht mehr kontrollieren konnten, suchten Trost bei einem Hund. Der junge Schäferhund war also der Schlüssel, um das Vertrauen des Jungen zu gewinnen.

»Wieso spricht Ihr Sohn eigentlich nicht, Erkan Günel?«, fragte David und zog eine Zigarette aus der Schachtel.

»Seit seine Mutter bei einem Attentat ums Leben gekommen ist, spricht Arcun kein Wort mehr. Mehr will ich dazu nicht sagen, Theo van Hell«, beschied ihn Erkan in knappen Worten und damit war dieses Thema für ihn erledigt.

»Ist schon gut.« David zuckte mit den Schultern, so wie es Theo van Hell an seiner Stelle gemacht hätte. »Interessiert mich auch nicht weiter.«

»Sind jetzt alle vollzählig hier, dann können wir ja mit dem Essen beginnen!«, rief Erkan und klatschte in die Hände. Alle Gespräche verstummten und jeder der Anwesenden blickte starr auf seinen leeren Goldteller.

»Sonny fehlt aber noch.« Ein Junge sprang auf und deutete auf einen leeren Platz. Als ihn Erkan strafend ansah, setzte er sich schnell wieder auf seinen Goldstuhl und senkte den Kopf.

»Richtig, Sonny fehlt. Wo mag er bloß stecken?«, murmelte Erkan und seine Augenlider flatterten leicht.

David spürte, wie sich seine Nackenhaare sträubten, denn die flatternden Augenlider von Erkan signalisierten ihm ganz deutlich, dass er ganz genau wusste, wo Sonny sich im Moment aufhielt. Etwas stimmte nicht, nur, wo lag das Problem? Doch David wurde nicht lange im Unklaren gelassen, denn plötzlich wurden die Türen von zwei Angestellten aufgerissen und Sonny betrat den Raum und winkte wie ein Popstar. An seinem Arm hing eine extrem dünne Blondine, die aus der Entfernung wie ein Model aussah.

Doch als sie näher kam, sah David die feinen Falten in ihrem ausgezehrten Gesicht und die stecknadelkopfgroßen Pupillen, die ihn starr wie eine Schlange fixierten. Passend zu dem vielen Gold im Speisesaal trug die Frau ein golddurchwirktes Minikleid und mehrere schwere goldene Halsketten. Ihre langen hellblonden Haare waren zu einem kunstvollen Gebilde aufgetürmt. Die Frau war vielleicht dreißig Jahre alt, wirkte aber durch ihr hageres Äußeres wesentlich älter. Auf David machte sie den Eindruck eines Junkies. Er hatte keine Ahnung, wer diese Frau war, die jetzt direkt auf ihn zukam und ihn traurig anlächelte. Aber er musste auf der Hut sein. Er ließ es daher auch zu, dass sie mit ihrer Hand seinen Nacken umfasste und ihn leidenschaftlich küsste.

»Hallo, Theo! Du hast dich verändert. Wirkst viel ruhiger.« Sie kniff die Augen zusammen und starrte auf seine Stirn. »Ich dachte immer, der Cut, den ich dir verpasst habe, wäre links gewesen?«

29

Der Cut wäre links gewesen? Sonny Günel starrte auf Theo van Hells Narbe, die rechts war. Er beobachtete vor allem die Miene von Theo van Hell und sah, wie Nikki ihn liebevoll küsste, doch van Hell erwiderte ihren Kuss ziemlich leidenschaftslos. Auf Sonny wirkte er kalt wie ein Fisch. Dann flüsterte Nikki van Hell etwas ins Ohr und strich wieder über die Narbe, die seine Augenbraue teilte. Sonny verstand nicht, was Nikki flüsterte, aber van Hell zuckte bloß mit den Schultern und lächelte schief. »Warum denkt sie, die Narbe sei auf der falschen Seite?«, überlegte Sonny. Er musste Nikki später genauer dazu befragen. Wenn sie nicht vorher völlig weggetreten war. Denn im Augenblick stand sie wieder mal auf der Kippe. Wirkte nervös, aber glücklich. Wie eine Klette hängte sich Nikki an van Hell, fuhr ständig wie ein Flittchen mit ihrer Hand unter van Hells Sakko. Sonny bedauerte es fast, sie hierher nach Istanbul gebracht zu haben.

Nikkis goldenes Kleid glitzerte im Schein der Kerzen und ihr Goldschmuck klimperte verführerisch. Zum letzten Mal in ihrem Leben war Nikki so etwas wie ein Star und hatte die Bühne für sich. Den Laufsteg. Und den Mann, den sie über alles geliebt hatte. Das war Nikkis letzter großer Auftritt. Morgen schon würde sie tot sein und im Bosporus hinaus auf das offene Meer treiben. Sonny hatte nichts gegen Nikki, aber sein Onkel hatte es ja so gewollt. »Keine Spuren hinterlassen, Sonny«, hatte er wie immer zu ihm gesagt.

»Ist das nicht eine Überraschung, Theo van Hell!«, rief Sonny, als Nikki einen Schritt zurücktrat und van Hell von oben bis unten musterte. Sie schüttelte ihre blonde Mähne und ihre Augen glitzerten, als sie den Kopf zu Sonny drehte.

»Theo liebt mich noch immer«, sagte sie zu Sonny und lachte mit einem hysterischen Unterton. »Aber er kann es wie immer nicht zeigen!«

Mit gerunzelter Stirn sah Sonny, wie Nikki hüftschwingend auf van Hell zuging und ihn wieder zu sich heranzog. »Weshalb wolltest du, dass ich nach Istanbul komme, Theo? Warum nur hast du mich nicht in Ruhe gelassen?«

Theo van Hell schwieg und fixierte Nikki mit seinen blauen Augen. Auf Sonny wirkte er unglaublich cool und für einen kurzen Augenblick versuchte Sonny, sich van Hell nackt vorzustellen, aber sofort verdrängte er diesen Gedanken wieder.

»Warum sollte ich dich noch lieben, wenn du mir doch die Narbe verpasst hast.« Wie von der Tarantel gestochen zuckte Nikki zurück und drückte ihre knochigen Finger gegen ihre Schläfen.

»Theo, Theo. Du weißt, wie mich die Ratten damals bedrängt haben. Du hast sie in die Wohnung gelassen und sie wollten mich bei lebendigem Leib auffressen. Da musste ich mich wehren.« Sie stampfte mit ihrem goldenen Stiletto auf den weißen Marmorboden. »Ich will aber nicht mehr daran denken!«

»Das war dein großer Auftritt!« Van Hell fingerte eine Zigarette aus der Schachtel, überlegte es sich aber dann anders und steckte sie wieder zurück. War er nervös geworden?

»Gib es doch zu, Theo, du liebst mich noch immer. Warum sonst hättest du mich nach Istanbul bringen lassen? Hier werden wir tausendundeine Nacht durchfeiern, so wie früher.«

Am Tisch hatte Arcun seinen Hund wieder eingefangen und kam neugierig auf Nikki zu. Der junge Schäferhund zog heftig an der Leine und schnüffelte hektisch auf dem Boden umher. Vor Nikki blieb er stehen, umkreiste sie zuerst ein- oder zweimal, um dann ohne Vorwarnung mit einem heiseren Bellen an ihrem nackten Bein hochzuspringen.

Nikki stieß einen gellenden Schrei aus und drückte sich fest an van Hell.

»Hilfe!«, schluchzte sie. »Ich habe noch immer Angst vor Hunden, Theo!«

»Du brauchst keine Angst vor Hunden zu haben. Sie tun dir nichts«, versuchte van Hell, sie zu beruhigen. Nikki rückte ein wenig von ihm ab und starrte ihn von der Seite an. »Wieso sagst du das? Du weißt doch, was mir damals passiert ist!«

Für einen kurzen Moment starrte sie van Hell verständnislos an, hatte sich aber sofort wieder unter Kontrolle, als er bemerkte, dass ihn Sonny beobachtete. Was war hier faul? Vorsichtig blickte sich Sonny um. Erkan Günel stand an den Tisch gelehnt und beobachtete die geschmacklose Szene, ohne eine Miene zu verziehen. Die anderen Familienmitglieder blickten peinlich berührt auf ihre Teller, denn für das türkische Ehrempfinden benahm sich Nikki wie eine Hure. Aber das war sie schließlich auch, überlegte Sonny abfällig. Trotzdem wurde er nicht schlau aus Theo van Hell. Kannte er Nikki nun oder kannte er sie nicht? Und was war das für eine Aktion mit dem Hund von Arcun gewesen? Nikki schien van Hell jedenfalls wiederzuerkennen, aber Theo machte einen völlig unbeteiligten Eindruck. War dieser Mann wirklich so abgebrüht, dass er sich nicht mehr an Nikki erinnern konnte oder wollte?

Plötzlich fiel ihm auf, dass van Hell Nikki noch kein einziges Mal beim Namen genannt hatte. Ja, richtig, er hatte überhaupt fast nichts gesprochen, sondern nur alles aufgesogen wie ein Schwamm, um dann die richtige Antwort zu geben.

»Vielleicht hast du recht«, sagte Sonny deshalb und fasste Nikki an ihrem dünnen Arm. »Vielleicht liebt dich Theo van Hell nicht mehr und es tut ihm leid, dich hierher nach Istanbul geholt zu haben. Du warst einfach nicht wichtig genug in seinem Leben, um einen dauerhaften Platz darin einzunehmen«, provozierte er sie weiter. »Er hat dich einfach vergessen, denn er weiß ja nicht einmal mehr deinen Namen.«

»Das, das stimmt nicht, Theo. Sag ihm, dass es nicht stimmt. Du kannst mich nicht vergessen, nicht nach alledem, was ich dir erzählt habe.« Nikki schluckte, als sie die Erinnerung übermannte. »Ich, ich habe dir doch alles erzählt. Von dem Mann mit dem Hund. Das kannst du nicht vergessen haben«, hauchte sie schließlich und umfasste mit ihren langen Fingern die Wangen von van Hell.

»Sag meinen Namen«, flüsterte sie und ihr ausgezehrtes Gesicht zuckte leicht. »Bitte, sag diesem Arschloch, dass du mich nicht vergessen hast.«

»Los, Theo van Hell. Tun Sie ihr doch den Gefallen und sagen Sie ihr endlich, dass Sie die Dame nicht vergessen haben«, mischte sich Erkan Günel plötzlich ein und trat nach vorne. »Beende endlich dieses unwürdige Schauspiel, Sonny. Und dann bringst du diese Dame wieder dorthin, wo du sie aufgegabelt hast«, zischte er böse seinem Neffen zu. »Du siehst doch, wie peinlich berührt die Familie von dieser Szene ist.«

Lächelnd drehte sich Erkan dann um und klopfte van Hell aufmunternd auf die Schulter: »Tun Sie dieser verliebten Frau doch den Gefallen«, meinte er höhnisch. »Ich will, dass Sie ihren Namen laut aussprechen, Theo van Hell!«

30

»Stein, Sie sollen nicht diese App aktivieren!« Robyn vergrub sich noch tiefer in ihren Stuhl und sah in dem winzigen Fenster, das sie auf ihrem Tabletcomputer aktiviert hatte, das Gesicht von David Stein.

»Sie sind im Restaurant ›Süleyman‹. Dort ist es zu gefährlich, um mit uns Kontakt aufzunehmen. Man könnte uns abhören. Beenden Sie sofort das Gespräch«, sagte sie und wollte gerade die App deaktivieren, als sie ein gezischtes »Nein!« hörte.

»Wie bitte?«, fragte Robyn vorsichtshalber nach.

»Nein!« So bestimmt hatte sie David noch nie reden gehört, deshalb blieb Robyn auch online. »Sie haben mich nicht ausreichend informiert«, hörte sie seine gepresste Stimme und glaubte auch einen Anflug von Hektik darin zu spüren. David Stein, der Inbegriff von Ruhe und Besonnenheit, war plötzlich nervös. Was war hier passiert?

»Robyn, es ist Ihnen ein Fehler unterlaufen, denn …«

»Fehler?« Robyn richtete sich blitzartig auf und stellte schwungvoll ihre Beine auf den Boden. »Stein, mir passieren keine Fehler, das müssten Sie doch langsam wissen.«

»Sparen wir uns Spitzfindigkeiten und Erklärungen, Robyn.« Stein wirkte gehetzt und seine Stimme war nur ein Flüstern.

»Wer ist die Frau, die Theo van Hell den Cut zugefügt hat? Die blonde Frau. Ich brauche ihren Namen, sofort!«

»Der Cut stammt von einem Geschäftspartner«, antwortete Robyn. »Das steht doch alles in Ihren Aktionsunterlagen.«

»Falsch! Den Cut hat ihm diese blonde Frau zugefügt, die jetzt hier in Istanbul aufgetaucht ist. Und es muss noch etwas anderes in ihrem Leben geben, das nur Theo van Hell wissen kann. Ein Vorfall, der mit Hunden zu tun hat. Wie heißt die Frau? Sie ist ein Junkie, vielleicht dreißig Jahre alt, groß, sieht gut aus. Schnell, ich brauche ihren Namen.«

Plötzlich verstummte David und drehte den Kopf aus dem Bild.

»Stein?«

Keine Antwort, stattdessen hörte Robyn ein lautes Klopfen und eine tiefe Männerstimme, die auf Englisch brüllte: »Theo van Hell. Wir warten. Ihr Hemd muss doch längst trocken sein.«

»Sorry, brauche es nur noch zu föhnen.« Der sofort darauffolgende Lärm des Gebläses zum Händetrocknen war ohrenbetäubend und knatterte durch den ganzen Raum. Hastig blickte sich Robyn um, alle Bildschirme waren schwarz, es würde einige Minuten dauern, bis sie sich überall eingeloggt hatte und ihre Accounts aktivieren konnte. Zeit, die David Stein aber nicht hatte.

»Fehler« hatte er gesagt, das Wort klang in Robyns Ohren nach, brachte ihre überdurchschnittlich aktiven grauen Zellen zum Vibrieren und sie hörte das Blut in ihren Adern pochen.

»Eine Frau, eine Blondine, Stein will ihren Namen wissen«, sagte sie laut in den leeren Kontrollraum der »Abteilung« hinein, um sich auf diese Weise selbst zu beruhigen.

Sie minimierte das Fenster in der App, setzte ein Headset auf, um trotzdem mit Stein weiter verbunden zu sein, hörte von dort aber nur das ohrenbetäubende Kreischen des Gebläses und das wütende Pochen an der Tür.

Sie hatte nicht mehr Zeit als zehn Sekunden, das wusste sie. Wenn Stein den Namen seiner früheren Freundin nicht sofort erfuhr, dann war seine Tarnung so gut wie aufgeflogen, dann war Theo van Hell ein toter Mann. Sie konzentrierte sich auf Amsterdam. Hatte plötzlich Sonny Günel auf ihrem Tablet, als sie sich in das System einer Überwachungsfirma hackte. Unscharfe Aufnahmen von Sonny und einer Blondine. Sonny war gut darauf zu erkennen, die Blondine wirkte merkwürdig hart. Beide in einem Hotel. Sonny hatte aber das falsche Zimmer genommen, denn dort war er im Blickwinkel der Überwachungskamera.

»Stein, ich schicke Ihnen ein File über Sonny Günel«, zischte Robyn. »Das können Sie später sicher gebrauchen.«

»Verdammt, mich interessiert kein Video. Ich brauche den Namen der Frau, sofort!«, würgte sie Stein ab.

»Sekunde!«

Drei Datenbanken, die sie zu Theo van Hell angelegt hatte, rasten gleichzeitig über das Tablet. Mit den Keywords »Frau – blond – Junkie« hatte Robyn die Suche stark eingegrenzt und schließlich blieben nur noch zwei Namen übrig. Eine Nikki de Klerk und eine Joanna Richmond. Beide waren mit Theo van Hell befreundet gewesen und mit beiden hatte er Streit gehabt. Joanna Richmond war sogar nach einer Attacke auf Theo van Hell vor einem Klub in Polizeigewahrsam genommen worden. Beide siebenundzwanzig Jahre alt. Beide waren schwer drogenabhängig. Robyn riskierte einen Blick auf die Digitalanzeige des Tablets, die Ziffern rasten. Sie hatte nur wenig Zeit.

»Ich habe zwei Namen. Nikki de Klerk oder Joanna Richmond«, zischte Robyn in das Headset. »Geben Sie mir einen Anhaltspunkt, Stein.«

»Ein Vorfall mit Hunden«, flüsterte David in den Lärm des Händetrockners. Schrie dann auf Englisch: »Ja, ich komme doch!«

»Joanna Richmond. Wurde vor dem Klub von einem Hund gebissen, in Amsterdam. Anschließend eine kosmetische Operation.« Robyn spürte, wie ihr der Schweiß auf die Stirn trat. Das war ihr noch nie passiert. Aber sie hatte auch noch nie einen Fehler gemacht. Bis heute.

»Sind Sie sicher, Robyn?«

»Stein, die Wahrscheinlichkeit spricht für Joanna Richmond.«

»Okay! Joanna Richmond«, hörte sie Steins Stimme, dann verschwand die App. Stein hatte die Verbindung getrennt. Hastig aktivierte Robyn den Trojaner auf seinem Handy und lehnte sich in ihrem Stuhl zurück. Nervös biss sie sich auf die Fingernägel, eine schlechte Angewohnheit, der sie seit ihrer Studienzeit nur noch in Ausnahmefällen nachgegeben hatte. Doch heute war eine dieser Ausnahmesituationen. Joanna Richmond. Sie begab sich in den unendlichen Datenmassen des World Wide Web auf die Suche. Joanna Richmond, der Name ließ sie nicht mehr los. Nach wenigen Minuten wusste sie auch weshalb. Es war eine Twittermeldung, die sie abgefangen hatte und die von Amsterdam nach Los Angeles abgegangen war. Darin drückte eine Eve den Eltern von Joanna Richmond ihr Bedauern über den Tod ihrer Tochter aus.

Robyn las die Meldung zweimal, verglich die Accounts, aber es war kein Fake, sondern die Wirklichkeit: Joanna Richmond war bereits vor über einem Jahr verstorben.

31

Als David den Sicherungsriegel der Toilette umlegte, wurde sofort die Tür mit einem lauten Knall aufgerissen.

»Theo van Hell!«, brüllte Sonny und sah sich mit finsterem Blick in dem marmorverkleideten Waschraum um. »Weshalb sperren Sie die Tür ab?«

»Damit mir nicht Leute wie Sie auf die Pelle rücken, wenn ich Hemd und Hose auswasche und trockne«, entgegnete David kühl und stopfte sich das feuchte Hemd in seine Anzughose. Als er von Erkan Günel und Sonny nach dem Namen der blonden Frau gefragt worden war, hatte er geistesgegenwärtig ihre Hand mit dem Champagnerglas genommen, sie unauffällig gedreht, sodass ihm die Flüssigkeit über Hemd und Hose spritzte.

»Sorry, bin sofort wieder hier«, hatte er gerufen und die Frau in die Wange gekniffen. »Das war sehr ungeschickt von dir, Schatz!«

Ohne sich weiter um Erkan oder Sonny zu kümmern, war David dann in eine der luxuriösen Toiletten gestürzt und hatte die App zu Robyn aktiviert. Natürlich wusste er, dass es äußerst riskant war, sich einfach auf der Toilette einzusperren, aber er musste unbedingt den Namen der Frau erfahren, die eine enge Freundin von Theo van Hell zu sein schien. In den Aktionsunterlagen hatte er aber nichts über sie erfahren.

»Ich frage mich, weshalb sie so überstürzt in den Waschraum gelaufen sind, Theo van Hell! Nur wegen dem bisschen Champagner. Sie wissen doch, dass Champagner keine Flecken hinterlässt. Blut jedoch sieht auf Ihrem Anzug bestimmt hässlich aus, meinen Sie nicht?« Sonny baute sich vor David auf und fixierte ihn mit seinen mitleidlosen schwarzen Augen, die wie tot wirkten. »Ich habe ein sehr schlechtes Gefühl mit Ihnen, Theo.«

»Da kann man leider nichts machen, Sonny. Auch Sie sind mir nicht gerade sympathisch.« David wurde wieder zu Theo van Hell und verzog den Mund zu einem verächtlichen Grinsen. »Ich mache aber das Geschäft nicht mit Ihnen, sondern mit Ihrem Onkel!«

»Zwei Mitarbeiter meines Onkels sind tot!« Sonny kam immer mehr in Fahrt und David befürchtete, dass es zu einer Eskalation kommen könnte. Aber er musste einen kühlen Kopf bewahren, um die Mission nicht zu gefährden.

»Ein grauenhafter Unfall in dem Tunnel beim Bosporus. Was haben Sie damit zu tun, Theo van Hell?«

»Bin ich jetzt für Autounfälle in Istanbul verantwortlich?«, fragte David zynisch und kniff die Augen zusammen.

»Ich schlage dir die Fresse ein«, blaffte Sonny. »Die beiden hatten den Auftrag, dich zu überwachen!«

»Tja, da sind sie aber weit vom Weg abgekommen, ich kenne nicht einmal den Tunnel am Bosporus! Und jetzt lassen Sie mich endlich mein Hemd ordentlich trocknen«, wollte David das Gespräch beenden.

»Sie wissen nicht einmal den Namen Ihrer Freundin«, ließ sich Sonny nicht aus der Spur bringen. »Leiden Sie an Gedächtnisschwund oder weshalb fällt Ihnen der Name nicht ein?«

Davids Gedanken rasten wild in seinem Kopf umher, als ihn Sonny immer weiter in dem Waschraum nach hinten drängte. Doch es wäre unklug gewesen, sich zu wehren. Deshalb verhielt sich David passiv, um kein Aufsehen zu erregen.

»Ich habe Ihre Stimme gehört, Theo«, murmelte Sonny, als würde ihm diese Tatsache erst jetzt einfallen. »Ihre Stimme hier im Waschraum. Doch da ist kein Mensch. Sprechen Sie immer mit sich selbst, Theo? Antworten Sie den Stimmen in Ihrem Kopf? Haben die Drogen Sie vielleicht verrückt gemacht?«

»Hören Sie, Sonny. Ich weiß nicht, welche Stimmen Sie hören, aber ich habe mit niemandem gesprochen, ist das klar?« David wollte sich an Sonny vorbei nach draußen schieben, doch Sonny blockierte ihn mit seinem ausgestreckten Arm.

»Wie heißt Ihre Freundin, Theo?«

»Ist das jetzt eine Quizsendung?«, feixte David und grinste. »Na gut, wenn Sie es unbedingt wissen wollen, Sonny.« Wütend schob er Sonnys Arm zur Seite und ging zur Tür. Drehte sich noch einmal um, maß Sonny von den Schuhen bis zu den Haarspitzen, sagte dann mit größtmöglicher Verachtung: »Sie heißt Joanna. Joanna Richmond. Sind Sie jetzt zufrieden? Aber Sie sind nicht ihr Typ.«

»Falsche Antwort!«, rief Sonny und zog blitzschnell seinen Revolver.

»Was soll das?«, fragte David verblüfft und streckte seine Hände in die Höhe. »Hat es Sie so gekränkt, dass Sie nicht ihr Typ sind?«

»Die Frau draußen, die einmal Ihre Freundin war, heißt nicht Joanna. Theo ... oder wer auch immer Sie sind und vorgeben zu sein.« Er winkte mit seiner Hand. »Los, kommen Sie herüber zu mir und geben Sie mir Ihr Handy. Wir wollen doch mal sehen, mit wem Sie telefoniert haben.«

Mit zwei Fingern zog David das Handy aus seiner Sakkotasche und hielt es in der Luft.

»Ja, ich habe telefoniert, Sonny«, sagte er und schwenkte das Handy. »Aber bevor Sie etwas Unüberlegtes tun, sollten sie sich lieber einmal ansehen, was ich gemailt bekommen habe.«

»Ich mache dich kalt, du Scheißtyp!« Sonny hielt die Waffe im Anschlag, als er David das Handy aus der Hand reißen wollte. Doch David schlug seine Hand zurück, aktivierte das Videofile von Robyn und hielt ihm das Display vor das Gesicht.

»Nicht so hastig. Den Film wollen wir uns doch gemeinsam ansehen, nicht wahr, Sonny«, sagte David und spürte, dass Sonny unsicher wurde.

Das File war von einer Überwachungskamera, grobkörniges Schwarz-Weiß, aber man konnte die handelnden Personen klar erkennen. Sonny Günel eng umschlungen mit einer Blondine, die im Zimmer ihre Perücke abnahm, ihr Kleid auszog und zu einem gut gebauten Jungen wurde, den Sonny leidenschaftlich küsste. Als Sonny das Video sah, erstarrte er.

»Das, das ist eine Fälschung!«, krächzte Sonny und fuchtelte nervös mit seiner Pistole durch die Luft. »Das bin nicht ich!« Sein Gesicht wurde bleich wie eine Leinwand und auf den Wangen bekam er hektische rote Flecke. Wieder griff er nach dem Handy, doch David zog es geschickt weg.

»Es nützt auch nichts, das File zu löschen, es gibt Tausende Kopien davon.«

»Sonny?«, war plötzlich die Stimme von Erkan von draußen zu hören. »Wo bleibst du mit unserem Gast so lange. Ist alles in Ordnung?«

»Keine Sorge, Onkel. Theo und ich haben uns nur unterhalten, von Mann zu Mann«, antwortete Sonny und steckte schnell die Pistole wieder in seine Jackentasche.

»Hat er dir jetzt endlich den Namen seiner Freundin genannt?«, fragte Erkan argwöhnisch.

»Natürlich, Onkel. Aber Nikki geht ihm ziemlich auf die Nerven, darüber haben wir eben hier geredet.«

»Es ist unhöflich, die Familie so lange warten zu lassen«, brummte der Onkel, trat aber nicht zu ihnen in den Waschraum.

»Natürlich, Onkel. Wir sind auch gleich wieder bei den anderen.«

»Hören Sie mir jetzt gut zu, Sonny«, flüsterte David, als sich Erkan wieder entfernt hatte. »Mir ist es völlig gleichgültig, ob sie mit Männern oder mit Frauen schlafen. Aber Ihr Onkel wird über dieses File nicht erfreut sein. Schlimmer noch, er wird Sie verachten und verstoßen.«

»Was wollen Sie?«, ächzte Sonny und trommelte mit seinen schwieligen Fingern gegen den weißen Marmor des Waschraums. Dann drehte er sich zum Spiegel, blickte lange hinein, schraubte die goldenen Wasserhähne auf und spritzte sich Wasser ins Gesicht.

»Ich bin für alle Zeiten entehrt, wenn das herauskommt.« Er atmete heftig und wischte sich mit einem Handtuch über sein Gesicht.

»Es braucht niemand zu erfahren.« David trat hinter Sonny und lehnte sich mit verschränkten Armen an die Wand. Sonny hob den Kopf und betrachtete David durch den Spiegel.

»Was muss ich tun?«

»Sie müssen gar nichts tun, Sonny. Es bleibt alles genauso wie bisher. Ich bin Theo van Hell und bin nach Istanbul gekommen, weil ich mit Ihrem Onkel ein Geschäft machen will.«

»Was passiert mit dem File auf Ihrem Handy?« Sonny wies mit dem Daumen auf das Handy, das David noch immer in seiner Hand hielt.

»Das File auf dem Handy vernichte ich. Aber wie gesagt, es gibt noch Dutzende Kopien davon, die alle gleichzeitig losgeschickt werden, wenn ich mich nicht zu einem bestimmten Zeitpunkt melde. Diese Files sind meine Lebensversicherung, haben Sie das verstanden, Sonny?«

Sonny nickte mit verkniffenem Gesicht und beim Hinausgehen klopfte ihm David vertraulich auf die Schulter.

»Keine Angst, Sonny. Ich bin ein Ehrenmann, das habe ich in Amsterdam schon öfter bewiesen.«

»Aber Sie sind nicht Theo van Hell?«, fragte Sonny zaghaft.

»Wie kommen Sie darauf, Sonny. Natürlich bin ich Theo van Hell. Aber ich bin auch nicht dumm. Deshalb wollte ich mich rückversichern. Ich brauchte einen Verbündeten. Und dieser Verbündete sind jetzt Sie.«

Bestimmt schob David Sonny vor sich aus dem Waschraum.

»Und jetzt sehen Sie zu, dass Sie Nikki de Klerk zurück nach Amsterdam schicken. Und zwar lebend«, fügte er noch hinzu.

32

Istanbul, Türkei

Alle Mitglieder der Familie starrten auf David und Sonny, als beide wieder in dem goldenen Saal erschienen. Nikki hing apathisch auf einem Stuhl und starrte ins Leere. Erkan stand kerzengerade vor dem runden Tisch und hatte die Arme vor der Brust verschränkt.

»Weshalb die ganze Aufregung?«, fragte er mit einem gefährlichen Unterton. »Bloß, weil Sie einen Namen vergessen haben, Theo van Hell?«

»Onkel, er weiß den Namen«, beschwichtigte ihn Sonny, und David atmete innerlich auf. »Er hat mir auf der Toilette auch viele Details aus ihrem gemeinsamen Sexleben erzählt.«

»Siehst du«, rief Nikki plötzlich. »Theo hat meinen Namen also doch nicht vergessen. Er liebt mich noch immer. Stimmt's, Theo?«

»Vergiss es, Nikki!« Wieder schlüpfte David in die Haut von Theo und rümpfte seine Nase. »Ich mag keine aufgewärmten Sachen. Deine Zeit ist schon lange vorüber, Nikki!«

»Du blödes Arschloch!«, keifte Nikki und sprang auf. Doch zwei schweigsame Männer in dunklen Anzügen gingen dazwischen und schleppten die schreiende Nikki aus dem Saal.

»Was ist das nur für eine Schlampe!« Kopfschüttelnd sah ihr Sonny hinterher.

»Schweig, Sonny. Es sind Frauen aus unserer Familie anwesend«, herrschte ihn Erkan an und schien sich für den Augenblick mit der Erklärung zufriedenzugeben. »Schreiten wir nun zu unserem Dinner.«

Das große Familienessen war ein hektisches Durcheinander von Stimmen, untermalt von einer dreiköpfigen Musiktruppe, die mit Trommeln, Flöten und einem lang gezogenen klagenden Gesang für eine zusätzliche Lärmquelle sorgten. Trotzdem entstand eine harmonische Atmosphäre, in der sich auch Theo van Hell wohlgefühlt hätte. Aber Theo war Geschäftsmann und wusste, dass man mit diesem Familienkram nur seine Aufmerksamkeit lähmen wollte. Deshalb stand er auf, warf seine Serviette auf seinen goldenen Teller und winkte Erkan.

»Wann reden wir endlich über die Geschäfte, Erkan?«, fragte er.

»Sind Sie in Eile, Theo van Hell?« Erkan zog amüsiert die Augenbrauen hoch. »Die türkische Gastfreundschaft ist unerschöpflich, daran werden Sie sich gewöhnen müssen.«

»Ich habe aber auch noch andere Verpflichtungen!«

»Ich bin bis Ende der Woche in Anatolien. Wollen Sie mich begleiten?«

»Danke, kein Interesse«, winkte David ab.

»Nun gut. Wenn ich zurück bin, machen wir den Deal.« Erkan blickte David lange in die Augen. »Und jetzt kein Wort mehr über das Geschäft.«

David unterhielt sich angeregt mit seiner Tischnachbarin, die sich als Ehefrau des Polizeichefs von Ankara vorstellte.

»Mein Mann sitzt dort drüben«, sagte sie stolz und wies auf einen dicken Mann. »Er wird als neuer Innenminister unseres hochgeschätzten Präsidenten gehandelt.« Erst jetzt erkannte David, dass Erkan Günel tatsächlich ein engmaschiges Netz an einflussreichen Persönlichkeiten um sich geschart hatte, die anscheinend alle von ihm finanziert wurden. Er wollte der Frau gerade ein Kompliment machen, als der Schäferhundwelpe plötzlich auf einen leeren Stuhl sprang und mehrere dick mit Sirup vollgesogene Baklava-Stücke von einem goldenen Teller schnappte.

»Jetzt zeige ich dir, wie man diesen Köter richtig erzieht.«

Angeekelt sprang Sonny in die Höhe und warf dabei seinen Stuhl um. Mit einer schnellen Handbewegung zog er seinen breiten Ledergürtel aus der Hose und bückte sich nach dem jungen Schäferhund, der sich inzwischen unter dem Tisch verkrochen hatte. Arcun, der Junge, grunzte unartikuliert und versuchte, zwischen Sonny und seinen Hund zu gelangen, doch eine seiner Gouvernanten hielt ihn zurück.

»Das ist jetzt Männersache«, flüsterte sie auf Türkisch dem Jungen ins Ohr.

»Männersache!«, übersetzte Davids Tischnachbarin und lächelte verlegen, während ihre goldenen Armreifen klimperten.

»Das finde ich nicht«, antwortete David und schob seinen Stuhl zurück.

»Sonny!«, rief er laut. »Gehen Sie von dem Hund zurück!«

Widerspruchslos gehorchte Sonny, fädelte seinen Gürtel wieder in die Schlaufen seiner Hose und setzte sich mit einem hochmütigen Zug im Gesicht auf seinen goldenen Stuhl.

Unter den erstaunten Augen der Gäste bückte sich David und hielt dem Hund seine Faust entgegen. Dabei bemühte er sich, Blickkontakt mit dem Tier herzustellen. Der Hund wich zwar immer wieder aus, doch David ließ nicht locker. Als es ihm endlich gelang, ließ er den Schäferhund nicht mehr aus den Augen. Wortlos kniete er sich dann nieder und rutschte langsam auf den Hund zu, fixierte ihn mit seinem Blick. Der Hund scharrte mit seinen Vorderpfoten über den Marmorboden, winselte leise, begann plötzlich zu wedeln und kroch dann vorsichtig auf David zu. Langsam erhob sich David, weiterhin den Hund im Blick, klopfte sich mit der flachen Hand auf den Oberschenkel und der Hund kam gehorsam auf ihn zu. David drehte seine Hand und schlug nach unten. Sofort setzte sich der Hund neben ihn und blickte zu ihm hoch. Mit dem Zeigefinger wies David nach unten und der Schäferhund warf sich auf den Boden.

»Mit einfachen Handbewegungen kannst du deinen Hund erziehen. Dabei brauchst du überhaupt nicht zu reden. Der Hund versteht dich auch so«, meinte David zu dem Jungen, der ihn mit offenem Mund anstarrte.

»Schade, dass du mir nicht sagen kannst, wie dein Hund heißt. Er ist ein so gelehriges Tier, mit dem du noch viel Freude haben wirst.«

»Attila!«, hörte David eine helle, ein wenig krächzende Stimme. »Attila!«

»Wie? Dein Hund heißt Attila?«

Der Junge nickte und öffnete den Mund.

»Mein Hund heißt Attila und ist sehr lieb«, sagte er.

»Allah sei Dank, er spricht wieder!«, schrie die Gouvernante außer sich. »Ein Wunder ist geschehen.«

Erkan stürzte vor seinem Sohn auf die Knie. »Arcun! Mein Junge. Du sprichst wieder!« Er drückte seinen Sohn an seine Brust und rief mit tränenerstickter Stimme: »Mein Sohn spricht. Allah ist groß! Mein Sohn hat seine Sprache wiedergefunden.«

»Wo ist meine Mama?«, fragte Arcun mit weinerlicher Stimme noch immer auf Deutsch. »Ich will zu meiner Mama!«

Erkans Miene verfinsterte sich, doch er riss sich zusammen.

»Das ist ein Freudentag, mein Junge«, sagte er stattdessen und lächelte.

Überschwänglich küsste er seinen Sohn auf Stirn und Wangen, ehe er sich erhob und auf David zuging.

»Theo van Hell«, sagte er und wischte sich eine Träne aus den Augen. »Sie haben diesen Tag zu einem besonderen Fest gemacht. Ach, was sage ich da bloß. Ich meine natürlich mein ganzes Leben. Dafür bin ich Ihnen ewig dankbar!«

Er umarmte David und klopfte ihm unentwegt auf den Rücken. Dann nahm er David am Arm und führte ihn wieder an den großen Tisch.

»Ruhe!«, brüllte er in die aufgeregt durcheinanderredende Gesellschaft.

»Das hier ist Theo van Hell. Er hat Arcun die Sprache wiedergegeben. Ab jetzt ist er wie ein Sohn für mich.«

Gerührt wandte er sich dann wieder an David.

»Theo, seien Sie herzlich willkommen in meiner großen Familie.«

33

KAIRO, ÄGYPTEN

Yussuf saß vor einem altersschwachen Computer in einem Internetcafé und befühlte seine gebrochene Nase. Ein Arzt der Moslembruderschaft hatte sie zwar wieder eingerichtet und mit Plastik geschient, trotzdem schmerzte sie noch immer fürchterlich. Am liebsten hätte er die Schwester seiner Frau dafür vom Dach gestoßen, aber er durfte keinen Verdacht erwecken. Das hatte der Imam ihm und den anderen Brüdern eingeschärft. Seit dem Putsch des Militärs waren die Moslembrüder ihres Lebens nicht mehr sicher und mussten sich weitgehend im Untergrund aufhalten.

Über einen ausländischen Server hatte er sich auf einer Plattform des IS, des Islamischen Staates, eingeloggt, die auch von der Moslembruderschaft für diverse Aktivitäten genutzt wurde. Yussuf interessierte sich aber hauptsächlich für Aufträge, bei denen er Geld verdienen konnte. Geld, das eigentlich für die Bruderschaft bestimmt war, doch Yussuf dachte nicht daran, alles zu teilen. Vor allem nicht Geld. Geld, das er dringend brauchte, denn die Miete für seine Wohnung war kürzlich erhöht worden. Natürlich hätte sich Yussuf auch eine schlecht bezahlte Arbeit suchen können, aber das empfand er dann doch weit unter seiner Würde. Planlos surfte er durch die Seiten, bis er auf ein Foto und den Aufruf stieß: »Wer kennt den Aufenthaltsort dieser Frau?«

Yussuf kniff die Augen zusammen und starrte auf das Bild. Kratzte sich am Kopf und dachte angestrengt nach. Das Gesicht kam ihm bekannt vor. Er versuchte, sich die Frau auf dem Bild mit Brille und grauen Haaren vorzustellen, dann war er sich sicher. Es war die Schwester seiner Frau. Gebannt las er den Text, der von einem Spitzel aus der Umgebung des Libanesen Brian Farruk gepostet worden war.

Die Frau auf dem Bild hieß Sonja Hamsun und wurde dringend gesucht. Aber sie hatte sich Anika genannt, als sie bei ihm eingezogen war. Und seine Frau hatte sie nach der Auseinandersetzung aus seiner Wohnung gejagt. Wie dumm von ihr. Denn jetzt musste er sie suchen!

Aber wie sollte er diese Frau in der Millionenstadt Kairo wiederfinden? Wo sollte er mit der Suche beginnen? Er gab sich Mühe, sich zu erinnern. Diese Sonja Hamsun hatte unter falschem Namen als Lehrerin gearbeitet. Wo war das nur gewesen? Egal, seine Frau musste das wissen. Dann würde er sie finden und für die Bekanntgabe ihres Aufenthaltsortes Geld verlangen. Ja, das war eine gute Idee, beglückwünschte sich Yussuf zu seiner Klugheit.

»Yussuf, Bruder, Allah schenke dir ein langes Leben und alles Glück der Welt für deine Söhne«, begrüßte ihn Hassan, ein Angehöriger der Bruderschaft, langatmig. »Du hältst doch immer die Augen offen und bist auf unseren Internetseiten wie zu Hause.«

Hassan hatte einen dichten schwarzen Bart und seine Augen glühten fanatisch. »Der Libanese Brian Farruk arbeitet verdeckt für einen Vertrauten unseres gestürzten rechtmäßigen ägyptischen Präsidenten Mohammed Mursi.«

Yussuf nickte, konnte sich zunächst aber keinen Reim auf Hassans Rede machen, doch als der Name Brian Farruk fiel, wurde er hellhörig.

»Ich habe gerade eine Anfrage von jemandem aus Farruks Umgebung gelesen«, sagte er, nahm sich aber vor, nichts über die Schwester seiner Frau zu erzählen, denn er wollte das Geld auf keinen Fall teilen.

»Ja, Allahs Wege sind unergründlich.« Hassan sah auf dem Bildschirm das Foto und überflog die Schlagzeile ohne sonderliches Interesse, klickte sich aber dann zum Glück nicht auf die Landingpage.

»Wird schwer sein, die Frau zu finden. Aber wer sucht schon eine Ungläubige?«, meinte er abschließend, und Yussuf atmete innerlich auf. Von dieser Seite war also nicht mehr mit Gefahr zu rechnen.

»Was ich jedoch sagen wollte ...« Hassan zog einen zerknitterten Computerausdruck aus seinem Kaftan. »Farruk hat eine hohe Belohnung auf die Ergreifung dieser Frau hier ausgesetzt.«

Zerstreut nahm Yussuf den Ausdruck und betrachtete die Frau. Sie sah aus wie eine dieser ungläubigen Araberinnen, die sich unverschleiert den Männern zeigen und die Gebote von Allah und seinem Diener Mohammed mit Füßen treten.

»Wenn dir also bei deinen Recherchen im Internet etwas auffällt, dann melde dich bei mir. Die Bruderschaft kann jeden Dollar für den Heiligen Krieg gegen die Ungläubigen brauchen. Wir müssen unsere Brüder im Nordirak und in Syrien unterstützen.«

»Ich mache mich sofort auf die Suche.« Yussuf nickte und strich sich seinen rötlichen Fusselbart. »Allah sei mit dir, Bruder!«

Als Hassan verschwunden war, klickte er sofort wieder den Suchaufruf über Sonja Hamsun an. Ein böses Grinsen zog über sein Gesicht und er spürte nicht einmal mehr den Schmerz in seiner gebrochenen Nase. Hektisch suchte er den Auftraggeber der Suche. »Schwarze Dahlie« war der Codename, und dieser Name war einer von zweien, die unter dem Foto auf dem Ausdruck standen. Yussuf war sich sicher, dass das kein Zufall sein konnte. Es musste sich um diese Frau handeln, deren anderer Name Leyla Khan war.

Vorsichtig blickte Yussuf umher, aber alle anderen Computerbenutzer waren mit Aufrufen und dem Posten von religiösen Videos beschäftigt. Yussuf löschte schnell den Beitrag von der Plattform und klickte ein »X« in die Spalte »erledigt«. Auf diese Weise verschwand der detaillierte Beitrag von der Homepage und jeder moslemische Surfer würde automatisch annehmen, es gäbe nichts mehr zu tun.

Aber für Yussuf gab es noch viel zu tun. Vor allem musste er mit dieser Frau Kontakt aufnehmen und ihr sagen, dass die Suche erfolgreich gewesen war. Die Frau musste nach Kairo kommen. Dann würde er zunächst von ihr, Leyla Khan, Geld für die Bekanntgabe des Aufenthaltsortes von Sonja Hamsun kassieren und sie dann an Brian Farruk ausliefern und eine weitere Belohnung, diesmal für sie, einstreichen.

»Allahs Wege sind wunderbar«, flüsterte Yussuf und legte seinen Kopf in den Nacken. Bald würde er reich sein, so reich wie die Ungläubigen. Dann würde auch er einen Mercedes fahren und in einer Wohnung mit Klimaanlage leben. Seine Söhne würde er zu sich holen, seine Frau und die Töchter konnten ruhig in der alten Wohnung bleiben. Er würde sich eine junge Frau nehmen und endlich das Leben genießen. Doch dafür musste er erst seine Schwägerin Anika finden, die als Sonja Hamsun gesucht wurde.

34

Ein diskreter Skipper hatte das blaue Schnellboot in den neuen Jachthafen auf der europäischen Seite von Istanbul gesteuert. Dort hatte es Leyla in Empfang genommen und ihn für seine Dienste in bar bezahlt. Dann hatte sie ihre Reisetasche nach unten in die Messe geworfen. Das Hotel war ihr mit einem Mal zu unsicher erschienen, deshalb hatte sie ausgecheckt und wollte die Zeit bis zur Abfahrt auf dem Boot verbringen.

Leyla lag auf einem breiten Kissen auf dem Sonnendeck des Bootes, das sanft auf den Wellen des Bosporus schaukelte, und starrte in den sternenklaren Nachthimmel von Istanbul. Immer wieder musste sie an die Nachricht denken, die sie vor Kurzem in ihrem Account vorgefunden hatte und die sie nur in ihrem Entschluss bestärkte, aus dem Hotel zu verschwinden. Sonja Hamsun war in Kairo. Und es gab jemanden, der ihren Aufenthaltsort kannte. So hatte die Postkarte, die Leyla in der Wohnung von Sonja gefunden hatte, also doch eine Bedeutung.

Ihr Traum war in greifbare Nähe gerückt. Schon in wenigen Tagen würde sie nach Kairo fliegen und Sonja gegenüberstehen. Ob David sie begleiten würde? Natürlich, denn sie hatten eine Vereinbarung. Und Sonja besaß etwas, das David unbedingt zurückhaben wollte: den Ehering seiner toten Frau. Deshalb war Leyla auch sicher, dass sie gemeinsam mit David diesen letzten Auftrag durchführen würde. Denn es war ihr Auftrag, ihren Traum zu verwirklichen. Nach Kairo würde es vorbei sein mit dem Töten. Dann gab es keine Leyla Khan mehr, sondern nur noch die Frau am Meer, die mit ihrem Mann und ihren Kindern dort lebt.

Bei diesem Gedanken musste Leyla leise lachen. Ein Mann und Kinder. Das war eine Familie. Leyla hatte noch nie eine Familie gehabt. Die Hamas und später Brian Farruk waren ihre Familie gewesen. Für diese Familien hatte sie getötet. Aber für eine echte Familie musste sie nicht töten, dafür musste sie lieben.

Aber war David der richtige Mann für die Liebe? In Frankfurt hatte sie eine Vertrautheit mit ihm gespürt, die sie schaudern ließ. Doch Frankfurt war weit weg und jetzt waren sie mitten in einer Operation. Dachte David genauso, war er nicht wie sie, kühl und berechnend, auf seinen Auftrag konzentriert? Aber er konnte sich ändern, so wie sie sich ändern würde. Später, wenn sie diese Operation zu einem glücklichen Ende gebracht hatten. Bis dahin war kein Platz für die Liebe.

Denn sie wusste, dass jede Gefühlsregung sie angreifbar und verletzlich machen würde, sie würde weich werden und nicht mehr hart sein. Eine eisige Härte war immer ihr großes Plus gewesen. Sie konnte sich auf ein Ziel fokussieren, alles andere ausblenden und den Feind jagen. So lange, bis er am Boden lag. Das war ihre Stärke. Diese Kraft durfte sie niemals verlieren, denn nur so hatte sie bisher alles überlebt.

»Hallo, Leyla!« Die Stimme von David riss sie aus ihren Gedanken. Breitbeinig stand er auf der Mole und ging dann die Gangway nach oben. Diesmal trug er keinen förmlichen Anzug, sondern eine abgewetzte Lederjacke, die ihn breitschultrig und energiegeladen wirken ließ. Damit verströmte er Vertrauen und Sicherheit. In der Dunkelheit konnte sie sein Gesicht nicht erkennen, doch sie wusste, dass er sie mit seinen blauen Augen betrachtete. Geschickt sprang er in das Boot und kam nach vorne zum Sonnendeck.

»Es ist gefährlich, wenn man uns zusammen sieht«, sagte sie anstelle einer Begrüßung.

»Keine Angst, niemand hat mich diesmal verfolgt. Außerdem muss ich das Boot kennenlernen.«

»Ist das der einzige Grund für dein Kommen?«, fragte Leyla etwas enttäuscht.

»Natürlich. Ich muss mich doch mit der Navigation vertraut machen.«

»Ach so, ist klar.« Leyla rekelte sich auf den Kissen und spürte, dass David sie ansah.

»Das geht aber nur, wenn du mich nicht zu sehr ablenkst«, meinte er mit einem feinen Lächeln auf den Lippen. Jetzt sah sie auch die blauen Augen, die ihr schon in Saint-Tropez aufgefallen waren, als sie ihn beinahe erschossen hätte. Augen, die gleichzeitig kalt und warm wirkten. Augen, die brutal und liebevoll waren.

»Ich kann auch unter Deck verschwinden, wenn dich meine Anwesenheit so sehr aus dem Konzept bringt«, antwortete sie belustigt und setzte sich auf.

»Ich bin gekommen, um mit dir bis ans Ende der Welt zu fahren«, antwortete David ernst, und Leyla wusste nicht, ob er die Wahrheit sprach oder es nur ein Scherz war.

Einerlei, darüber wollte sie jetzt nicht nachdenken. Mit einer schnellen Handbewegung entfernte sie das Gummi, das ihre Haare zusammenhielt, und schüttelte den Kopf. Ihre schwarzen Haare flatterten in einer warmen Brise, die vom Wasser herüberwehte.

»Das Schnellboot fährt übrigens unter zypriotischer Flagge«, sagte Leyla und wies auf die Fahne am Heck, die im Wind knatterte.

»Ein zypriotisches Boot also«, wiederholte David. »Das ist gut. Niemand wird Verdacht schöpfen, denn zypriotische Boote kreuzen hier häufig im Meer.«

Leyla beobachtete ihn, als er seine Lederjacke auszog und auf die weißen Kissen des Sonnendecks warf. Sein weißes T-Shirt spannte über seinem breiten Oberkörper. Er war gut in Form.

»Erkan hat mich in seine Familie aufgenommen«, sagte David und sah auf das dunkle Wasser hinaus. »Ich habe seinen Sohn Arcun wieder zum Reden gebracht. Der Junge weiß nicht, dass seine Mutter noch lebt.«

»Der Mann ist ein Schwein«, meinte Leyla erbost. »Ein Kind gehört in jedem Fall zu seiner Mutter.«

»Du redest, als würden dir Kinder etwas bedeuten.« Jetzt drehte David den Kopf in ihre Richtung. »Willst du selbst einmal welche?«

»Ich? Wie kommst du darauf? Was soll die Frage? Ausgerechnet jetzt während einer schwierigen Operation?«

Leyla spürte, wie sich ihre Brust zusammenzog. Weshalb redete David jetzt von Kindern? Eben noch hatte sie über eine eigene Familie nachgedacht. Das war verrückt! Kannte er sie bereits so gut?

»Warum fragst du das, David?«, murmelte sie verlegen und kramte eine Kerze aus ihrem Rucksack hervor, die auf einem Plastikteller klebte. Während sie auf eine Antwort wartete, zündete sie die Kerze an und sah nachdenklich in die Flamme.

»Weil ich mir ein Leben mit Kindern gut vorstellen kann«, hörte sie Davids Stimme. »Ich habe mir das bei Arcun gedacht, als ich ihm gezeigt habe, wie man einem Hund Gehorsam beibringt. Der Junge war so wissbegierig.«

»Aber ohne die richtige Frau wird das schwierig werden mit den Kindern.« Lächelnd drehte Leyla die Kerze zwischen ihren Händen.

»Wieso ist das schwierig?« David sah ihr direkt in die Augen. »Ich habe die Frau bereits gefunden, mit der ich mir das vorstellen kann.«

»Das, das ist nichts weiter als eine momentane Einbildung.« Leyla presste die Lippen zusammen. »Schon morgen können wir tot sein.«

35

Das Telefon in dem schlichten Büro schrillte unentwegt, doch der Mann, der mit auf den Rücken verschränkten Händen aus dem Fenster in die Nacht starrte, schien es nicht zu hören. In der Scheibe spiegelte sich sein Gesicht und der eisgraue Schnurrbart zeichnete sich deutlich im Dunkeln ab.

»Weshalb ist der Innenminister nicht zu sprechen?«, fragte Erkan Günel seinen zukünftigen Schwager, den Polizeichef von Ankara, der zu einer Besichtigung seiner Fabrik gekommen war.

»Du kennst doch die Gerüchte, Erkan!«, versuchte Mahmud, ihn zu beruhigen. »Die Opposition auf der Straße sagt, der Präsident umgibt sich mit Drogenpaten.«

»Seit wann interessiert sich der Präsident für die Opposition?«, fauchte Erkan.

»Seit es die EU-Beitrittsverhandlungen gibt.« Mahmud zuckte bedauernd mit den Schultern. »Da hat sich einiges in unserer schönen Türkei sehr zu unserem Nachteil verändert.«

»Heißt das im Klartext, dass mir auch der Präsident jetzt aus dem Weg geht?«

Mahmud nickte bloß stumm.

»Nach allem, was ich für ihn getan habe. Das ist also der Dank für meine Großzügigkeit. Was ist mit dir?«, fragte er den Polizeichef. »Gehörst du noch zu meiner Familie?«

»Wie kannst du nur an meiner Loyalität zweifeln, Erkan.« Der Polizeichef schüttelte entrüstet den Kopf. »Ich habe doch mit eigenen Augen gesehen, dass alle diese Gerüchte vollkommen haltlos sind. Du solltest diese Straßenopposition verklagen, Erkan.«

»Vielleicht ist es besser, wenn der Polizeichef von Ankara ein Exempel statuiert.« Erkan blickte Mahmud herausfordernd an. »Erschieße ein paar von diesen Krawallmachern.«

»Das ist unmöglich!« Mahmud hob abwehrend seine Hände. »Was würde die ausländische Presse dazu sagen!« Er blickte hektisch auf seine goldene Rolex, ein Geschenk von Erkan. »Ich, ich habe jetzt wichtige Termine. Danke für die Führung und deine großzügigen Präsente, geliebter Erkan Günel.«

Als Erkan endlich wieder alleine in seinem Büro war, schlug er mit der Faust auf die Platte seines Schreibtisches. Wegen der verdammten EU wandten sich alle von ihm ab, überlegte er wutentbrannt. Aber ein Erkan Günel gab niemals auf. Er würde eine anatolische Partei gründen und den Präsidenten hinwegfegen.

Erkan verstieg sich immer mehr in blutrünstige Tagträume, aus denen ihn das laute Schrillen des altmodischen Telefons auf seinem Schreibtisch riss.

»Onkel, warum gehst du nicht ans Telefon?«

»Wichtige Besprechungen«, antwortete Erkan kurz angebunden. »Was willst du, Sonny?«

»Unsere Geschäftsführer aus Izmir, Sinop, Kars und Van sind bereits eingetroffen. Jetzt fehlt nur noch unser Mann aus Antalya. Wir diskutieren nachmittags die Gebietsverteilung im Irak und in Syrien. Da haben sich ja durch den Bürgerkrieg völlig neue Geschäftsfelder erschlossen.«

»Was ist mit Theo van Hell? Ich muss mich mit ihm zuvor einigen, erst dann können wir auch mit den Geschäftsführern in größerer Runde verhandeln.« Erkan trommelte nervös mit seinen Fingern auf die Schreibtischplatte. Die Zeit lief ihm weg, er musste sich so schnell wie möglich vom Drogenhandel distanzieren. Sonny war ein guter Statthalter. Zwar ein wenig weich, aber doch brutal, wenn es darauf ankam. Er würde die Geschäfte führen, bis sein Sohn Arcun alt genug dafür war.

»Onkel, soll ich mit Theo van Hell einen Termin machen?«

»Ja, ich werde bereits morgen Abend nach Istanbul zurückkehren. Bestelle Theo van Hell morgen um Mitternacht in meine Villa.«

36

Leyla rückte auf dem Sonnendeck des Schnellboots ein wenig näher und legte ihren Kopf auf Davids Schulter. Die Kerze begann leicht zu flackern und warf Schatten auf ihre Gesichter.

»Ich muss so oft an den Tod denken.« Sie fuhr sich mit den Fingern durch ihre Haare. »Vielleicht, weil das Glück so zum Greifen nahe liegt, deshalb kommt jetzt die Furcht, dass alles schon wieder vorbei ist.«

»Natürlich müssen wir ständig damit rechnen zu sterben. Aber ich jedenfalls habe es nicht akzeptiert, damit zu leben. Für mich gibt es auch noch ein anderes Leben, das habe ich jetzt festgestellt.« David räusperte sich, ehe er weitersprach.

»Ich will, dass wir eine Zukunft haben.«

»Du meinst eine Zukunft für uns beide gemeinsam?«, fragte Leyla zögernd und schützte die flackernde Flamme mit ihrer hohlen Hand.

»So könnte man es sagen«, druckste David ein wenig herum und strich mit seiner Hand über die weißen Kissen.

»Ist das eine Gefühlsregung?« Leyla war verunsichert. Meinte David es ernst oder wollte er nur einen neuen Psychotrick anwenden, um sie noch mehr für die Operation zu motivieren?

»In unserem Job ist kein Platz für Gefühle, Leyla.«

»Dann ist das also doch ein neuer Psychotrick?«

Sie biss sich auf die Lippen, weil sie ihren Gedanken laut ausgesprochen hatte.

»Psychotrick?«, fragte David verblüfft und begann laut zu lachen. Er drehte sich zur Seite und zog sie zu sich. »Jetzt zeige ich dir, wie so ein Psychotrick funktionieren kann«, flüsterte er und küsste sie.

Auf dem Bosporus trieben vereinzelt brennende Kerzen. Zuerst nur wenige, dann immer mehr, bis schließlich der ganze Fluss wie ein leuchtendes Flammenband wirkte, das hinaus auf das Meer trieb.

»So viel zu den Psychospielen«, sagte David lächelnd, als sie ihre Lippen langsam von den seinen löste. Leyla setzte sich auf und griff nach hinten zu ihrem Rucksack. David hörte ein leises Ploppen und blickte hoch. Leyla hatte aus ihrem Rucksack eine Flasche Champagner gezogen und bereits geöffnet.

»Los, wir trinken auf unsere Aktion«, sagte sie und lachte glücklich.

»Eine gute Idee.« David nahm einen kräftigen Schluck und reichte ihr die Flasche. »Erkan Günel ist noch einige Tage in Anatolien. Morgen hole ich den Jungen und wir starten.«

Weiter draußen fuhr eine Motorjacht durch das Lichtermeer und der Wind trug leise Musik und Gelächter zu ihnen herüber. Durch den Wellengang schaukelte das Boot heftiger und Leyla wurde nach vorne geschleudert. Spontan umfasste David sie und zog sie zu sich. Leyla blickte zu ihm hoch und im Mondlicht sah er, dass sie ihn aufmerksam betrachtete.

»Woran denkst du?«, fragte er.

»Pst!« Sie legte ihm den Zeigefinger auf seine Lippen, zog dann seinen Kopf zu sich herunter und küsste ihn erneut lange und intensiv. Und wieder löste dieser Kuss in ihr Gefühle aus, die sie schon lange verloren geglaubt hatte. Jetzt war sie wieder hier, diese intensive Lust am Leben und gleichzeitig die bohrende Angst, dass es mit diesem Glück ganz schnell wieder vorbei sein könnte.

David griff nach der Flasche, die Leyla noch immer in der Hand hielt, nahm wieder einen Schluck. Er öffnete ihre Bluse, die lautlos zu Boden glitt, küsste ihre weiche Haut, spürte ihre Anspannung. Mit einer geübten Handbewegung schob er ihre Shorts nach unten. Obwohl sie wusste, dass es ein Fehler war, ließ sie es zu. Sie zog ihm sein T-Shirt aus, fuhr mit ihrer Hand über seinen Bauch, schmiegte sich an ihn. David zog sie an den Schultern hoch, um sie erneut zu küssen. Sie lag auf ihm und spürte die Wärme seiner Haut. Ihr Verlangen wurde größer, und schnell öffnete sie seine Jeans, wollte ihn jetzt auf der Stelle spüren.

Plötzlich hielt ein Müllwagen mit ohrenbetäubendem Lärm an der Mole und kippte Abfälle in ein flaches Boot. Eine Welle von Gestank schwappte zu ihnen herüber. Der faulige Geruch war unerträglich, und Leyla wurde zurückgestoßen in die Erinnerung der Müllberge ihrer Kindheit. Es war ein Dorf aus Müll, das sie plötzlich in Gedanken vor sich sah, eine riesige Stadt, aus Müll erbaut, und in der Ferne leuchtete die Skyline von Kairo.

»Ich kann nicht!« Leyla sprang auf, und jede Lust verpuffte im schwarzen Himmel. Hastig schlüpfte sie wieder in ihre Shorts und zog hektisch ihre Bluse über ihren Busen, knöpfte sie nervös zu. »Ich will das jetzt nicht! Es ist noch zu früh, David!«

Sie wusste mit einem Mal, dass sie beide noch nicht bereit dafür waren. Beide waren sie Einzelgänger und Außenseiter, die jahrelang darauf trainiert worden waren, ihre Gefühle zu verbergen. Auch ihre Erinnerung ließ sich nicht abschütteln wie eine Bluse. Nein, wenn sie jetzt mit ihm schlafen würde, dann würde sie alles zerstören. War er jetzt böse auf sie? Warum sagte er nichts?

Das Müllschiff tuckerte an ihnen vorbei und der Gestank legte sich wie eine betäubende Wolke aus Tod und Verwesung über sie. Ihr Boot begann wieder zu schwanken, und Leyla musste sich an Davids Schultern festhalten, um nicht umzukippen. Im Mondlicht sah sie, dass die ausgeprägten Muskeln seines nackten Oberkörpers zuckten.

»Du hast recht. Wir haben noch viel Zeit für uns, Leyla.« Endlich sprach David die verständnisvollen Worte aus, auf die sie gewartet hatte.

»Hoffentlich, David. Hoffentlich.« Das Müllschiff pflügte durch das Lichtermeer und die Luft war plötzlich wieder rein und klar. Leyla nahm die Kerze vom Deck, ließ sie vorsichtig ins Wasser gleiten. »Heute ist die Nacht der tausendundeins Wünsche. Heute geht ein Wunsch in Erfüllung«, sagte sie und blickte der brennenden Kerze nach, die von der Strömung fortgetragen wurde.

37

KAIRO, ÄGYPTEN

»Wo hat deine Schwester gearbeitet!«, brüllte Yussuf und zerrte seine Frau an den Haaren durch die Wohnung. »Erinnere dich, Weib!«, schrie er und schlug ihr mit der flachen Hand ins Gesicht. Wimmernd lag Mette auf dem Boden, das fadenscheinige Tuch, mit dem sie ihre Blöße bedeckt hatte, war verrutscht und ihre nackte Schulter war zu sehen.

»Du liegst hier vor deinen Kindern wie eine Hure!«, schrie Yussuf und versetzte ihr einen Tritt.

»Verschwindet!«, brüllte er seine Kinder an, die verschreckt in eines der Zimmer flüchteten. »Und jetzt zu dir!«, zischte er und riss Mette am Arm hoch. »Wo hat deine ungläubige Schwester gearbeitet? Denk nach!«

»Sie war Hilfslehrerin, ja, Hilfslehrerin! In einer Schule in Kairo.«

»Was für eine Schule?«

»Ich glaube, es war die koptische Schule.«

»Na endlich!«

Wütend stieß Yussuf seine Frau wieder zu Boden und betrachtete sie angewidert. Sie war hässlich geworden und unförmig, er verspürte nicht die geringste Lust, länger mit ihr zusammen zu sein. Ja, wenn er Geld hatte, dann würde er sie verstoßen, gemeinsam mit den Mädchen, die mit ihren blonden Haaren genauso unansehnlich waren wie ihre Mutter. Nur die Söhne würde er mit sich nehmen und eine neue Dynastie gründen, mit ihm, Yussuf, als Patriarch.

In einem Telefonshop suchte er die Nummer der koptischen Schule von Kairo. Doch zu seiner Enttäuschung hatte man Anika schon seit Tagen nicht mehr gesehen, sie hatte sich weder krankgemeldet noch sonst von sich hören lassen, also war sie vom Dienstplan gestrichen worden.

Wo konnte sie nur sein? Yussuf dachte an das Dach mit dem Hühnerkäfig, den Anika heimlich angemietet hatte. Wahrscheinlich würde sie das Huhn stehlen und verkaufen, genau, das würde ihr ähnlichsehen. Sie würde auf das Dach schleichen wie eine Diebin, um ihr Huhn zu holen. Aber Yussuf war klug. Er würde sich auf dem Dach auf die Lauer legen und warten. Warten bis zum jüngsten Tag, wenn es nötig wäre.

Doch schon im Morgengrauen wurde sein Ausharren auf dem Dach belohnt. Bereits am Schritt erkannte er, wer die Leiter nach oben stieg. Ägyptische Frauen berühren mit ihren Füßen beinahe nicht den Boden, versuchen, so lautlos wie möglich zu gehen, um die Gedanken der Männer nicht zu stören. Anders die europäischen Frauen, die rücksichtslos durch die Welt trampeln, als wären sie den Männern ebenbürtig. Und genau diese selbstbewussten Schritte hörte er jetzt, und kurz darauf sah er auch Anika in einem fleckigen blauen Tschador. Vorsichtig huschte sie auf ihren Hühnerkäfig zu, knackte mit einem Messer das neue Schloss, das Yussuf extra angebracht hatte, und das gackernde Huhn flatterte auf das Dach. Yussuf wollte gerade aufstehen, als er bemerkte, dass sich Anika überhaupt nicht um das Huhn kümmerte. Mit beiden Händen wühlte sie in dem Mist, der den Boden des Käfigs schon einen halben Meter bedeckte und später getrocknet als Dung verkauft werden konnte.

Vorsichtig zog Anika einen schwarzen Plastiksack aus dem Dreck hervor und strich mit den Händen darüber. Was war in diesem Sack? Yussuf schöpfte Verdacht. Anika packte den Beutel und verstaute ihn schnell unter ihrem Tschador. Dann kroch sie über das Dach auf die Leiter zu, doch Yussuf sprang über die Kübel, hinter denen er sich verborgen hatte, und verstellte ihr den Weg.

»Gib mir den Sack!«

Anika erstarrte und presste ihre Hand über den Tschador, in dem sie mit dem dicken Bündel darunter wie eine Schwangere aussah.

»Los, gib den Sack her!«

Yussuf machte einen Schritt auf Anika zu. Mit einem erstickten Schrei versetzte sie ihm einen Stoß. Das Messer in ihrer Hand blitzte auf, als sie zustechen wollte. Doch Yussuf war geschickt genug, um dem Stoß auszuweichen. Er riss ihr den Tschador herunter, darunter trug Anika zerfetzte Jeans und ein verwaschenes T-Shirt. Mit einer Hand presste sie den Plastikbeutel fest an ihren Körper, in der anderen Hand hielt sie das Messer und schnitt mit der Klinge große Kreise durch die Luft, um Yussuf daran zu hindern, sich ihr zu nähern.

»Wenn du einen Schritt weitermachst, dann bringe ich dich um!«, kreischte sie mit ihrer glockenhellen Stimme, die sich mit dem Gehupe und dem Motorenlärm, der von der morgendlichen Straße heraufdrang, vermischte.

»Gib mir den Sack, dann lasse ich dich gehen!«, zischte Yussuf und spürte, wie seine gebrochene Nase pulsierte. »Du kommst nicht lebend von dem Dach!«

»Geh mir aus dem Weg! Das alles gehört mir! Ich will doch nur glücklich sein!«, kreischte Anika, doch ihre Worte wurden vom Verkehrslärm verschluckt. »Weg!«, schrie sie hysterisch und schob sich langsam näher auf die Leiter zu. Ihre Haare wehten im Wind und sie trug keine Brille mehr. Jetzt sah sie fast wieder so aus wie auf dem Fahndungsfoto.

Plötzlich hörte Yussuf hinter sich ein Geräusch. Mette stand mit ihrem zerschlagenen Gesicht am Fuß der Leiter und starrte nach oben.

»Verschwinde!« Yussuf bückte sich, um einen Stein nach ihr zu werfen. »Das geht dich nichts an.«

Doch diese Ablenkung nutzte Anika sofort aus und stürzte von oben mit einem Schrei direkt auf ihn zu. Reflexartig hob Yussuf seinen Arm, das Messer schnitt wie ein glühendes Eisen durch seine Haut. Sein Blut spritzte in hohem Bogen gegen die rohe Ziegelwand. Im Zurücktaumeln packte Yussuf noch den Plastiksack, um sich daran festzuhalten und nicht die Leiter hinunterzustürzen. Aber auch Anika umkrallte schreiend den Plastikbeutel, der jedoch durch den immensen Druck aufplatzte. Ein plötzlicher Dollarregen ergoss sich über Yussuf und Anika. Beide versuchten noch, das Gleichgewicht zu halten, stürzten dann aber von der Leiter hinab. Mette war an die Wand zurückgewichen und starrte mit offenem Mund auf die im Wind umherwirbelnden Dollarscheine.

Vor Schmerz wimmernd kroch Anika auf allen vieren über den staubigen Boden und bemühte sich, ihr Geld einzusammeln. Ihr Gesicht war durch den Sturz blutig aufgeschürft und sie zog ein Bein nach, das sie sich gebrochen hatte. Yussuf stemmte sich an der Leiter hoch und humpelte hinter Anika her, die ihn jedoch nicht bemerkte. Als er sie erreicht hatte, stieß er ein markerschütterndes Geschrei aus, packte sie am Hals und riss sie hoch. Anika wollte weglaufen, doch ihr Bein knickte ein. Vor Wut heulend stieß Yussuf sie vorwärts auf die leere Fensteröffnung zu. Die Geldscheine wirbelten nach draußen, während er ihren Kopf durch die Öffnung zerrte.

»Du wirst sterben«, schrie Yussuf und sein Speichel spritzte über Anikas Kopf.

Hilflos schlug Anika mit den Händen gegen die rohe Betonwand, ihr Bein war grotesk abgewinkelt, die Jeans bereits blutig. Yussuf riss Anika wieder zurück und schlug ihren Kopf gegen die Betonwand. Er brüllte und schlug ihren Kopf erneut gegen den Beton. So lange, bis er keine Kraft mehr hatte und Anika leblos zwischen ihren blutverschmierten Geldscheinen zu Boden sank. Im Tod war sie endlich reich geworden und lag als Sonja Hamsun oder Anika Bergman inmitten ihres Geldes. Regungslos und mit ausdruckslosem Gesicht starrte Mette auf ihre tote Schwester. Kein Klagelaut kam über ihre Lippen. Der Wind frischte auf und die Dollarscheine schwebten über Mettes Kopf nach unten in das Treppenhaus, wurden durch die leeren Fensterhöhlen nach draußen ins Freie geweht, um irgendwo in der Millionenstadt Kairo vor die Füße überraschter Passanten zu flattern.

38

Als David am nächsten Tag die Freitreppe zur Villa von Erkan Günel nach oben lief, war die Operation »Rote Wüstenblume« in ihre entscheidende Phase getreten. Nervös klopfte er mit einem Folder gegen seinen Oberschenkel, genauso wie es Theo van Hell auf den Videos, die David kannte, immer gemacht hatte. Von einem livrierten Diener ließ er sich in der völlig überheizten Villa das Sakko abnehmen und betrat das Zimmer von Sonny Günel, ohne vorher anzuklopfen.

»Ihr habt die Frau aus dem Basar gefunden? Kein Zweifel möglich? Gut, bringt sie dann sofort zu mir.« Sonny schreckte hoch, als er David bemerkte, und steckte schnell sein Handy ein.

»Theo, das ist aber eine Überraschung!«

»Welche Frau aus dem Basar habt ihr gefunden?«, fragte David hellhörig.

»Ach, nichts.« Sonny machte eine wegwerfende Handbewegung. »Eine Frau dealt auf eigene Rechnung im Basar. Das muss die Polizei natürlich unterbinden.«

»Ach, du hast auch Polizisten auf deiner Lohnliste?«

»Natürlich, was denkst du denn, Theo.«

David verspürte ein nervöses Kribbeln im Bauch. Irgendetwas störte ihn an der Unterhaltung mit Sonny. Doch er durfte keinen Verdacht erwecken, musste an die Operation »Rote Wüstenblume« denken. Deshalb blendete er alles aus, schob es weit weg und war wieder Theo van Hell.

»Ich besuche heute Nachmittag eine Hundeausstellung im Stadtteil Tarabya auf der anderen Seite des Bosporus«, sagte er und knallte einen Folder auf den Schreibtisch.

»Das ist doch direkt beim neuen Jachthafen.« Sonny studierte den Prospekt. »Ja und?«, fragte er.

»Ich nehme Arcun mit!«

»Arcun darf die Villa nur mit Erlaubnis von Erkan verlassen, das müsstest du doch wissen, Theo.«

»Halten wir uns nicht mit Nebensächlichkeiten auf. Wo ist der Junge?«

»In Ordnung. In Ordnung!« Sonny hob beschwichtigend die Hände. »Dann nimm aber wenigstens den Porsche Cayenne, da haben auch seine beiden Leibwächter Platz.«

»Nein, Sonny. Wir fahren alleine. Nur Arcun, Attila und ich.«

»Das, das geht auf gar keinen Fall.«

David atmete tief durch, versuchte, sich tiefer in die Rolle des Theo van Hell einzuleben, wusste, dass er jetzt kein Zeichen von Schwäche zeigen durfte, denn die heiße Phase der Operation war angelaufen. Leyla war im Moment dabei, über eine sichere Leitung den Piloten in Burgas in Bulgarien zu instruieren. Mit dem Schnellboot würden sie ungefähr sechs Stunden brauchen, sodass sie knapp vor Morgengrauen in Burgas und damit in der EU sein konnten. In einer einsamen Bucht wartete bereits eine Kontaktperson auf sie. Mit einer Falcon flögen sie dann über Rumänien nach Berlin. Dort würde Arcun wieder in die Obhut seiner Mutter kommen und David das vorbereitete

Erpresserschreiben mit der Lösegeldforderung an Erkan schicken. So weit der Plan.

»Also, was ist?«

Während David auf eine Antwort wartete, ließ er den Blick durch das Zimmer schweifen, eine Schranktür stand ein Stück weit offen und ein golddurchwirktes Minikleid blitzte hervor.

»Das ist doch das Kleid von Nikki?«, fragte David überrascht und ging, ehe Sonny etwas erwidern konnte, auf den riesigen Einbauschrank zu. Kein Zweifel, es war das Kleid, das Nikki de Klerk vor einigen Tagen getragen hatte. David hatte sie längst aus seinem Gedächtnis gestrichen, denn sie musste ja bereits wieder zurück in Amsterdam sein.

»Wäre doch schade darum gewesen«, hörte er die gleichgültige Stimme von Sonny in seinem Rücken.

»Wie ist sie nach Amsterdam gekommen, etwa nackt?«, fragte David lachend und drehte sich zu Sonny.

»Fische schwimmen doch nackt, da passt Nikki ja hervorragend dazu«, grinste Sonny und drehte einen Brieföffner auf der Schreibtischfläche im Kreis.

»Was sagst du da?« David starrte entgeistert auf Sonny, und ihm fiel auf, dass er Sonny plötzlich duzte. Aber es war keine Zeit mehr für Förmlichkeiten.

»Warum regst du dich so auf, Theo? Etwa doch noch immer verliebt in die Schlampe? Aber dafür ist es jetzt leider zu spät.« Sonny grinste in sich hinein und begann, sich mit dem Brieföffner die Fingernägel zu säubern.

»Ihr habt sie umgebracht? Weshalb, sie war doch nur ein harmloser Junkie. Warum musste sie sterben?« David riss Sonny den Brieföffner aus der Hand und rammte ihn nur Millimeter neben Sonnys dicken Fingern in die Tischplatte.

»Bist du verrückt?« Sonny sprang auf und packte David an den Aufschlägen seines Sakkos. »Theo van Hell würde sich wegen dieser Nikki niemals so aufregen«, zischte er. »Das sagt mir mein sechster Sinn. Und darauf kann ich mich verlassen. Etwas stimmt nicht mit dir, Theo van Hell.«

»Dann aktiviere zur Abwechslung einmal deinen Verstand.« David schlug die Hände von Sonny zurück, glättete übertrieben lange sein Revers und lächelte spöttisch. »Denk an das Video, Sonny. Ich frage dich zum letzten Mal: Warum musste Nikki sterben?«

»Mein Onkel wollte es so. Es darf niemals Zeugen geben.« Sonny zuckte mit den Schultern, für ihn schien die ganze Angelegenheit damit erledigt.

David starrte auf den Boden. Erkan Günel gab sich als leutseliger Patriarch einer großen Familie und in Wirklichkeit war er nur ein rücksichtsloser Mörder, der andere die Drecksarbeit machen ließ. Noch vor wenigen Wochen war sein Leben halbwegs in Ordnung gewesen, er war glücklich auf seiner Finca mit seinen Hunden gewesen, aber jetzt war er wieder unter Wölfen. Gedanken wirbelten durch seinen Kopf. Es zeigte sich eben immer wieder, dass Hunde die besseren Menschen waren.

»Wo ist Arcun?«, fragte er Sonny. David versuchte, nicht allzu aggressiv zu wirken, denn er musste sich auf seine Aufgabe konzentrieren.

»Es trifft sich gut, dass du hier bist, Theo.« Sonny ging nicht auf Davids Frage ein. »Erkan kommt schon heute Abend aus Anatolien zurück. Für Mitternacht ist ein Treffen angesetzt.«

»Ach, ist es jetzt endlich so weit«, ließ sich David nicht aus der Fassung bringen, obwohl sein Puls plötzlich zu rasen begann. Er hatte also nur diese eine Chance, den Jungen zu entführen. Wenn Erkan wieder in Istanbul war, dann war es so gut wie ausgeschlossen, alleine an den Jungen heranzukommen.

»Das heißt, um Mitternacht machen wir den Deal perfekt?«

»Nicht so schnell, Theo«, bremste ihn Sonny sofort wieder ein. »Es geht vorrangig um die Gebietsaufteilung und die Transportmöglichkeiten für das Heroin nach Mitteleuropa.«

188

»Okay, habe verstanden. Wo ist Arcun?«

»Der Junge ist oben in seinem Zimmer. Aber er darf nicht ohne seine Leibwächter das Gelände verlassen!«

»Du wiederholst dich, Sonny, das ist langweilig.«

David drehte sich um und ging zur Tür.

»Ich muss meinen Onkel anrufen, wenn du den Jungen mitnimmst, Theo«, hörte er Sonnys gepresste Stimme in seinem Rücken.

»Dann geht das Video sofort ab«, antwortete er, ohne sich umzudrehen.

»Okay, was ist daran so wichtig, dass du mit dem Jungen alleine fahren willst?« Jetzt war Sonny plötzlich misstrauisch geworden, und das konnte zum Problem werden, ging es David durch den Kopf.

»Er soll sich in Ruhe auf seinen Hund Attila konzentrieren und nicht durch die Leibwächter abgelenkt werden.«

»Übertreibst du nicht ein wenig, Theo?« Sonny wirkte genervt. »Ich meine, das ist ja nur ein Hund!«

»Du weißt doch, dass ich Hunde mag.« Langsam drehte sich David wieder zu Sonny um, hörte eine imaginäre Uhr in seinem Kopf ticken, eine Uhr, die ihm signalisierte, dass die Zeit langsam weniger wurde. Jetzt nur keinen Fehler machen. Er mahnte sich zur Ruhe.

»Stimmt, das ist nur ein Hund. Aber der Junge hat dadurch seine Sprache wiedergefunden.«

»Da hast du natürlich recht«, pflichtete ihm Sonny bei, beobachtete ihn aber weiterhin argwöhnisch. »Trotzdem. Der Junge darf das Gelände nicht alleine verlassen. Ich würde ja selbst mitkommen, aber ich habe heute Nachmittag noch zu tun. Unsere Geschäftsführer sind eingetroffen.«

»Das heißt, ich muss dem geliebten Sohn von Erkan einen Wunsch abschlagen und ihm sagen, dass er nicht die Hundeausstellung besuchen darf.«

»Mach es doch nicht so kompliziert, Theo. Nimm die Leibwächter mit, meinetwegen sollen sie im Wagen auf euch warten. Aber allein, das ist unmöglich. Mein Onkel bringt mich um, wenn er davon erfährt.«

»Er wird nichts erfahren.« David ging wieder auf den Schreibtisch zu, hinter dem sich Sonny verschanzt hatte. Jetzt alles auf eine Karte setzen, Sonny niederschießen, den Jungen und den Hund packen, in den Wagen setzen und zum Jachthafen fahren. Aber David wusste, dass er nicht einmal bis zur Tür kommen würde, denn die Leibwächter waren verdammt gute Schützen.

David hörte, wie sich hinter ihm leise die Tür öffnete. Zunächst dachte er, der Junge wäre hereingekommen, doch an dem Schritt erkannte er, dass es ein Mann war. Er roch ein intensives Rasierwasser, das ihm bekannt vorkam.

»Ich kann doch Arcun und Theo van Hell zu dieser Hundeausstellung begleiten und sehen, dass Ihnen nichts zustößt«, sagte Erol und blinzelte David verschwörerisch zu.

39

Die mit weißen Lederkissen bezogene Sitzbank in der Bugkabine des Schnellbootes verjüngte sich nach vorne. Leyla warf die Lederkissen auf den Boden und begann, mit einem Akkuschraubenzieher die obere Platte zu lösen. In den Hohlraum darunter legte sie eine Matratze und einen Schlafsack. An die Wände tackerte sie weichen Schaumstoff, der als Lärmdämmung dienen sollte. Hier würde der Junge sechs Stunden in Ruhe schlafen, und wenn ihr Boot von einem zufällig ihren Kurs kreuzenden Marineboot kontrolliert wurde, dann waren David und sie zwei harmlose Touristen, die durch das Schwarze Meer schipperten. Als sie alles vorbereitet hatte, legte sie die Platte wieder darüber und die Sitzkissen darauf.

Mit dem Handrücken wischte sie sich den Schweiß von der Stirn und stieg wieder hinauf an Deck. Der Jachthafen lag bereits ein wenig im Schatten und die Luxuslimousinen auf dem umzäunten Parkplatz waren nur undeutlich zu erkennen. In professioneller Weise überflog Leyla die Umgebung, konnte aber nichts Auffälliges entdecken. Das Schnellboot, das Leyla gechartert hatte, lag an der äußeren Mole, die mit der Schnellstraße verbunden war. Hierher verirrten sich nur wenige Personen, aber auch auf der Mole mit den Restaurants und Boutiquen waren keine Passanten zu sehen.

Leyla überlegte, ob schon die Zeit für das Abendgebet war. Aus einer Schublade im Heck des Bootes holte sie einen Feldstecher und blickte auf die Mole. Es war nichts Ungewöhnliches zu sehen. Die stark geschminkten Frauen in den Boutiquen telefonierten, die Parkwächter saßen in ihren Häuschen und hatten die Luxuswagen im Blick. Jaguar, Porsche, Mercedes und BMW, durch den Feldstecher sah Leyla die auf Hochglanz polierten Karosserien. Doch dann sah sie auch die beiden schwarzen Cayenne mit den getönten Scheiben, neben denen zwei Männer mit Sonnenbrillen standen und rauchten.

Wie auf ein geheimes Kommando setzten sich kurz darauf die schwarzen Fahrzeuge gleichzeitig in Bewegung, rollten über den Parkplatz vorbei an den Torwächtern, die plötzlich aufsprangen und militärisch grüßten. Langsam wie eine Leichenprozession fuhren die Porsche Cayenne über die breite Mole, an den Luxusjachten vorbei, und als sie auf den inneren Wellenbrecher abbogen, da wusste Leyla, dass sie das Ziel sein musste.

Fieberhaft überlegte sie. Natürlich könnte sie einfach über Bord springen und zwischen den Booten ausharren, bis die Gefahr vorüber war. Aber was geschah dann mit ihrem Plan? Adrenalin rauschte durch ihre Adern, und sie spürte, dass die Wut zurückkehrte. Sie durfte nicht durch eine unüberlegte Aktion die gesamte Operation gefährden. Bleib ruhig, ermahnte sie sich. Du bist eine harmlose Touristin, die ein Boot gechartert hat.

Mit diesen Gedanken im Kopf griff sie nach ihrem schwarzen Nylonrucksack und holte ihre beiden glänzenden, stählernen Berettas 92 FS INOX hervor, Kaliber 9 mm Luger – beide mit großen 15-Schuss-Magazinen. Lieber hätte sie ein Mannlicher-Scharfschützengewehr gehabt, aber das wäre zu auffällig gewesen. Die Waffen hatte sie erst am Vortag, bevor sie mit David auf dem Boot gewesen war, von ihrer Kontaktperson abgeholt.

Der erste Wagen hielt auf der Mole direkt hinter der Gangway, die hinüber zum Schnellboot führte. Hatte sie jemand verraten? Doch sie hatte keine Zeit mehr, David eine Nachricht zu schicken. Zwei Männer in schwarzen Anzügen mit dunklen Sonnenbrillen und dunklen Schnurrbärten stiegen aus.

»Polizei!«, rief einer von ihnen schon auf der Gangway und wedelte mit seinem Ausweis.

»Wie heißen Sie?«, fragte der andere Schnurrbartträger, als er vor Leyla an Deck stand. In ihrem geblümten Kleid und den zu zwei Zöpfen geflochtenen Haaren wirkte sie wie eine schüchterne Studentin. Arrogant schnippte er mit den Fingern, doch Leyla rührte sich nicht.

»Ich bin eine Touristin und mache hier Urlaub mit meinem Freund«, sagte sie auf Deutsch, ohne ihren Namen zu nennen.

»Sprechen Sie Englisch?« Der erste Mann kam langsam auf sie zu. Leyla ging unauffällig ein wenig zurück, bis sie das Steuerbord stoppte. Sie hatte bei beiden Pistolen hinter ihrem Rücken die Finger am Abzug.

»Das Boot ist beschlagnahmt«, sagte der zweite Mann und hielt Leyla ein Papier unter die Nase, auf dem sie nicht das Geringste erkennen konnte, so schnell zog er es wieder zurück.

»Da müssen Sie mit dem Eigner reden«, antwortete Leyla und hielt weiter den Kopf gesenkt. »Ich habe das Boot nur gechartert.«

Von allen Seiten kroch die Dunkelheit heran, verengte ihr Blickfeld – der Tunnelblick, der alles ausblendete und nur noch das existenzielle Ziel übrig lässt. In Leylas Fall die beiden Männer, die Gangway als Fluchtweg, der andere schwarze Wagen, der auf der Mole parkte, in dem sicher noch mehr Männer mit Sonnenbrillen und Schnurrbärten saßen.

»Zeigen Sie mir Ihren Ausweis«, hörte sie die Stimme des Mannes, der sie auf Englisch ansprach. Leyla deutete mit dem Kopf zum Kartentisch mit dem Monitor für die Satellitennavigation.

»Liegt dort.«

Der Mann schnaufte wütend, drehte den Kopf nach hinten und sagte etwas auf Türkisch zu seinem Kollegen. Dieser ging dann zum Kartentisch und durchwühlte die Karten, die darauf lagen.

»Ich kann hier nichts finden.«

»Dann muss ich ihn wohl unter Deck gelassen haben.« Leyla lächelte schüchtern. »Was ist eigentlich der Zweck Ihres Besuches?«, fragte sie umständlich.

»Sind Sie das?« Der Mann hielt ihr einen Computerausdruck entgegen. In der Dämmerung war nicht alles klar zu erkennen. Nur die Frau im Vordergrund, die neben Theo van Hell durch den Basar ging. Das war sie! Verdammt, sie hatte eine Überwachungskamera übersehen.

»Ich glaube nicht«, antwortete sie ausweichend. »Und wenn schon, es ist nicht verboten, in den Basar zu gehen.«

»Wir müssen Sie bitten mitzukommen.« Der Mann ignorierte ihre Bemerkung und kam langsam auf sie zu. In der Hand hielt er einen Kabelbinder, um sie zu fesseln. Ein Kabelbinder, keine Handschellen. Der Mann war kein Polizist. Es war eine Falle.

Die beiden Berettas hinter Leylas Rücken wurden plötzlich so leicht wie Papier und das Leben verengte sich immer weiter.

»Natürlich«, sagte Leyla mit belegter Stimme und die Umgebung fror ein.

Das Bild konzentrierte sich auf den ersten Mann, seinen Kollegen, die beiden Autos auf der Mole, die Gangway. Die Geräusche waren plötzlich ausgeblendet, nur das gleichmäßige Summen in Leylas Ohren blieb zurück wie ein Warnton. Als sie die funkelnden stählernen Berettas nach vorne streckte, wirkten sie im Licht eines Hafenscheinwerfers wie tödliche Schmuckstücke. Langsam hob sie beide Waffen und feuerte zwei Schüsse ab. Der erste Mann stolperte nach hinten und war tot, bevor er auf dem Boden aufschlug, der zweite ließ den Kabelbinder fallen und kippte mit einem leisen Seufzer zwischen Boot und Mole ins Wasser.

Leylas Tunnelblick fixierte die Gangway und die beiden Wagen, bei denen jetzt die Türen aufgerissen wurden.

Die Dunkelheit hielt sie fest umkrallt, ließ nur ein winziges Guckloch übrig – das Ziel.

Ihr Verstand signalisierte ihr, dass dreißig Schuss reichen mussten, und sie feuerte zunächst in die Lampen, die ihr trübes Licht über die Mole warfen. Die Scherben der zerplatzten Neonröhren prasselten auf die schwarzen Limousinen nieder, erzeugten einen unwirklichen Sound, der sich mit dem Warnton in Leylas Ohren zu einer Symphonie des Todes verband. Die Dunkelheit hüllte sie jetzt vollständig ein und bot ihr Schutz auf der schwankenden Gangway, auf der ein genaues Zielen natürlich unmöglich war. Deshalb schoss Leyla, ohne stehen zu bleiben, eine Salve nach der anderen in den schwarzen Porsche Cayenne, zersiebte das Auto mit ihren Schüssen. Eine verirrte Kugel pfiff ganz knapp über ihrem Kopf vorbei. Hastig duckte sie sich, feuerte weiter, so lange, bis aus dem Cayenne kein Laut mehr drang. Oben auf der Schnellstraße war ein dunkler Range Rover auf die Mole eingebogen und fuhr schnell nach unten. Als er knapp an dem von Kugeln durchsiebten Porsche Cayenne vorbeifuhr, bremste der Wagen und Leyla sah plötzlich das Gesicht von David. Ihre Blicke trafen sich.

»David!«, schrie sie und schwenkte ihre Pistolen. Doch David wandte sich schnell ab und gab dem Fahrer ein Zeichen weiterzufahren.

»David! Bleib stehen!« Hatte er sie nicht erkannt? Nein, das war ganz unmöglich. Weshalb blieb er nicht stehen? Warum half er nicht?

»David! Bleib hier!«

In einem ersten Reflex hob sie ihre Berettas, schoss in die Luft, doch der Range Rover war bereits in der Dunkelheit verschwunden. Aus dem zerschossenen Cayenne hörte sie leises Stöhnen und eine Kugel schlug knapp neben ihr in das Boot. Für den Bruchteil einer Sekunde hätte sie sich gewünscht, diese Kugel hätte sie getroffen, aber sie musste weiterleben.

40

»Das wird knapp«, sagte Erol Bülat zu David, als sie im Stau auf der Galata-Brücke standen, um auf die europäische Seite von Istanbul zu gelangen. Im Fond des Range Rovers saß Arcun und kraulte seinen Schäferhund Attila.

»Wann sind wir in der Hundeausstellung?«, fragte der Junge von hinten und beugte sich neugierig nach vorne. »Es wird schon dämmerig. Ist die Ausstellung denn in der Nacht?«

»Du hast es erraten, Arcun. Und weil du ein so großer Junge bist, darfst du in unserer Begleitung dorthin. Die Ausstellung ist in einem riesigen Zelt. Das Innere ist taghell erleuchtet und die schönsten Hunde sitzen auf Podesten und werden von einer Jury begutachtet«, gab David zur Antwort. »Kümmere dich jetzt ein wenig um Attila und beschäftige ihn. Er ist das Autofahren noch nicht gewöhnt und soll ruhig auf der Rückbank liegen.«

»Natürlich«, sagte Arcun und ließ sich wieder zurücksinken. David hörte, wie er mit dem Hund flüsterte.

Übergangslos setzte die Dunkelheit ein und der Verkehr nahm zu, als sie sich der Abfahrt zur Stadtautobahn näherten. Erols Handy klingelte. Er steckte sich sofort einen Knopf ins Ohr, damit David nicht mithören konnte, was der Anrufer sprach.

»Ihr habt sie gefunden? Wie sieht der Plan aus?« Erol hörte zu, nickte von Zeit zu Zeit oder gab ein einsilbiges Okay von sich. Seine ansonsten so arrogante Miene wurde mit einem Mal besorgt und er presste die Lippen zusammen. Als er das Gespräch beendet hatte, scherte er plötzlich auf die Überholspur aus und beschleunigte den Range Rover so abrupt, dass David und der Junge in die Sitze gedrückt wurden.

»Was ist passiert?«, fragte David und blickte skeptisch zu Erol. Von dessen Souveränität war nichts mehr zu bemerken, im Gegenteil, er wirkte nervös und fahrig.

»Willst du mir nicht endlich sagen, was passiert ist?«

»Man hat deine Partnerin Yasmina identifiziert«, sagte Erol gepresst und gab Gas, dass der Motor aufheulte.

»Was heißt identifiziert? Verdammt, wer hat Leyla identifiziert?«, fragte David, doch dann fiel ihm wieder das Telefonat ein, das Sonny geführt hatte. »Sie ist die Frau aus dem Basar!«

»Genau. Es gab eine Überwachungskamera. Sonny ist nicht so dumm, wie es scheint. Er hat seine bezahlten Polizisten nach Yasmina, Leyla oder wie immer sie heißen mag, suchen lassen.«

»Und jetzt hat man sie gefunden.«

»Exakt, mein Bruder. Sie hat ein Boot gechartert, der Eigner hat sie wiedererkannt.«

»Von wem hast du diese Neuigkeiten?«

»Direkt von Sonny.« Erol schlug mit der Faust auf das Lenkrad. »Verdammt. Ich soll dich unter einem Vorwand in die Villa zurückbringen.«

»Sonny will mich mit Leyla konfrontieren.« David fuhr sich mit dem Daumen über seine Narbe. »Das hat er sich clever ausgedacht. Einer von uns wird dann die Wahrheit sagen.«

»Wahrscheinlich stellt er sich das so vor. Aber vielleicht haben wir noch eine Chance. Der neue Jachthafen ist groß und unübersichtlich. Ihr könnt es noch schaffen. Ich beschäftige Sonny in der Zwischenzeit.«

197

»Was meinst du?« Erol hupte wie verrückt nach einem besonders riskanten Überholmanöver.

»Wir müssen es riskieren. Leyla kümmert sich um den Jungen und ich steuere das Boot. Du musst sie auf eine falsche Fährte locken, Erol. Sie haben keine Ahnung, was wir mit dem Boot wollen.«

»Natürlich, David. Verlass dich auf mich. Schließlich bin ich für Sonny nur ein korrupter Geheimdienstmann.«

Erol drückte das Gaspedal des Range Rovers bis zum Anschlag durch, fuhr immer schneller, hupte und blendete die Scheinwerfer auf, wenn ein langsamer Wagen seine rasende Fahrt blockierte.

Endlich erreichten sie den Zubringer, der zu der äußeren Mole führte, und Erol gab noch einmal Gas. Die Mole lag im Dunkeln, doch bei den Booten zuckten grelle Blitze durch die Dunkelheit.

»Dort wird geschossen!« Erol verlangsamte das Tempo. »Besser, wir drehen um, sonst gefährden wir die Operation.«

»Was sind das für Lichter am Wasser?«, fragte plötzlich Arcun. Als David nicht sofort antwortete, rüttelte ihn der Junge an der Schulter. »Theo, wann kommen wir zu dem Zelt? Hier ist alles dunkel.«

»Gleich, mein Junge, gleich. Ich muss hier nur noch etwas erledigen.« David klopfte dem Jungen beruhigend auf den Arm. Im Schritttempo rollte Erol die Straße hinunter und öffnete das Fenster einen Spalt breit. Das ununterbrochene Jaulen der Schüsse war ohrenbetäubend, Querschläger pfiffen durch die Luft und laute Schreie verloren sich in der Dunkelheit.

»Sterben wir jetzt wie Mama?« Die Stimme von Arcun klang panisch und er umklammerte Davids Schultern mit seinen kleinen Händen. »Theo, ist das so wie bei Mama?«

»Nein, Arcun, das ist nur ein Feuerwerk«, wollte David ihn beruhigen, doch es war zu spät.

»Ich mag nicht mehr. Ich will heim, will zu meiner Mama«, kreischte der Junge und trommelte jetzt wütend mit seinen Fäusten auf Davids Hinterkopf.

Als sie die Mole erreicht hatten, sah David im Scheinwerferlicht Leyla auf der Gangway stehen. In beiden Händen hielt sie Pistolen und feuerte unentwegt auf einen dunklen Geländewagen, der an der Mole stand. Funken sprühten, als die Schüsse in die Karosserie einschlugen, und aus dem Wagen wurde heftig zurückgefeuert.

»Stehen bleiben!«, brüllte David zu Erol. Mit einer Hand schob er Arcun zurück auf seinen Sitz, doch der Junge umklammerte seinen Hals und begann wie am Spieß zu schreien.

»Erol, gib mir eine Waffe. Ich muss Leyla doch helfen«, rief David hektisch und versuchte, den Jungen abzuschütteln. »Arcun, setz dich wieder hin. Es ist alles in Ordnung.«

Doch der Junge ließ sich nicht beruhigen, sondern kreischte wie verrückt, während er Davids Hals umklammerte. »Wo ist meine Mama!«

»David, das hat keinen Sinn. Wir geraten mitten zwischen die Fronten, wenn ich anhalte. Die Operation ist in Gefahr. Erkan Günel kommt heute Nacht zurück. Sonny hat deine Partnerin identifiziert. Du bist so gut wie tot, wenn du hierbleibst.«

Der Range Rover fuhr jetzt direkt an der Gangway vorbei und David starrte nach draußen. Für einen kurzen Moment hatte er das Gefühl, als würde Leyla ihn ansehen, als würden sich ihre Blicke kreuzen, doch das konnte auch nur eine Einbildung sein. Ein Blickkontakt war in dem grellen Mündungsfeuer und dem Pulverdampf völlig ausgeschlossen.

»Theo, ich will raus!« Arcun war in Panik und wollte zwischen den Vordersitzen nach vorne klettern. Jetzt hatte der Junge zu schreien aufgehört und schluchzte dafür ununterbrochen. In der allgemeinen Hektik begann auch Attila, der Schäferhundwelpe, unruhig zu werden und laut zu bellen. »Ich will einfach nur nach Hause«, flehte der Junge. Doch David streckte seine Arme in die Höhe, um sich aus der Umklammerung zu befreien, und schob den Jungen wieder zurück. »Bleib hinten! Alles wird gut. Beruhige deinen Hund.«

Ungeduldig schlug er mit der Faust auf das Armaturenbrett.

»Du sollst stehen bleiben. Erol, bleib stehen! Wir müssen Leyla helfen!«

»Bist du verrückt? Die knallen uns ab.« Erol schüttelte den Kopf und drückte auf das Gaspedal. Der Motor des Range Rovers heulte auf und schoss über die Mole. David packte Erol an der Schulter.

»Du sollst verdammt noch mal anhalten! Leyla ist in Gefahr!«

»Rühr mich nicht an, mein Bruder«, fauchte Erol. »Du bringst uns alle in Gefahr. Denk an den Jungen. Du kannst Leyla nicht helfen. Du musst die Operation zu Ende bringen.«

»Wie soll das funktionieren?« Er rüttelte Erol an der Schulter. »Sag mir, wie wir mit dem Boot aus dem Hafen kommen!«

»Vergiss das Boot«, zischte Erol und schüttelte die Hand von David ab. »Es gibt für alles einen Plan B. Du musst mir vertrauen, David.«

41

Als Leyla das Ende der Gangway erreicht hatte, hatten sich David und ihre Wünsche bereits in der bleiernen Nacht aufgelöst. Aus dem Porsche Cayenne hörte sie ein Funkgerät knacken, und sie wusste, dass sie sofort verschwinden musste. Bald würde das ganze Hafengelände vor Militär und Polizei wimmeln. Die Fahrertür des Cayenne schwang auf und ein Mann fiel kopfüber auf die Mole, drehte sich ächzend um, hob seine Pistole, doch er war zu schwer verletzt, um zu schießen. Wie von Sinnen rannte Leyla über die Mole hinein in die Dunkelheit, wo hinter einigen Containern ein Mountainbike versteckt lag, das sie einem Kanadier vor Tagen im Zentrum von Istanbul geklaut hatte.

Mit dem Mountainbike raste sie – von Adrenalin, Schmerz und Hass gedopt – durch den Jachthafen. In letzter Sekunde gelang es ihr, durch das Stahltor zu schlüpfen, das sich gerade schloss. Als sie die Außenbezirke von Istanbul erreicht hatte, dort, wo nichts mehr von den Märchen aus Tausendundeiner Nacht zu spüren ist, dort, wo die Menschen um das nackte Überleben kämpfen, dort, wo Kinder über den Müll krochen und sich mit Hunden um verschimmeltes Brot balgten, verlangsamte sie ihr Tempo. Dort kam sie endlich ein wenig zur Ruhe.

Schweißüberströmt und mit zitternden Knien blieb sie an einem windschiefen mehrstöckigen Holzhaus stehen und musste sich zusammenreißen, um nicht vor Wut zu weinen. Immer wieder sah sie Davids ausdrucksloses Gesicht hinter der Scheibe des Wagens. Sie spürte seinen Blick, sah seine erhobene Hand, die dem Fahrer das Zeichen gab, weiterzufahren. Weg von ihr.

David hatte sie im Stich gelassen, das war die bittere Erkenntnis, die schmerzhafter war als eine Kugel. Mit der Faust trommelte sie gegen das schimmelige Holz der Hauswand, stieß einen erstickten Schrei aus, hielt sich die stählernen Berettas an die Schläfen, um sich eine Kugel in den Kopf zu jagen. Sank dann erschöpft in die Knie und krümmte sich schluchzend auf dem Boden. Nein, nein, nein. Sterben war keine Lösung. Sie musste nachdenken, und zwar schnell.

Konzentriert wischte sie die beiden Berettas sauber und warf sie gemeinsam mit dem Mountainbike ins Wasser. Dann winkte sie einer Frau in abgerissenen Jeans und T-Shirt und gab ihr hundert Dollar. Dafür musste sie mit Leyla die Kleidung tauschen. Hastig lief sie anschließend einige Straßenzüge entlang, bis sie einen Taxistandplatz entdeckte.

»Zum Flughafen«, sagte sie zu dem Fahrer und checkte während der Fahrt auf dem Handy ihre Mails.

»Habe das gewünschte Objekt lokalisiert«, las sie plötzlich die Meldung in ihrem geheimen Account, die ihr ein gewisser Yussuf, ihr Kontaktmann aus Kairo, geschickt hatte. Leyla wischte sich die Tränen aus dem Gesicht und atmete durch, wollte nicht mehr an David denken. Die Zornesader auf ihrer Stirn verschwand und ihre verbissenen Gesichtszüge glätteten sich. Vielleicht war für sie doch noch nicht alles zu Ende. Dieser Yussuf hatte Sonja Hamsuns Versteck gefunden und Leylas

Enttäuschung ebbte langsam ab. Jetzt hatte sie ein neues Ziel und bald Geld. Die Hoffnung starb zuletzt. Verbittert lehnte sie ihren Kopf gegen die Nackenstütze.

David hatte sie im Stich gelassen. Er war feige weitergefahren, um die verdammte Operation nicht zu gefährden. Dafür hatte er sie geopfert. All seine Worte über Familie, Kinder und ein beschauliches Leben mit ihr waren nur Lügen gewesen. Er hatte mit ihr gespielt, weil er gerade Lust dazu gehabt hatte. Heute hatte er sie zurückgelassen wie ein unnützes Stück Dreck.

Wieder stieß sie ein wütendes Schnauben aus und schlug mit der Faust auf die Sitzbank. »Liebe ist stärker als der Tod«, hatte er noch gestern zu ihr gesagt, als in der Nacht der tausendundeins Wünsche ihre Kerze auf das offene Meer hinaustrieb. Er hatte sie nach ihrem Wunsch gefragt, aber zum Glück hatte sie geschwiegen. »Liebe ist kälter als der Tod«, würde sie ihm heute zynisch antworten, denn jetzt musste sie alleine in einer kalten Welt weiterleben.

42

»Du musst mir jetzt einfach vertrauen, David. Wir sind Brüder, schon vergessen?«, sagte Erol leise, um Arcun nicht zu stören, der sich ein wenig beruhigt hatte und weinend sein Gesicht in dem weichen Fell seines Hundes vergrub.

»Jetzt zu Plan B. Wir fahren zu einem kleinen Flugplatz. Dort wartet eine Maschine, die dich und den Jungen sicher nach Deutschland bringt.« Mit seiner Hand wies er auf das Handschuhfach des Range Rovers. »Ich habe hier einen Fruchtsaft mit einem leichten Schlafmittel. Das muss der Junge trinken.«

»Ich fliege nicht ohne Leyla. Hast du das verstanden?« David fuhr mit dem Zeigefinger über seine Narbe. »Sonst bleibe ich auch hier in Istanbul und mache mich auf die Suche nach ihr.«

»Wo willst du damit anfangen, David? Im Leichenschauhaus?«

David packte Erol so fest an der Schulter, dass dieser das Lenkrad verriss und der Range Rover leicht ins Schleudern kam. »Sag so etwas nie wieder. Verstehst du?«

»Tut mir leid, tut mir leid«, entschuldigte sich Erol. »Aber hier geht es um die Operation ›Rote Wüstenblume‹ und nicht um eine Liebesgeschichte, die ja sowieso zum Scheitern verurteilt ist.«

»Wieso sagst du das?«

»Weil du niemals mit einer Profikillerin glücklich werden kannst. Kapier das doch endlich. Unsere Geheimdienste würden das niemals tolerieren.«

»Ich pfeife auf die Meinung der Geheimdienste.«

»Dem Geheimdienst ist dein privates Glück komplett egal. Eure Beziehung ist für deine ›Abteilung‹ viel zu riskant. Irgendwann wird sie einen Unfall haben.«

»Du bist ein pessimistisches Arschloch, Erol.«

»Danke für die Blumen. Aber das ist die Wahrheit, du weißt das, David!«

Bei einer Ausfahrt riss Erol den Wagen hektisch herum, bremste so heftig, dass der Range Rover ins Schleudern kam und die metallenen Begrenzungsschienen touchierte. Funkensprühend ratschte er an dem Metall entlang, bis Erol ihn wieder unter Kontrolle hatte und mit quietschenden Reifen in eine unbeleuchtete schlaglochübersäte Straße einbog. Ohne die Geschwindigkeit nennenswert zu vermindern, holperten sie durch die Dunkelheit, bis sie weit vor sich einen hellen Lichtstreifen sahen. Das Licht kam rasch näher und David sah, dass es ein hoher Maschendrahtzaun war, der von einer Flutlichtanlage grell erleuchtet wurde. Erol verringerte das Tempo und brachte den Range Rover knapp vor dem Zaun zum Stehen. Aus dem Handschuhfach kramte er einen verschlossenen Kaffeebecher.

»Da ist ein Fruchtsaft für dich drinnen, Arcun«, sagte er und drehte sich nach hinten. Doch der Junge winkte ab, begann wieder zu weinen und sah zu David.

»Gib her.« David nahm Erol den Becher aus der Hand und reichte ihn dem Jungen. »Dieser Fruchtsaft wird dir schmecken,

Arcun. Trink, dann gehen wir nach hinten in das große Zelt mit den Hunden.«

David wies mit seiner Hand unbestimmt in die Dunkelheit, die sich undurchdringlich hinter der grellen Flutlichtanlage ausbreitete.

»Ich will zu meiner Mama.« Der Mund des Jungen zuckte und er war nahe daran, wieder loszuschreien. David stieg schnell aus dem Wagen und setzte sich nach hinten.

»Du bist doch ein großer Junge«, sagte er und drückte Arcun fest. »Trink diesen Fruchtsaft. Du wirst schlafen und etwas sehr Schönes träumen. Wenn du aufwachst, siehst du deine Mama, versprochen.«

»Ehrlich?« Die Augen des Jungen glänzten, er schniefte noch ein paarmal und nahm dann den Becher.

»Alles klar bei euch?«, fragte Erol nach hinten. »Dann los jetzt. Wir dürfen keine Zeit verlieren.«

Erol zog einen türkischen Diplomatenpass hervor, indem sich bereits ein Foto von David befand.

»Du wirst nicht kontrolliert, kannst also mit dem Jungen bequem in den Jet steigen. Es ist eine umgebaute Gulfstream von den Amerikanern, eine Art fliegende Verhörzentrale.«

»Sind an der Operation auch Amerikaner beteiligt?«

»Aber nein.« Erol lächelte. »Der Jet existiert nicht, genauso wenig wie du und deine Partnerin Leyla. Die Entführung ist zwar jetzt ein wenig spektakulärer als geplant, aber es funktioniert trotzdem.«

»Man wird dich verdächtigen, Erol«, sagte David, denn ihm war klar, dass Erol in einen direkten Zusammenhang mit der Entführung des Jungen gebracht werden konnte.

»Ich weiß.« Erol lächelte zynisch und zuckte mit den Schultern. »Ich bin es sowieso leid, immer undercover zu arbeiten und mit einer schwarzen Katze zu leben.« Er wollte noch etwas sagen, wurde aber unterbrochen, als sein Handy läutete.

»Das war Sonny«, sagte er zu David, nachdem er sein Handy wieder weggesteckt hatte. »Da ich dich nicht wieder zurück in die Villa gebracht habe, hat er den Range Rover geortet.«

»Wie ist das möglich?«

»Ein verdammter Peilsender unter dem Wagen. Ich habe das übersehen. Ich Idiot.« Erol legte die Stirn gegen die Scheibe der Fahrertür und atmete tief durch. Dann stieß er sich von dem Wagen ab und drehte sich zu David. »Seine Leute werden gleich hier sein. Du musst sofort los. Wir dürfen keine Zeit verlieren. Auch der Jet von Erkan Günel ist bereits im Anflug.«

»Ich dachte, das ist ein privater Flughafen für Diplomaten?«

»Genauso ist es. Aber Erkan Günel hat eben Beziehungen, deshalb gibt es ja auch die Operation ›Rote Wüstenblume‹. Los jetzt. Ihr müsst euch beeilen. Sonst ist es zu spät.«

Scheinwerfer glitten unruhig über den Zaun, erfassten David und den Jungen. Ein schwarzer Porsche Cayenne kam mit aufheulendem Motor rasch näher.

»Das sind die Männer von Sonny.« Erols Stimme klang gepresst, und David spürte, dass er unter großer Anspannung stand. »Hat sich Sonny also doch noch einmal aufgerafft und wie ein Mann gehandelt, indem er seine Leute auf uns gehetzt hat. So viel Mut hätte ich ihm gar nicht zugetraut.« Erol lächelte maliziös und überprüfte den Sitz seiner glatt nach hinten gekämmten Haare. »Also Showdown«, murmelte er lakonisch.

»Los, du kannst mit uns fliegen, Erol.«

»Mein Platz ist hier«, winkte Erol ab. »Ich werde die Typen aufhalten, David. Das bin ich dir schuldig. Verschwinde jetzt. Es war mir eine große Ehre, dich kennenzulernen und dein Bruder zu sein.«

In aller Eile schickte David noch eine Mail an Erol. »Hier hast du ein Videofile, das Sonny vernichten wird«, rief er gegen den Lärm der Triebwerke an. Dann lief David mit dem schlafenden Arcun im Arm über die Rollbahn auf die Gulfstream zu.

Erol winkte David zum Abschied, drehte sich um und zog dann seine Pistole.

Während David in die Gulfstream kletterte, hielt der schwarze Cayenne bereits vor dem Zaun und zwei Männer in schwarzen Anzügen sprangen heraus. Beide hatten großkalibrige Pistolen in ihren Händen und zielten damit auf Erol. Dieser ging mit angelegter Waffe direkt auf sie zu und redete dabei ununterbrochen. Doch die beiden Männer ließen ihre Pistolen nicht sinken, sondern starrten wütend auf Erol, der ihnen jetzt den Weg durch das Loch im Zaun versperrte.

Die Gulfstream rollte langsam zur Startbahn und durch ein Fenster sah David undeutlich den Zaun im Scheinwerferlicht. Erol stand breitbeinig vor dem Zaun und hielt seine Pistole im Anschlag. Das Mündungsfeuer blitzte auf, als Erol und einer der Bodyguards gleichzeitig schossen. Ein Bodyguard wurde getroffen und fiel in den Staub. Doch auch Erol ging in die Knie und drehte sich dann zu dem Flugzeug. Für den Bruchteil einer Sekunde sah David sein Gesicht im Licht der Scheinwerfer. Es war bleich und aus seinem Mund tropfte dunkles Blut. Kraftlos hob Erol die Hand und winkte in Richtung der Maschine. Doch dann trat der zweite Bodyguard neben ihn und hielt ihm die Pistole an den Kopf.

David sah nur noch das Mündungsfeuer, denn in diesem Moment beschleunigte die Gulfstream. Erol Bülat verschwand in der Dunkelheit und blieb nichts weiter als eine traurige Erinnerung.

43

Erkan Günel hielt es nicht mehr in der mit hellem Leder und Gold ausgekleideten Kabine seines Learjets aus. Nervös riss er die Tür zum Cockpit auf, in dem die beiden Piloten gerade mit dem Landeanflug beschäftigt waren.

»Was ist, warum landen wir nicht?«, herrschte er den Piloten an.

»Es ist gerade eine andere Maschine auf der Startbahn. Sie wurde vorgereiht«, antwortete der Co-Pilot. »Eine Gulfstream, aber ich kann nicht erkennen, um welche Linie es sich handelt. Ich sehe weder eine Nummer noch einen Namen.«

Hektisch stellte der Co-Pilot eine Verbindung zum Tower des Privatflughafens her und erkundigte sich nach der über die Startbahn rollenden Gulfstream.

»Merkwürdig«, sagte er dann zu Erkan gewandt. »Die Maschine fliegt mit einem unbekannten Luftfahrzeugkennzeichen. Der Tower gibt auch keine Auskunft über den Zielflughafen.«

Erkan schwieg und dachte nach. Die Maschine auf der Startbahn war eine anonyme Gulfstream. Ein Flugzeug, das auch der amerikanische Geheimdienst für seine Operationen in Afghanistan und im Irak verwendet hatte. Ein Flugzeug, das jetzt den NATO-Partnern zur Verfügung stand.

»Danke«, sagte er kurz angebunden. »Funkt den Tower an. Ich will wissen, wer in dem Flugzeug sitzt.«

»Es sind zwei Piloten und zwei Passagiere an Bord«, hörte er die verzerrte Stimme vom Tower. »Und ein Hund«, ergänzte die Stimme nach einer Weile.

»Ein Hund?« Erkan spürte, wie ihm das Blut aus dem Gesicht wich und seine Knie weich wurden. Er riss seinem Co-Piloten das Headset vom Kopf.

»Ist einer der Passagiere ein Kind? Ein Junge von etwa sechs Jahren?«, fragte er mit heiserer Stimme.

»Ja, das ist richtig. Der Junge ist in Begleitung eines blonden Mannes mit Diplomatenstatus.«

Kraftlos ließ Erkan das Headset sinken und musste sich an der Cockpitwand festhalten, um nicht zu stürzen. Er schloss die Augen und überlegte fieberhaft. Aus den Lautsprechern klangen die gleichförmigen Instruktionen des Towers, die Gulfstream rollte gerade in Startposition. Erkans Learjet musste noch eine Runde um den Flughafen drehen und warten.

Es war wichtig, sofort zu handeln, das hatte Erkan gelernt. Wenn jemand deine Position angreift, musst du zurückschlagen. Rücksichtslos, ohne an deine eigene Sicherheit zu denken.

»Stellt eine Verbindung zu Sonny her!«, brüllte er heiser nach hinten in die Kabine. Einer seiner Leibwächter sprang sofort auf und wählte die Nummer auf einem goldenen Vertu-Handy. Er hielt Erkan das Handy entgegen.

»Wo ist Arcun, Sonny?« Da Sonny nicht gleich antwortete, brüllte Erkan sofort los.

»Wo ist mein Sohn?«

Er hörte, wie Sonny sich verlegen räusperte, und wusste sofort, dass etwas nicht stimmte.

»Onkel, wir haben die Frau ausfindig gemacht, die sich mit Theo van Hell getroffen hat. Sie hat beim neuen Jachthafen ein Boot gechartert und dort eine Schießerei angezettelt.«

»Wo ist Arcun?« Die Stimme von Erkan nahm einen gefährlichen Unterton an. »Hör sofort auf mit diesem Gewäsch. Wo ist er?«

»Erol Bülat hätte ihn mit Theo van Hell zurückbringen sollen«, antwortete Sonny kleinlaut. »Aber sie sind beim Flughafen und meine Leute sind ihnen gefolgt und haben Erol.«

»Ist Arcun in Sicherheit?«

Schweigen am anderen Ende. Erkan ließ das Handy sinken und musste sich setzen. Sonnys Schweigen sagte ihm alles. Seine schlimmsten Befürchtungen wurden wahr. In der Gulfstream, die auf die Startbahn rollte, waren sein Sohn und Theo van Hell. Er hatte keine Ahnung, was das zu bedeuten hatte. Was ging hier vor? Doch das Wichtigste für Erkan blieb sein Sohn. Wenn Arcun etwas passierte, dann würde er alle seine Feinde mit Feuer und Schwert vernichten, ganz so, wie der Prophet es gewünscht hatte.

Der Learjet schwankte, und Erkan musste sich festhalten, um nicht das Gleichgewicht zu verlieren. Aber hatte er nicht schon sein inneres Gleichgewicht verloren? Erst jetzt merkte er, dass sein Handy noch immer aktiv war.

»Wieso hast du mich nicht schon früher informiert, Sonny?«

»Ich wollte dir beweisen, dass mit Theo van Hell etwas nicht stimmt. Deshalb habe ich die Frau suchen lassen. Ich wollte alles selbst regeln, um dich nicht unnötig aufzuregen, Onkel.«

»Du Idiot!« Erkan warf das Handy durch die Kabine und ging dann wieder nach vorne zu dem Cockpit.

»Wir landen«, befahl er tonlos dem Piloten.

»Aber das geht nicht. Auf der Startbahn steht die Gulfstream. Sie beginnt schon mit den Startvorbereitungen.«

»Wir landen.« Erkan drückte dem Piloten die Mündung seiner Pistole an die Schläfe. »Wenn dir dein Leben lieb ist, dann setzt du jetzt zur Landung an.«

»Jawohl, jawohl!« Der Pilot informierte den Tower, erhielt eine abschlägige Antwort, stotterte von einem Notfall und schaltete auf Erkans Befehl einfach den Funkverkehr aus.

»Landen!«

Das Flugzeug machte eine unruhige Bewegung, ruckte und ging dann steil nach unten. Erkans Ohren dröhnten und pfiffen, doch das machte ihm nichts aus. Er war wie in Trance, fühlte sich wie der sagenumwobene Alte vom Berg, der von Allah geleitet wird. Erkan wurde nun von seinem Hass geführt. Mit entsicherter Waffe stand er hinter den beiden Piloten und beobachtete jede ihrer Handbewegungen. Unter ihnen tauchte jetzt die Gulfstream auf, die auf der Startbahn bereits beschleunigte und immer schneller wurde.

»Wir stoßen mit dem anderen Flugzeug zusammen!«, schrie der Pilot, und sein Co-Pilot verfiel in ein monotones Beten. »Wir müssen den Landeanflug abbrechen!«

»Die Gulfstream muss abbrechen. Sie darf nicht starten«, murmelte Erkan und hielt dem Piloten wieder die Pistole an die Schläfe. »Du bleibst auf Kurs!«

Auf dem Rollfeld wurde die Gulfstream immer schneller und im Cockpit begann ein rotes Alarmlicht zu blinken und ein durchdringender Warnton war plötzlich zu hören. Einer von Erkans Leibwächtern stürzte in das Cockpit.

»Was ist? Warum gibt es den Alarm?«

»Hinaus!«, schrie Erkan und zielte mit seiner Pistole auf ihn.

Der Leibwächter schrak zurück und verschwand. Erkan atmete tief durch und verriegelte die Tür des Cockpits. Der Alarmton im Inneren wurde immer durchdringender und das rote Licht zuckte unstet. Die beiden Leibwächter hämmerten in Panik von außen gegen die Tür und schrien wild durcheinander.

Erkan starrte vorne aus dem Cockpit, sah die beleuchtete Landebahn auf sich zurasen, die wie ein glitzerndes Diadem in der Dunkelheit funkelte. Ganz hinten waren die roten Positionslichter der Gulfstream zu sehen, die nicht abdrehte, sondern sich rasch näherte. In wenigen Minuten würden die beiden Flugzeuge aufeinanderprallen und in einem gleißenden Feuerball verglühen.

»Allah ist groß. Wir werden alle sterben«, sagte Erkan und schloss die Augen.

44

Auf dem großen zentralen Monitor in der Zentrale der »Abteilung« sah man die beiden Jets, die sich unaufhaltsam einander näherten.

»Stein, ich gebe jetzt den Piloten die Anweisung, abzudrehen und den Startvorgang abzubrechen!« Robyn saß mit verknoteten Beinen in ihrem Stuhl und konzentrierte sich wie immer ausschließlich auf ihren Tabletcomputer.

Müller hatte seine schwarze Brille abgenommen und begann unruhig, die Gläser zu reinigen. Staatssekretär Beyer saß am hinteren Ende des Konferenztisches und starrte mit hochrotem Gesicht auf den Monitor.

»Stoßen die Flugzeuge jetzt zusammen?«, krächzte er und wischte sich den Schweiß von der Stirn.

»In wenigen Augenblicken ist ein Ausweichen nicht mehr möglich«, informierte ihn Robyn und schickte einen Countdown in eine Ecke des großen Bildschirms.

»Muss das sein?« Müller warf einen schnellen Blick auf Robyn. »Wir sollten uns ein Exit-Szenario ausdenken.«

»Gut, ich werde den Piloten die Instruktionen geben, den Startvorgang sofort abzubrechen.«

Robyn aktivierte ein Fenster auf ihrem Tablet, und man sah die beiden Piloten im Cockpit, die konzentriert mit dem Start beschäftigt waren. Die Gulfstream raste über die Startbahn, doch der Learjet brach seinen Landeanflug nicht ab, sondern hielt direkt auf sie zu.

Robyn wollte gerade den Kontakt zum Cockpit aktivieren, als sie die Stimme des Staatssekretärs hinter sich hörte.

»Lassen Sie das, Sie Freak! Vielleicht sind die beiden wirklich so verrückt und knallen zusammen!« Er schnippte mit seinen Fingern. »Dann hätten wir ja zwei Fliegen mit einer Klappe geschlagen. Erkan Günel ist tot und unsere Operation bleibt für alle Zeiten unentdeckt, da es ja keine Überlebenden gibt.«

»Was ist mit dem Kind? Ein sechsjähriger Junge sitzt in der Maschine und auf dem Flughafen wartet bereits seine Mutter sehnsüchtig auf ihn.« Müller hatte seine Brille wieder aufgesetzt und stellte sich breitbeinig vor Staatssekretär Beyer.

»Sagen Sie es der Mutter? Sagen Sie ihr, dass ihre Hoffnungen vergebens waren, ihren Sohn wiederzusehen. Dass Sie ihn geopfert haben, um irgendwelche EU-Beitrittsverhandlungen nicht zu gefährden.«

»Es ist eben ein Kollateralschaden«, druckste der Staatssekretär herum, dem die ganze Situation unangenehm wurde. »Mein Gott, Müller. Was sehen Sie mich so an. Ich bin doch auch nur ein Befehlsempfänger.«

»Das hat man früher zu mir auch immer gesagt.« Müller verzog verächtlich seinen Mund.

»Robyn!«, rief er nach hinten. »Die Piloten sollen sofort abbrechen.«

»Stein, wir brechen ab«, sagte Robyn und aktivierte den Lautsprecher. »Haben Sie verstanden. Warten Sie auf weitere Anweisungen. Wir holen Sie und den Jungen da raus!«

»Wir starten.« Davids Stimme klang ruhig und bestimmt aus den Lautsprechern. Keine Spur von Panik oder Nervosität. Robyn und Müller sahen sich verblüfft an.

»Wie bitte?«, fragte Müller verwirrt. »Haben Sie nicht verstanden, Stein? Wir brechen die Operation ab.«

»Wir starten. Ich habe auch bereits mit den Piloten gesprochen und die beiden motiviert.«

Robyn schaltete das Bild vom Cockpit auf alle Monitore und man sah die beiden Piloten mit David im Cockpit. David hielt eine Pistole in der einen und ein Headset in der anderen Hand, in dessen Mikro er redete.

»Es ist genauso wie beim Agententraining. Man darf nicht von seiner Linie abweichen, wenn man weiß, dass man der Stärkere und im Recht ist. Das funktioniert immer, es gibt keine Ausnahme.«

»Woher wollen Sie das denn hier wissen?«, fragte Müller. »Und wozu die Pistole?«

»Die dient nur dazu, um meine Position zu stärken. Es kann immer nur ein Alphatier geben.«

»Was macht Sie so sicher, dass Sie überleben werden?« Müller atmete tief durch.

»Weil ich alle positiven Kräfte hier bündle, und als Hundeflüsterer weiß ich, dass es auf den Willen ankommt. Ich habe einen sechsjährigen Jungen an Bord, der zu seiner Mutter soll. Ich will diese Mission zu einem positiven Ende bringen.«

»Der Mann ist komplett durchgeknallt!« Staatssekretär Beyer schüttelte den Kopf und tippte sich an die Stirn. »Na, dann viel Glück, die Operation ›Rote Wüstenblume‹ wird sich im wahrsten Sinn des Wortes in Luft auflösen. Ich habe es ja gesagt.« Er schwenkte sein Wasserglas und seine dicken Wangen zitterten.

»Sparen Sie sich Ihre geschmacklosen Kommentare.« Müller drehte sich um und trat ganz nahe an die Monitorwand. »Wer wird zuerst aufgeben und ausweichen?«

Robyn hatte mittlerweile vom Cockpit auf einen Flugsimulator umgeschaltet. Alle in der »Abteilung« konnten jetzt hautnah miterleben, wie die beiden Flugzeuge aufeinander zurasten.

»*Fuck*, Stein! Brechen Sie doch ab«, konnte sich Müller nicht mehr zurückhalten und ballte die Fäuste.

Im letzten Augenblick wurde der Learjet von Erkan Günel nach oben gerissen, geriet ins Trudeln, konnte aber noch abgefangen werden, während die Gulfstream in der schwarzen Nacht von Istanbul verschwand.

»Ich wusste, auf Stein ist Verlass«, murmelte Müller bewundernd und strich sich entspannt über seinen schwarzen Bart. Dann wandte er sich zu Staatssekretär Beyer. »Na, was sagen Sie jetzt? Die Operation ›Rote Wüstenblume‹ kommt in die entscheidende Phase.«

»Noch ist die Operation nicht zu Ende«, murmelte Beyer. Hastig stand er auf, sammelte seine Papiere zusammen und verließ grußlos den Konferenzraum.

45

Ruth Mayer war völlig erschlagen, als sie auf dem Flughafen von Kairo landete. Im Transferbus, der sie durch Dutzende von Straßensperren mit schwer bewaffneten Militärs ins Zentrum brachte, schlief sie ein und erwachte erst, als der Bus vor einem heruntergekommenen Bahnhof hielt.

Außer ihrem Rucksack hatte Ruth nichts mit, sie war eine Archäologiestudentin und auf dem Weg zu den Ausgrabungen in Gizeh, die von einem deutschen Institut geleitet wurden. Die Sonne brannte wie Feuer und Ruth hatte einen dünnen Schal um ihren Kopf gebunden, damit sie keinen Hitzschlag erlitt. Außerdem verbarg dieser Schal ihre schwarzen Haare, denn auf dem Foto in ihrem Pass war sie blond. Bei einem fliegenden Händler kaufte sie eine Cola und trank sie in einem Zug leer. Dann setzte sie sich an den Straßenrand und entwarf einen Plan.

Sie aktivierte ihren Account und Yussuf, ihr Kontaktmann, war auch sofort wieder online, als würde er auf sie warten. Merkwürdig, aber Leyla war zu sehr mit ihren Gedanken an David beschäftigt, um darüber nachzudenken. Yussuf nannte ihr einen Treffpunkt und mit dem Handy in der Hand ging sie zu einem Taxi und hielt dem Fahrer das Display entgegen.

»Ezbet al-Nakhl! Das ist aber keine gute Gegend für eine hübsche junge Frau.« Der Taxifahrer lachte und zeigte seine braun verfärbten, fragmentarischen Zähne. »Das ist das Viertel der Müllsucher.« Endlos lange fuhren sie durch die Stadt, bis sie endlich die nordöstliche Innenstadt von Kairo erreicht hatten. Als Leyla an einer unbeleuchteten Straßenecke aus dem Wagen stieg, drang ihr sofort der unerträgliche Gestank nach Tod und Verwesung in die Nase.

»Lady! Soll ich Sie nicht doch wieder zurückfahren?«, rief der Taxifahrer und winkte mit der Hand aus dem Fenster. »Es ist bald dunkel und hier finden Sie kein Taxi. Ich kann aber auf Sie warten?«

»Ja, warum nicht?« Leyla nickte und zog einen Zwanzigdollarschein aus ihrer Bauchtasche. »Hier, warten Sie zwei Stunden auf mich. Wenn ich bis dahin nicht wieder zurückgekommen bin, dann fahren Sie einfach retour.«

Sie gab dem Fahrer das Geld und drehte sich um. Der Wind wehte den Gestank in ihre Richtung und sie fühlte sich eingehüllt in eine Wolke aus Rauch, giftigen Gasen und fauligen Kadavern. Die Gerüche wurden immer intensiver, je näher sie an die Steinmauer kam, die das Viertel begrenzte. Alles erinnerte sie an ihre Kindheit im Libanon, die Bilder vermischten sich mit der Wirklichkeit. Immer mehr wurde die Straße von Plastiksäcken, Papierfetzen und fauligem Gemüse bedeckt. Der Dreck quoll zwischen Leylas Sneakers nach oben und sie hinterließ schleimige Abdrücke. Um von dem allgegenwärtigen Gestank nicht ohnmächtig zu werden, schlang sie sich ihren Schal über Nase und Mund. Vorsichtig stieg sie auf einige der Mauerreste, um sich einen Überblick zu verschaffen, solange es noch ein wenig hell war. Von der bröckeligen Mauer sah sie nach unten in eine riesige ausufernde Müllhalde, die sich bis zum Horizont erstreckte. Mitten in diesen Müll hatten die Sammler ihre Hütten gebaut und Leyla sah im schwindenden

Tageslicht Hunderte von Frauen und Kinder emsig über die Müllberge kriechen, auf der Suche nach verwertbarem Abfall. Überall brannten Feuer, aus denen giftige Dämpfe nach oben in den rötlichen Himmel zogen, es wirkte wie der Vorhof zur Hölle.

Leyla zog ihr Handy hervor und checkte nochmals die abgespeicherte Notiz. »Beim Haupteingang von Ezbet al-Nakhl bei Einbruch der Dämmerung. Sonja Hamsun hält sich dort versteckt.« Leyla sah sich um und schauderte bei dem Anblick, denn wie Ameisen krochen die zerlumpten Menschen über den Abfall, stocherten mit Stöcken darin umher oder schleppten zerschlissene Säcke in ihre Hütten. Weiter vorne sah sie ihr Taxi an dem Kreisverkehr stehen. Der Fahrer war ausgestiegen, lehnte rauchend an der Wagentür und telefonierte.

Sie wartete einige Minuten, als plötzlich ein Mann aus dem Müll auftauchte und direkt auf sie zuging.

»Yussuf?«, fragte sie auf Englisch.

»*Yes*«, antwortete er und Leyla betrachtete ihn argwöhnisch. Es war ein Araber mit einem dünnen roten Bart und einem Pflaster quer über die Nase. Er wirkte verschlagen und wenig vertrauenerweckend. Aber an Gestalten wie diese hatte sich Leyla in ihrem Leben bereits gewöhnt. Spitzel und Denunzianten waren immer grau und unscheinbar, wie die Ratten, die ständig zwischen ihren Füßen umherliefen.

»Wo ist das Paket, das ich abholen soll?«, fragte Leyla und sah sich gleichzeitig nach einer geeigneten Waffe um. Sie war unbewaffnet, das behagte ihr plötzlich nicht mehr.

»Das Paket befindet sich dort unten«, meinte der Mann, und Leyla brauchte einige Sekunden, bis sie sein schlechtes Englisch verstanden hatte.

»Gehen wir«, sagte sie dann auf Arabisch und sah die Verblüffung im Gesicht des Mannes.

»Zuerst das Geld«, antwortete er und rührte sich nicht.

Leyla spürte wieder ein Kribbeln auf ihrer Haut und ihr Körper straffte sich. Unauffällig ballte sie ihre Fäuste und machte einen Schritt auf den Mann zu. Er musste ihren finsteren Gesichtsausdruck bemerkt haben, denn er wich ein wenig zurück.

»Das war doch so ausgemacht«, sagte er entschuldigend und blickte auf einmal unruhig umher.

»Die zehntausend Dollar bekommst du bei Übergabe, Bruder. Möge Allah dir dafür ein langes Leben schenken«, antwortete sie mit einer blumigen arabischen Redewendung. »Also, worauf warten wir, gehen wir hinunter.«

Leylas Nackenhaare sträubten sich, als sie hinter Yussuf die abbröckelnden Stufen nach unten stieg und direkt in die Müllhalde hinabtauchte. Schwarze verdreckte Kinder huschten ängstlich zur Seite und Frauen mit schweren Säcken am Rücken rutschten neben ihr über den Morast.

»Sonja Hamsun ist in der dritten Hütte rechts«, flüsterte der Mann. »Sie ahnt nicht, dass wir sie gefunden haben.« Er wurde mit einem Mal ganz aufgeregt. »Los, kommen Sie. Kommen Sie.«

Leylas Verstand schlug Alarm. Etwas war faul hier, genauso faul wie der Gestank der Müllberge. Es konnte nur eine Falle sein, es musste eine Falle sein. Ihre Intuition warnte sie, wollte, dass sie umdrehte.

»Los, kommen Sie. Wir wollen sie jetzt überraschen. Sicher schläft Sonja Hamsun schon.«

Gedanken schossen durch ihren Kopf, mahnten sie, umzukehren. Aber sie brauchte doch das Geld, den einzig treuen Begleiter, der ihr noch geblieben war.

Yussuf war stehen geblieben und fasste sie am Arm. Mit seiner Hand wies er nach vorne. Ein aus Kartons zusammengebauter Verschlag tauchte auf, in dem die Umrisse eines am Boden liegenden Menschen zu sehen waren.

»Das ist sie. Sie schläft«, flüsterte Yussuf und hielt sich den Finger an den Mund. »Kommen Sie, wir wollen sie wecken.«

Er zerrte Leyla auf die Hütte zu, blieb dann stehen und stieß sie hinein in die Dunkelheit. Ein durchdringender Gestank erfüllte die Luft und sie musste sich zusammenreißen, um nicht wieder umzudrehen. Mit ihren Sneakers stieß sie sanft an Sonjas Schulter.

»Sonja! Aufstehen. Deine Flucht ist zu Ende«, sagte sie und ballte dabei ihre Fäuste, da sie nicht wusste, wie Sonja reagieren würde. Aber Sonja rührte sich nicht.

»Sonja!«, rief Leyla jetzt lauter und stieß heftiger gegen den Körper. Kraftlos schlappte der Arm zur Seite und eine schwarze Wolke aufgescheucht summender Fliegen stieg auf.

Vorsichtig bückte sie sich und hielt den Atem an. Sie drehte Sonjas Kopf zur Seite, aber da war kein Gesicht mehr, nur blut-verkrustete Masse. Dann sah sie das blutige Lederband mit dem Ring, das um Sonjas Hals baumelte. Davids Ring. Sie würde ihn behalten. Das Lederband war mürbe und riss sofort, als Leyla daran zog. Wie in Trance steckte sie sich den Ring an ihren Finger. Was wurde hier gespielt? Wo war das Geld?

»Sie ist doch schon längst tot«, rief Leyla und drehte sich zu Yussuf um.

Doch Yussuf war verschwunden. Stattdessen stand ein dicker Mann in einem völlig deplatzierten Nadelstreifenanzug im Eingang und lächelte Leyla zu.

»So sieht man sich wieder, Leyla!«

»Brian Farruk«, flüsterte Leyla überrascht. Sie erinnerte sich an die Geschehnisse in Beirut und Marrakesch. Dort hatte sie die Geschäftspartner von Farruk getötet. Jetzt würde er mit ihr endgültig abrechnen.

»Ja, deine Freundin ist tot«, sagte Farruk in bestem Oxfordenglisch und deutete auf die leblose Sonja. Er klang wie ein BBC-Nachrichtensprecher. »So tot, wie du es auch bald sein wirst, Leyla.«

46

Der Learjet von Erkan Günel war sicher auf dem Privatflughafen gelandet und die schwarzen Mercedes-Limousinen warteten bereits. Mit aufgeblendeten Scheinwerfern fuhren die Wagen über die Stadtautobahn und verringerten ihre Geschwindigkeit erst, als sie vor den Toren zu Erkans Villa standen. Der Tower hatte Erkan mitgeteilt, dass die Gulfstream einen Flughafen in der Nähe von Berlin als Zieldestination angegeben hatte. Mehr wollte Erkan gar nicht wissen. Das genügte.

Er wartete nicht einmal ab, bis ihm der Fahrer die Tür öffnete, sondern sprang gleich aus dem Wagen, lief zur Eingangshalle hoch, riss die Tür zu Sonnys Büro auf und zog seine Pistole.

»Ich will sofort die Wahrheit wissen«, sagte er ruhig und machte sein Handy wieder an, das er im Flugzeug abgeschaltet hatte, um nicht gestört zu werden.

»Onkel, beruhige dich doch.« Sonny starrte ihn entgeistert an. »Wir haben alles unter Kontrolle. Erol Bülat ist bereits tot.«

Erkans Handy piepste. Aber er hatte jetzt keine Zeit für Mails oder Gespräche. Doch dann sah er, dass ihm Erol Bülat vor seinem Tod eine Mail mit Anhang geschickt hatte. Die

Mail enthielt nur das Wort »Ansehen«. Der Anhang war ein Videofile.

»Mach das Videofile auf«, herrschte er einen seiner Leibwächter an, die mit ausdruckslosen Gesichtern hinter ihm standen. Dieser aktivierte gehorsam den Anhang und sah zunächst neugierig, doch dann entsetzt auf das Display.

»Allah sei mit mir«, murmelte der Leibwächter und wurde rot im Gesicht.

»Was ist? Gib her!«, fauchte Erkan und schnippte mit den Fingern.

»Seht selbst«, stotterte der Leibwächter und reichte ihm mit zitternden Fingern das Handy.

Das Video war grobkörnig, doch man konnte genau erkennen, dass Sonny Günel einen grell geschminkten Transvestiten leidenschaftlich küsste, ihn anschließend entkleidete und seinen nackten Körper mit Küssen bedeckte. Angewidert ließ Erkan das Handy sinken und starrte auf seinen Neffen. Er drehte das Display so, dass Sonny das File genau erkennen konnte.

»Onkel. Es ist nicht so, wie du denkst«, stotterte Sonny und rutschte mit seinem Stuhl zurück, bis er gegen ein Sideboard stieß. »Ich kann dir alles erklären.«

»Du brauchst nichts zu erklären, Sonny«, rief Erkan und spannte den Hahn seiner Waffe.

»Onkel, du machst einen Fehler. Das hat Theo van Hell eingefädelt. Er hat mich damit erpresst. Er hat mir versprochen, das File zu vernichten. Oh, gottgütiger Onkel, es tut mir so leid. Ich bin ein nichtswürdiges Geschöpf auf Allahs Erde und nicht würdig, den Boden zu berühren und in deinen Fußstapfen zu gehen. Es ist ein Doppelgänger von mir, das bin nicht ich.«

»Du lügst!« Erkan trat um den Schreibtisch und hielt seinem Neffen die Mündung seiner Pistole direkt an die Stirn. »Bete zu Allah, dass er dir deine Sünden vergibt. Aber für diese

Sünde wirst du in allen sieben Höllen in ewiger Verdammnis schmoren.«

»Onkel, bitte verzeiht mir«, wimmerte Sonny und drückte seinen Nacken in die Stuhllehne.

»Ich werde dich erschießen wie einen Hund«, zischte Erkan. »Jawohl, wie einen räudigen Hund. Nicht nur wegen deiner Verfehlungen, sondern weil du meinen Sohn nicht beschützt hast. Du hast die Familie entehrt.«

Doch plötzlich ließ er die Waffe sinken und drehte sich zu seinen Leibwächtern.

»Los!«, herrschte er diese an. »Ihr habt gesehen, wie verdorben mein Neffe ist. Selbst eine Kugel ist noch zu schade für ihn. Knüpft ihn im Garten an einem Baum auf, zerstückelt seine Leiche und werft sie in den Bosporus, den Fischen zum Fraß.«

Er drehte sich um, ohne Sonny noch eines Blickes zu würdigen. Während er hinausging, telefonierte er bereits wieder mit seinem Handy.

»Ja, ich brauche in Berlin sofort einen Wagen mit zwei Profis und einen Kofferraum voll Waffen.«

Er wartete keine Antwort ab, sondern lief eilig über die Stufen nach unten, stieg in seinen Wagen und ließ sich wieder zu dem Privatflughafen bringen. In einer halben Stunde würde er wieder in der Luft sein, und während seines Fluges nach Berlin würden seine Kontaktleute in Deutschland den Aufenthaltsort von Theo van Hell bereits ausfindig gemacht haben.

Zunächst aber musste er seinen Sohn wieder sicher in die Türkei bringen, ihn aus den Händen seiner nichtswürdigen Mutter reißen. Denn dass sie dahintersteckte, stand für ihn außer Zweifel. Seine Ehre war mit Füßen getreten worden, diese Ehre konnte nur mit Blut wieder reingewaschen werden.

»Den Feind mit Feuer und Schwert vernichten!«, rief er laut aus. »So hat es der Prophet seinem treuen Diener Mohammed befohlen. Und ich, Erkan Günel, werde diesen Befehl befolgen, bis alle Feinde ausgelöscht sind.«

Arcun würde sein Imperium weiterführen, dazu war sein Sohn bestimmt. Dann musste er Theo van Hell töten. Egal, wo dieser sich aufhielt, er würde ihn finden.

Allah war auf seiner Seite und mit seiner Hilfe würde er alle Feinde vernichten, überlegte er, als er kurze Zeit später wieder in der komfortablen Kabine seines Learjets saß. Sein Handy piepste und er erhielt eine weitere Mail, diesmal jedoch aus Deutschland.

Niemand in Deutschland kannte diese Nummer, er wunderte sich. Doch jetzt gab es anscheinend doch jemanden. Es war ein kurzes Schreiben. Theo van Hell wartete in Berlin auf ihn und verlangte zehn Millionen Dollar für das Leben seines Sohnes, anderenfalls würde Arcun sterben.

47

»Warum war dieses Erpresserschreiben notwendig?«, fragte David, als er nach der Landung auf einer Militärbasis in einer sicheren Wohnung in Berlin angekommen war und sofort mit Robyn telefonierte. »Erkan Günel wird sicher so oder so nach Berlin kommen. Schließlich geht es um seinen Sohn und um seine Ehre. Beides ist einem Türken heilig.«

»Stein, das ist eine Anweisung von Staatssekretär Beyer«, gab Robyn einsilbig zur Antwort. »Deshalb habe ich auch das Schreiben an die Handynummer abgeschickt, während Sie noch in der Luft waren.«

»Ja, aber ich habe ein ungutes Gefühl bei dieser Sache.« Etwas ging hier nicht mit rechten Dingen zu. Man verschwieg ihm entscheidende Details, das spürte er.

»Wann kommt Arcun zu seiner Mutter?«, fragte er. Der Junge war sofort nach der Landung von zwei Geheimdienstmitarbeiterinnen in Empfang genommen worden. David hatte ihnen gerade noch die Hundebox mit dem winselnden Attila mitgeben können, dann waren sie sofort verschwunden.

»Wir müssen erst die Psychologen mit der Situation vertraut machen und dahingehend informieren«, antwortete Robyn kurz angebunden auf seine Frage.

»Der Junge braucht seine Mutter und keine Psychologen. Verdammt noch mal, er ist ein sechsjähriger Junge.«

»Stein, wir verfolgen mit der Operation ›Rote Wüstenblume‹ eine Strategie. Halten Sie sich an die Anweisungen.« Robyn klang leicht genervt, das war etwas, was David noch nie bei ihr bemerkt hatte.

»Stehen Sie unter Druck, Robyn?«, fragte David, denn das Verhalten von Robyn war absolut untypisch.

»Ich habe alles unter Kontrolle und werde Sie wie immer sicher durch diese Operation führen«, gab sie ausweichend zur Antwort. »Vertrauen Sie mir, Stein.«

»Wann wird der Junge abgeholt? Er wird durchdrehen, wenn er merkt, dass er nicht bei seiner Mutter ist.«

»Wie gesagt, es ist alles unter Kontrolle und die Operation nähert sich ihrem Ende. Sie brauchen sich nur mit Erkan Günel zu treffen, den Deal mit ihm durchzuführen, dann ist Ihre Mission erledigt.«

»Warum nehmt ihr ihn nicht einfach auf dem Flughafen fest?«

»Stein, schon vergessen, die deutsche Regierung darf nicht im Geringsten verdächtigt werden. Es ist nur ein simpler Krieg zwischen zwei verfeindeten Drogenbossen.«

Nachdem David das Telefonat mit Robyn beendet hatte, versuchte er erneut, Leyla zu erreichen, aber ihre Nummer existierte nicht mehr. Auch in der versteckten App war ihr Deckname »Schwarze Dahlie« nicht mehr vorhanden.

War sie tot? Wenn sie noch am Leben war, hätte sie sicher Kontakt zu David aufgenommen. Nein, sie lebte. Da war er sich ganz sicher. Er wollte es einfach nicht wahrhaben, dass sie tot sein konnte. Es war zum Verrücktwerden! Jetzt hielt er es nicht mehr in der Wohnung aus. Er holte sich eine Adresse auf sein Handy und stieg an einer weit entfernten Straßenecke in ein Taxi. Ließ sich nach Berlin-Mitte fahren. Langsam ging er den breiten Boulevard entlang. Es hatte zu regnen begonnen, doch das machte ihm nichts aus. Als er vor dem richtigen Haus stand, war er völlig durchnässt. Nach einigem Hin und Her und einem langen Telefonat gestattete ihm ein überkorrekter Concierge, mit dem Lift nach oben in die Penthouse-Wohnung zu fahren. Die Tür war bereits geöffnet und eine groß gewachsene Frau lehnte an der Wand. Sie trug einen Hosenanzug und hatte ein Hosenbein hochgeschlagen, so als wolle sie absichtlich darauf hinweisen, dass ihr ein Bein fehlte.

»Sie sind also der Mann, der meinen Sohn wieder nach Deutschland geholt hat«, sagte Johanna Schulz und humpelte auf ihren Krücken zu der ausladenden Designertheke, die wie ein Boot mitten in dem riesigen Raum stand.

»Was trinken Sie?«, fragte sie übertrieben höflich, nachdem sie David einen Platz auf ihrem überdimensionierten Sofa angeboten hatte. »Ich bleibe bei Gin.«

»Wodka«, antwortete er einsilbig. »Es scheint Sie nicht im Geringsten zu wundern, dass ich Ihren Sohn nicht mitbringe.«

»Ich hatte bereits einen Anruf vom BND. Zuerst sind die Psychologen am Zug, dann erst die Mutter.« Johanna lächelte dünn und drehte ihr Glas zwischen ihren Fingern. David betrachtete sie eingehend. Johanna Schulz und Erkan Günel passten nicht zusammen, das sagte ihm sein Gefühl. Johanna, die behütete Tochter aus dem politischen Establishment Deutschlands, und der in Deutschland aufgewachsene Türke, der sich durch seine Drogengeschäfte nach oben geboxt hatte und dann in der Türkei untertauchte, als ihm Deutschland zu heiß wurde.

»Eines ist mir allerdings nicht klar. Warum heiratet eine behütete Tochter aus gutem Haus einen Verbrecher wie Erkan

Günel?«, fragte David dann auch. »Sie wussten doch, wie Erkan Günel seinen Lebensunterhalt verdiente.«

»Vielleicht wollte ich meinem Vater etwas heimzahlen?«, sagte Johanna, ohne mit der Wimper zu zucken. »Mein Vater war Kanzler und so gut wie nie zu Haus. Wenn ich ihn sehen wollte, musste ich den Fernseher einschalten. Erkan hingegen hatte immer Zeit für mich. Verwöhnte mich, gab mir das Gefühl, etwas Besonderes zu sein.«

»Das waren Sie sicher auch für ihn. Der arme Türke von der Straße und das reiche verwöhnte Mädchen.«

»Mag schon sein. Er hat mich eben als Trophäe gesehen.« Johanna verzog angeekelt den Mund. »Aber besser eine Trophäe, als ständig übersehen zu werden.«

»Haben Sie sich nie gefragt, woher er seinen Reichtum hatte?«, fragte David verwundert. Die Gefühlskälte von Johanna war erschreckend.

»Nein, wozu auch. Er war reich, gefährlich und kriminell. Das fand ich faszinierend. Es war das Gegenteil meines spießigen Elternhauses.« Sie blickte auf und rückte ihre Krücken zurecht. »Was sehen Sie mich so an? Ich war jung. Erst als Arcun geboren wurde, veränderte sich sein Wesen. Er wurde ein Patriarch, wollte Arcun unbedingt in die Türkei bringen. Mit dem Jungen eine Dynastie gründen. Mich komplett ausschalten. Das ist ihm ja auch gelungen.« Sie lachte bitter und sah David lange und intensiv an. Sie war noch immer eine attraktive Frau, der aber das Leben übel mitgespielt hatte.

»Sie wissen nicht, wie mein Vater ist«, sagte sie nach einer längeren Pause zu David.

»Ich kann mir denken, dass er keine einfache Person ist.«

»Drücken Sie sich immer so gewählt aus, Stein? Mein Vater ist ein Tyrann. Wenn ich jetzt mit ihm telefoniere, dann wirft er mir Fehler vor, die ich vor zwanzig Jahren begangen habe.«

»Das klingt nicht gerade nach einem harmonischen Familienleben«, sagte David und nahm einen Schluck Wodka.

»Soll das ein Witz sein?«, fragte Johanna sichtlich empört. »Alles dreht sich auch heute nur um meinen Vater. Er ist übrigens sehr nachtragend. Ich bin es auch. Erkan hat mein Leben zerstört, jetzt zerstöre ich eben seines.«

»Trotzdem ist mir einiges nicht klar«, ließ David nicht locker. »Warum muss Erkan Günel in Deutschland vor Gericht gestellt werden? Nur wegen Drogenhandel?«

»Wer spricht von Drogenhandel? Bei ihm geht es um Mord. Dafür bekommt er lebenslänglich inklusive Sicherheitsverwahrung. Und ich werde ihn einmal im Monat besuchen und ihn schweigend betrachten. Das steht mir als Ehefrau zu und ist meine Rache.«

»Was sagen Sie da? Erkan Günel hat hier in Deutschland einen Mord begangen?«

Als David weiterfragen wollte, winkte Johanna ab, griff nach ihren Krücken und stand auf.

»Ich bin müde«, sagte sie. »Sie entschuldigen mich, Herr Stein. Ich will morgen ausgeruht sein, wenn mein Sohn zu mir zurückkommt.«

Als er zurück in der sicheren Wohnung war, blickte David nachdenklich aus dem Fenster. Die Wohnung befand sich in einem unauffälligen Straßenzug im Berliner Stadtteil Wedding, einem unattraktiven Arbeiterbezirk. Er wurde nicht schlau aus der letzten Bemerkung von Johanna Schulz, war aber zu müde, darüber nachzugrübeln. Draußen regnete es noch immer und die Scheinwerfer der Autos spiegelten sich in den Wasserpfützen auf den Straßen. Ein Mountainbiker schlängelte sich geschickt zwischen den Fahrzeugkolonnen durch. David spürte einen Stich im Herzen, denn für einen kurzen Moment hatte er gedacht, Leyla würde mit dem Bike durch die Nacht rasen.

Aber sie war es nicht. Sie war weit entfernt in einem anderen Universum.

David sah Leylas Gesicht vor sich, als sie beide in dem Boot auf dem Bosporus waren. Diese Nacht kam ihm unglaublich weit weg vor, wie aus einer fernen Vergangenheit, obwohl es erst vor wenigen Tagen gewesen war. David spürte eine immense Sehnsucht nach ihren Berührungen, nach ihrer Stimme, nach ihrem Lächeln. Er wusste, dass er sich auf die Suche nach ihr machen musste, wenn die Operation »Rote Wüstenblume« beendet war. In der Nacht der tausendundeins Wünsche hatte er ihr versprochen, dass er sie immer finden würde, und wenn er dafür bis ans Ende der Welt fahren müsste. In dieser einsamen regnerischen Berliner Nacht wusste er plötzlich, dass er dieses Versprechen einlösen würde.

Ein Klopfen an der Tür riss ihn aus seinen Gedanken. Es war ein verabredeter Code, also öffnete David die Tür, hatte aber dennoch seine Pistole hinten in seiner Hose stecken.

»Mit Ihnen hätte ich am allerwenigsten gerechnet«, sagte er überrascht, als er dem Besucher gegenüberstand.

Robyn stand tropfnass mit gesenktem Kopf auf der Schwelle. Sie hatte zwei unterschiedliche Sneakers an den Füßen, trug einen Rucksack und knabberte an ihren Fingernägeln. Als er sie hereinbitten wollte, winkte sie ab und öffnete ihren Rucksack.

»Stein, Sie müssen mir jetzt vertrauen. Es ist alles ganz anders.«

48

Berlin, Deutschland

Erkan Günel saß im Fond eines Mercedes, der einen Tag später durch das nächtliche Berlin raste. Der Regen peitschte gegen die Windschutzscheibe und die vorbeiziehenden Schaufenster waren nur helle Wischer in der Dunkelheit. Doch Erkan sah weder die Häuser noch die Autos, die ihnen entgegenkamen. Er dachte nur an seinen Sohn Arcun und an Theo van Hell, den er töten musste. In seinen Händen hielt er zwei großkalibrige Pistolen, die schwarz und todbringend waren.

»Wie lange noch?«, herrschte er den Fahrer an, einen vierschrötigen Mann mit rasiertem Schädel. Die Frau, die neben dem Fahrer saß, kontrollierte gerade das Magazin einer handlichen Uzi-Maschinenpistole. Sie wirkte mit ihren wasserstoffblonden Haaren, den knalligen Lippen und dem schwarzen Lackmantel wie eine grelle Karikatur eines City-Callgirls.

»Wir sind gleich bei dem Umspannwerk«, antwortete der Fahrer auf Erkans Frage.

Endlich erreichten sie ein dunkles Industriegelände. Es gab kein Einfahrtstor, daher raste der Mercedes mit unverminderter Geschwindigkeit zwischen den düsteren Fabrikhallen entlang bis zu einem großen würfelförmigen Betonklotz. Als der Industriebau von den Scheinwerfern des Mercedes angestrahlt wurde, wirkte er wie eine futuristische Theaterkulisse. Dort bremste der Fahrer den Mercedes dann ab und Erkan stieg aus. Noch immer hielt er die beiden Pistolen in seinen Händen. Innerhalb weniger Sekunden war sein eleganter grauer Anzug vom Regen völlig durchnässt und seine glatt nach hinten gekämmten grauen Haare begannen sich in der Nässe zu kringeln. Auch der bullige Fahrer und die Frau im Lackmantel waren ausgestiegen und blickten an dem Gebäude hoch.

Von allen vier Seiten gingen im oberen Drittel der fensterlosen Mauern dicke Stromkabel ab und verloren sich in der Dunkelheit. Mit seinen schwarzen Stromleitungen wirkte der Betonklotz im peitschenden Regen wie ein riesiger Krake, der nur darauf wartete, alles in die Untiefe zu ziehen. Es gab ein einziges großes Tor an der Stirnseite, dessen stählerne Flügel geöffnet waren und schief in den Angeln hingen.

»Das aufgelassene Umspannwerk«, sagte die blonde Frau auf Türkisch zu Erkan Günel. Sie hatte den Kragen ihres Lackmantels aufgestellt und hielt eine schwarze Sporttasche in der Hand. »Wahrscheinlich hält Theo van Hell hier auf dem Gelände auch deinen Sohn versteckt.«

»Spar dir deine Kommentare, Sülzal.« Erkan stieg die bröckeligen Stufen nach oben und ging sofort in das Gebäude.

»Ich brauche eine Taschenlampe«, brüllte er, und der Fahrer aktivierte einen Scheinwerfer auf der Maschinenpistole. Unruhig glitt der Lichtstrahl durch die Halle, in der riesige Generatoren standen, zu denen von oben armdicke Kabel wie Riesenschlangen liefen. Über den staubigen Boden huschten Ratten und Mäuse und Erkan hörte den Regen durch das undichte Flachdach tropfen.

»Theo van Hell«, brüllte er in die Halle. Seine Stimme wurde tausendfach gebrochen und von den kahlen Wänden wieder zurückgeworfen. »Theo van Hell. Hier ist die vereinbarte Lösegeldsumme. Wo ist mein Sohn?«

Es herrschte vollkommene Stille, nur der Nachhall seiner eigenen Stimme war zu hören, ein Echo, das sich langsam verflüchtigte. Er drehte sich zu Sülzal und wies auf die Sporttasche.

»Stell die Tasche hier auf den Boden.«

»Verdammt, wo sind Sie, Theo van Hell!«, brüllte er dann wieder. »Hier sind die zehn Millionen Euro für Sie. Wir fahren jetzt wieder zurück nach Berlin und erwarten Ihren Anruf. Wir haben unsere Vereinbarung erfüllt, jetzt sind Sie am Zug.« Erkan schob die Tasche in die Mitte der Halle zwischen zwei riesige Generatoren.

»Aber bevor ich Ihnen das Geld überlasse, will ich ein Lebenszeichen meines Sohnes.«

Doch außer dem Prasseln des Regens war nichts zu hören. Erkan stellte einen Fuß auf die Tasche. »Sie bekommen das Geld nur, wenn ich ein Lebenszeichen meines Sohnes erhalte. Haben Sie mich verstanden?«

Plötzlich löste sich ein Schatten von einem der Generatoren und trat langsam nach vorne. Sofort wurde dieser von dem Scheinwerfer auf der Maschinenpistole eingefangen und Erkan erkannte Theo van Hell, der einen MP3-Player in der Hand schwenkte. Van Hell trug schwarze Hosen und ein dunkles Blouson, dessen Reißverschluss er bis oben zugezogen hatte. Reflexartig hob Erkan eine seiner Pistolen und spannte den Hahn.

»Ich erschieße dich wie einen räudigen Hund! Du hast meine Familie entehrt. Ich habe dich aufgenommen wie einen Bruder und du hast mich betrogen«, zischte er und ging mit der Pistole im Anschlag auf van Hell zu. »Ich werde dich töten! Das ist dir doch klar.«

»Das ist nur ein Geschäft, Erkan. Es ist nichts Persönliches gegen dich.« Theo van Hell redete kühl wie ein Fisch, was Erkan noch wütender machte. »Weißt du, ich finde dich sogar sympathisch und auch deinen Sohn.«

»Schweig, du Verräter«, keuchte Erkan. »Du bist weniger wert als der Dreck unter meinen Schuhsohlen, van Hell. Du hast keine Ehre.«

»Willst du jetzt ein Lebenszeichen deines Sohnes oder nicht?« Van Hell verzog keine Miene und hielt Erkan den MP3-Player auffordernd entgegen. »Einfach abspielen, das kannst du doch?«

»Noch ein Wort und ich erschieße dich!«, fauchte Erkan.

»Dann siehst du deinen Sohn nie wieder.«

Sülzal trat nach vorne, nahm van Hell das Gerät aus der Hand und drückte auf die Play-Taste. Arcuns Stimme klang ängstlich, war aber klar zu verstehen.

»Papa, es geht mir gut. Draußen regnet es und im Fernsehen läuft gerade die Tagesschau. Sie berichten über den Ukrainekonflikt.«

»Na, zufrieden?« Theo van Hell winkte ab, als ihm Sülzal den Player wieder in die Hand drücken wollte. »Kannst du behalten, Süße.«

»Ja, ich bin zufrieden.« Erkans Stimme war zittrig und kraftlos geworden. Eine merkwürdige Veränderung ging in ihm vor, die er selbst nicht verstand. Sein Gesicht war grau geworden, als er die Stimme seines Sohnes gehört hatte. Es schien, als wäre alle Kraft aus seinem Körper gewichen. Innerhalb weniger Sekunden war er zu einem alten Mann geworden. »Hier ist dein Geld. Gib mir bitte meinen Sohn zurück«, flüsterte er.

»Natürlich! Das ist ja ein Teil unseres Geschäfts.«

Van Hells Miene zeigte keine Regung. Vorsichtig zog er die Sporttasche mit dem Fuß zu sich, hob sie dann auf, ohne sie zu öffnen.

»Ich vertraue dir, Erkan Günel. Du bist ja ein Ehrenmann. Bald siehst du deinen Sohn wieder«, sagte er noch und drehte sich um, um hinter den Generatoren in der Dunkelheit zu verschwinden.

»Hier habe ich noch etwas für dich«, rief van Hell plötzlich und warf einen großen Nylonrucksack zu Erkan, den er hinter einem Generator versteckt hatte. Erkan zuckte panisch zurück.

»Keine Angst, es ist keine Bombe!« Theo van Hell verzog den Mund zu einem zynischen Lächeln. »Das ist reines, unverschnittenes Heroin aus Amsterdam im Wert von zehn Millionen Euro.«

»Was soll das?«, fragte Erkan verwirrt und blickte zu Sülzal. Doch diese zuckte bloß ratlos mit den Schultern.

In diesem Augenblick klingelte Erkans privates Handy. Er steckte seine Pistole in seine Sakkotasche und blickte auf das Display. Er konnte die Nummer nicht zuordnen, nahm das Gespräch aber trotzdem an, hörte eine elektronisch verfremdete Stimme. Doch er kannte die Stimme und Wut und Hass kehrten kraftvoll zurück.

»Theo van Hell lügt. Er hat deinen Sohn bereits getötet! Erschieß ihn!«

49

Mit einem Sack über dem Kopf wurde die Frau in das fensterlose Zimmer geschleift. Ein Soldat in Camouflage-Uniform stand mit hinter dem Rücken verschränkten Armen neben der Tür und blickte schweigend auf einen imaginären Punkt an der Wand. In dem Zimmer gab es nur einen Schreibtisch, zwei Stühle und einen blechernen Wassertrog, wie er von den Bauern benutzt wurde, um ihre Tiere zu tränken. Das Wasser in dem Trog roch ziemlich abgestanden und schillerte in allen Farben.

Zwei Soldaten drückten die Frau auf einen Stuhl und fixierten ihre Arme an der Rückenlehne. Mit einem Ruck wurde der Sack von Leylas Kopf gerissen und es dauerte einige Sekunden, bis sich ihre Augen an die Helligkeit in dem Zimmer gewöhnt hatten. Noch immer schmerzte ihre Stirn von dem heftigen Schlag, den sie in der Müllsiedlung von dem Soldaten erhalten hatte, und bei jedem Atemzug behinderte sie das verkrustete Blut in ihrer Nase. Heftig blinzelte sie in die beiden Scheinwerfer, die hinter dem Schreibtisch standen und die sie mit einer brutalen Helligkeit anstrahlten. Den Mann hinter dem Schreibtisch konnte sie nur schemenhaft erkennen.

»Wo bin ich?«, fragte sie auf Deutsch, denn sie wollte noch immer ihre Identität als Studentin Ruth Mayer aufrechterhalten.

Der Uniformierte stieß sich von der Wand ab und schlug ihr mit der flachen Hand auf den Hinterkopf.

»Wir stellen hier die Fragen!«, sagte der Mann hinter dem Schreibtisch auf Arabisch. Er winkte und der Soldat trat wieder zurück und stellte sich an die Wand.

»Ich bin der zuständige Militärrichter und mit Ihrem Fall betraut. Sie heißen Leyla Khan und sind libanesische Staatsbürgerin«, las der Mann von einem Papier ab und ließ noch weitere Details ihres Lebenslaufes folgen. »Laut Aussage Ihres früheren Arbeitgebers Brian Farruk haben Sie sich einer islamistischen Vereinigung angeschlossen, um einen islamischen Gottesstaat zu errichten. Richtig?«

»Das ist ein Irrtum! Ich heiße Ruth Mayer und bin Archäologiestudentin. Ich bin hier wegen der Ausgrabungen in Gizeh.« Leyla verfiel in ein fehlerhaftes Arabisch, um ihre Tarnung so lange wie möglich zu wahren.

Hinter ihrem Rücken wurde die Tür geöffnet und jemand kam in den Raum. Sie drehte ein wenig den Kopf, sah blank polierte schwarze Schuhe.

»Nicht umdrehen!«, herrschte sie der Militärrichter an.

Leyla drehte den Kopf wieder nach vorne, doch sie hatte auch so genug gesehen. Die schwarzen Schuhe gehörten Brian Farruk.

Der Militärrichter griff nach einem weiteren Blatt Papier.

»Es gibt hier eine Mail, die Sie an Yussuf al-Achmed geschickt haben. Wir haben sie auf Ihrem Handy gefunden. Yussuf al-Achmed hat sich an Brian Farruk gewandt, da er sicher war, dass Sie eine Terroristin sind. Farruk hat seinen Verdacht bestätigt, denn auch bei ihm standen Sie schon lange auf der Liste der Topterroristen.«

»Farruk lügt!«, zischte Leyla. »Ich kenne ihn nicht. Ich bin eine deutsche Archäologiestudentin und …«

Wieder trat der Soldat nach vorne und gab Leyla einen Schlag auf den Hinterkopf.

»Diese Frau heißt Leyla Khan und ist eine international gesuchte Terroristin«, hörte Leyla jetzt die Stimme von Brian Farruk hinter sich. »Es existieren mehrere internationale Haftbefehle gegen sie. Ich habe auch bereits dem ägyptischen Militärrat die entsprechenden Unterlagen zukommen lassen.«

»Was haben Sie hier zu suchen?« Leyla drehte sich wieder zu Farruk um, der mit gleichgültiger Miene neben dem Soldaten an der Wand lehnte. Gelassen zündete er sich eine Zigarre an.

»Mein Consultingunternehmen unterstützt die ägyptische Regierung bei der Suche nach islamistischen Terroristen. Und mit Ihnen, Leyla Khan, ist uns ein besonders dicker Fisch ins Netz gegangen. Außerdem haben Sie die norwegische Staatsbürgerin Anika Bergman ermordet.«

»Ich bin keine Terroristin und habe niemanden getötet.«

»Sie lügen.« Der Militärrichter ließ das Papier sinken und dachte eine Weile nach. Dann zündete er sich eine Zigarette an und stand auf. Er stellte sich neben Leyla und beugte sich zu ihr nach unten.

»Warum gestehen Sie nicht einfach? Dann ersparen Sie sich die Schmerzen. Ihr Ende ist ja vorherbestimmt, das ahnen Sie bereits.«

Als Leyla nichts darauf erwiderte, richtete er sich wieder auf und winkte dem Soldaten.

»Los, aufschließen«, kommandierte er und deutete auf die Handschellen.

Für den Bruchteil einer Sekunde sah Leyla eine Chance, aus dieser Lage zu entkommen. Sie konnte die beiden Männer überwältigen, dann die Schusswaffe des Soldaten an sich reißen und sich draußen den Weg freischießen. Aber der Soldat warf sie einfach auf den Boden und fesselte sofort wieder ihre Hände auf dem Rücken, während er sein Knie in ihr Kreuz stemmte.

Dann hob er sie hoch wie ein leichtes Bündel und schleppte sie zu dem Wassertrog.

»Herr Farruk hat uns in dankenswerter Weise in den Verhörtechniken geschult«, sagte der Militärrichter und drückte seine Zigarette auf dem Boden aus. »Ägypten ist ein Rechtsstaat und die Moslembruderschaft eine terroristische Vereinigung. Ihre Festnahme ist ein großer Schlag gegen das Terrornetz.«

»Brian Farruk lügt«, murmelte Leyla und versuchte, wie die Studentin Ruth Mayer zu denken. Ruth Mayer, die Todesangst haben würde, Angst vor Schmerzen, die schlimmer als der Tod waren. »Ich bin eine gewöhnliche Archäologiestudentin …«

»Sie wollen einfach nicht auf mich hören.« Wieder seufzte der Militärrichter und gab dem Soldaten ein Zeichen. Dieser schleppte Leyla bis zu dem Wassertrog.

»Du weißt, was dich jetzt erwartet, Leyla«, hörte sie die Stimme von Farruk in ihrem Rücken. »Natürlich weißt du es. Du hast ja bei der Hamas diese Verhörtechniken trainiert. Beginnen wir. Für jede falsche Antwort gibt es eine Strafe.«

Der Militärrichter stellte sich seitlich, und Leyla sah, wie er in einem Buch blätterte, das er aus seiner Hosentasche gezogen hatte. In dem grellen Licht der Scheinwerfer wirkte sein Gesicht alt und faltig. Durch die unerträgliche Hitze in dem Raum war sein hellblaues Hemd bereits völlig durchgeschwitzt, aber das schien ihn nicht weiter zu stören.

»Wie heißen die Mitglieder Ihrer Terrorzelle?«

»Ich bin eine deutsche Archäologiestudentin und …«

»Falsche Antwort«, unterbrach sie der Militärrichter und gab dem Soldaten ein Zeichen. Dieser packte Leylas Kopf und drückte ihn in das brackige Wasser. Diese Prozedur musste sie elf Mal über sich ergehen lassen.

»Ich bin eine deutsche Archäologiestudentin«, wiederholte sie jedes Mal mechanisch, so, wie sie es in ihrer Ausbildung gelernt hatte.

Schließlich wurde es dem Militärrichter zu bunt und er gab dem Soldaten ein Zeichen. Wieder packte er Leyla im Nacken und drückte ihren Kopf unter Wasser. Sie hielt die Luft an, gab sich Mühe, alle ihre Sinne auf ein Minimum zu reduzieren, an nichts zu denken. Nicht an das weiße Haus, nicht an David. Schon gar nicht an David. Sie wollte nicht an die Nacht der tausendundeins Wünsche denken und an ihren geheimen Wunsch, den sie David nicht verraten hatte. Doch jetzt würde sie keine Gelegenheit mehr haben, ihm von ihrem Wunsch zu erzählen.

So also würde sie sterben. Ihre Gedanken schwirrten umher, denn diesmal holte sie der Soldat nicht mehr aus dem Wasser. Als ihre Lungen schmerzten und sie verzweifelt mit den Füßen um sich schlug, hatte sie noch einen Funken Leben in sich. Doch die Hand des Soldaten hielt ihren Kopf unbarmherzig unter Wasser. Hielt Leyla so lange unter Wasser, bis sich das weiße Haus und David in einer schwarzen Wolke auflösten, in der es kein Leben mehr gab.

50

»Theo van Hell lügt. Er hat deinen Sohn bereits getötet! Erschieß ihn!« Die verzerrte Stimme klang übersteuert aus den riesigen Lautsprecherboxen, die vor der Monitorwand in der Zentrale der »Abteilung« auf dem Boden standen.

»Wer ist das?«, schrie Müller und lief auf den Monitor zu. »Was geht hier vor?«, bellte er in sein Headset. »Ich will sofort eine Erklärung.«

Unwillkürlich blickte er auf den Stuhl, auf dem Robyn immer saß, aber der Stuhl war leer. Sie war nirgends auffindbar.

»Aktivieren Sie die Stimmerkennung«, fauchte Müller einen seiner Agenten an, die dabei waren, sämtliche Kameraperspektiven aus dem Umspannwerk auf die großen Monitore zu laden.

»Ich will wissen, wer da angerufen hat.« Aber das dauerte, und Müller wollte nicht so lange warten. Deshalb aktivierte er seinen Laptop und holte die Bilder in Miniaturgröße auf sein Display.

Von einer versteckten Kamera auf einem der Generatoren sah man, wie sich Erkan Günel langsam umdrehte und sein Handy auf den Boden warf. Dann zog er seine Pistole und feuerte auf David Stein, der sich aber hinter einem Generator in Deckung gebracht hatte. Der Lichtstrahl auf der Maschinenpistole des stiernackigen Mannes fegte durch die Halle und bei jeder Bewegung jagte der Mann eine Garbe aus seiner Uzi in die Dunkelheit.

»Wieso greift die Polizei nicht schon längst ein?«, brüllte Müller, und einer der Agenten wählte die Nummer der Einsatzzentrale.

»Warum erfolgt kein Zugriff?«, schrie Müller in den Lautsprecher. »Wer führt bei diesem Einsatz das Kommando?«

»Wo soll der Einsatz sein?«, hörte er eine verunsicherte Stimme.

»Ich höre wohl nicht richtig! Der Einsatz im stillgelegten Umspannwerk. Es geht um einen Drogendeal über zehn Millionen Euro. Welches Team ist vor Ort?«

Für einen Augenblick war es still am anderen Ende, dann räusperte sich jemand und eine andere Stimme drang aus dem Lautsprecher.

»Mit wem spreche ich?«, wurde Müller gefragt.

»Das tut nichts zur Sache. Welches Team ist im alten Umspannwerk vor Ort?«, wiederholte Müller.

»Es gibt kein Team vor Ort. Der Einsatz wurde von höchster Stelle aus gestoppt.«

»Was???«

»Mehr kann ich dazu nicht sagen. Guten Tag!« Dann wurde die Verbindung getrennt und ein nerviges Tuten dröhnte durch den Raum.

Hinten wurde eine Tür geöffnet und jemand betrat den Raum. Es war Staatssekretär Beyer.

»Irgendjemand sabotiert die Operation ›Rote Wüstenblume‹«, stöhnte Müller und deutete auf die Monitore, wo endlich sämtliche Kameraperspektiven zu sehen waren.

»Lassen Sie mal sehen.« Beyer trat nach vorne und starrte auf die Monitorwand. »Wo ist der Freak?«, fragte er und deutete auf den leeren Stuhl von Robyn.

»Keine Ahnung«, antwortete Müller abwesend, denn er konzentrierte sich auf die Monitore. »Was macht die Stimmerkennung?«

»Wir wissen nur, dass es eine Frau ist«, sagte einer der Agenten. »Aber die Stimme ist zu sehr verzerrt. Nichts zu machen.«

»Eine Frau?« Ratlos sah Müller zu Staatssekretär Beyer. Doch dieser wich seinem Blick aus.

Währenddessen war es David gelungen, auf einen der Generatoren zu klettern und sich hinter den Aufbauten zu verschanzen. Die blonde Frau im schwarzen Lackmantel hielt jetzt eine umgebaute Luger in der Hand, die sie auf Dauerfeuer stellte und mit der sie unentwegt auf den Generator schoss. Funken sprühten durch die Dunkelheit, der Scheinwerfer auf der Maschinenpistole irrte durch die Halle, strich über den Generator, verharrte auf dem Betonblock, hinter dem David verschwunden war. Die Frau schoss wie von Sinnen auf diesen Lichtpunkt vor sich.

Eine andere Kamera hatte Erkan Günel eingefangen, der sich hinter einer großen Kabeltrommel versteckt hatte und gerade das Magazin seiner Pistole wechselte. Ihm war es gelungen, im Schutz der Dunkelheit hinter den großen Generator zu gelangen, auf dem Stein lag.

»Stein, Achtung, Schütze auf zwölf Uhr«, rief Müller in sein Headset, doch die Verbindung war unterbrochen.

»Verdammt! Erkan Günel wird Stein treffen«, fluchte Müller und blickte zu Beyer. »Weshalb gibt es kein Einsatzkommando? Wissen Sie etwas darüber?«

Beyer zuckte nur mit den Schultern.

»Schicken Sie Ihre Leute hinaus«, sagte er ruhig.

»Raus!«

Die Agenten verließen schweigend den Überwachungsraum. Sie waren Müllers Reaktion bereits gewohnt und regten sich deshalb auch nicht darüber auf.

»Was läuft hier an mir vorbei?«, zischte er, als er mit Beyer allein in dem Überwachungsraum war.

»Fühlen Sie sich übergangen, Müller?«

»Allerdings. Es war doch ausgemacht, dass Stein das Heroin zu Erkan Günel werfen sollte. Dann sollte das Einsatzkommando zugreifen und Günel wegen Drogenhandel festnehmen. Beweis waren die zehn Millionen Dollar und das reine Heroin, das bei Erkan gefunden wurde. Leider war Theo van Hell, der Geschäftspartner von Erkan Günel, ohne das Geld entkommen. Fahndung läuft und Erkan Günel kommt für die nächsten Jahre ins Gefängnis. Stolpersteine bei den EU-Beitrittsverhandlungen der Türkei aus dem Weg geräumt. Keine der Regierungen ist involviert, es ist nur ein Krieg zwischen zwei Drogenpaten.«

»Wirklich nett, wie Sie Ihren Plan vorgetragen haben, Müller.« Staatssekretär Beyer verzog gelangweilt sein Gesicht. »Aber es gibt von höchster Stelle andere Pläne. Was nützt es, wenn Erkan Günel für ein paar Jahre hinter Gitter kommt?«

Mit seinen kleinen geröteten Augen fixierte Beyer den Monitor, der im Moment David Stein auf seinem Bild hatte. Dieser sah, dass der Maschinenpistolenschütze gerade sein Magazin wechselte, und nutzte seine Chance. Mit einem präzisen Schuss setzte er den stiernackigen Mann außer Gefecht. Die Maschinenpistole mit dem Scheinwerfer fiel zu Boden und der Strahl war plötzlich starr nach oben gerichtet, wo von der Decke Kabel hingen wie bei einem abstrakten Kunstwerk.

»Man hat mich beauftragt, dafür zu sorgen, dass Erkan Günel lebenslänglich hinter Gitter kommt. Danach gibt es eine Sicherheitsverwahrung. Wir dürfen kein Risiko eingehen.«

»Warum lassen Sie ihn dann nicht einfach erschießen?«
Müller kratzte sich nervös den Bart, als er sah, dass Erkan Günel
jetzt vorsichtig auf einen im Dunkeln liegenden Generator kletterte, um freies Schussfeld auf Stein zu bekommen.

»Sind Sie verrückt, Müller! Sie verstehen eben nichts von
höherer Diplomatie. Das ergäbe diplomatische Verwicklungen
ungeahnten Ausmaßes. Schon vergessen, dass Günel
Beziehungen bis in die höchsten Kreise hat und mit seinem
Geld Horden von Parlamentariern durchfüttert? Nein, Günel
wird wegen Mordes hier in Deutschland vor Gericht gestellt
und verurteilt. Deshalb muss Ihr Agent sterben.«

»Das ist menschenverachtend«, begehrte Müller auf. »Ich
soll Stein opfern, nur damit Sie weitermachen können wie bisher? Ich denke nicht daran.«

»Worüber regen Sie sich auf, Müller? Das ist nicht Ihr Agent
David Stein, das ist Theo van Hell, ein ganz übler Drogendealer.
Dem weint kein Mensch eine Träne nach, wenn er stirbt. Aber
trotzdem ist es Mord.«

»Was, wenn Stein mit dem Leben davonkommt?« Müller
wies auf den Monitor, wo gerade die blonde Frau im Lackmantel
mit Dauerfeuer auf den Generator zuging, um Stein in seine
Deckung zu zwingen. »Oder wenn er Erkan Günel tötet? Was
dann?«

»Dazu wird es nicht kommen.« Beyer klopfte auf den
Konferenztisch. »Ich habe es doch schon gesagt: Man will von
höchster Stelle, dass Erkan Günel im Gefängnis versauert. Ein
Leben lang!«

»Das hört sich an wie ein Rachefeldzug.«

»Nennen Sie es, wie Sie wollen.«

»Wer war die Frau, die Erkan Günel gewarnt hat? Was hat
diese Frau mit Erkan Günel zu tun?«

Doch Staatssekretär Beyer blieb ihm die Antwort schuldig.

Auf einem Monitor war plötzlich eine schattenhafte Gestalt zu sehen, die über das schadhafte Flachdach in die Halle gelangt war. Die Gestalt trug einen Helm mit Visier und ein Gewehr mit Zielfernrohr. Auf einer Plattform zwischen den herunterhängenden Drähten und Kabeln ließ sich die Gestalt nieder und klappte ein Dreibein auf.

Ein lautes Geräusch drang aus den Boxen, als der Schütze Funkkontakt mit der »Abteilung« herstellte.

Als sich Müller melden wollte, riss ihm Beyer das Headset vom Kopf.

»Klappt ja alles vorzüglich«, sagte er und der Schütze streckte zustimmend den Daumen in die Luft.

»Das ist ein Scharfschütze.« Müller rückte seine schwarze Brille zurecht. »Sie wollen Stein also tatsächlich liquidieren und den Mord Erkan Günel in die Schuhe schieben. Sie sind wahnsinnig.«

Beyer ging nicht weiter auf die Vorwürfe ein, sondern lächelte nur hintergründig.

»In wenigen Minuten wird Theo van Hell tot sein.«

51

David lehnte sich mit dem Rücken an die Aufbauten des Generators und war gerade dabei, das Magazin seiner Pistole nachzuladen, als er einen Schatten weit oben zwischen Drähten und Kabeln wahrnahm. Er war sich nicht sicher, aber der Mann wirkte wie ein Scharfschütze des Einsatzkommandos.

»Verdammt, wurde aber auch Zeit«, zischte David zwischen zusammengebissenen Zähnen. Endlich war das Einsatzkommando aufgetaucht, um Erkan und seine Leute festzunehmen. Er wollte sich wieder umdrehen, doch plötzlich begann die blonde Frau auf Dauerfeuer zu stellen und David musste sich flach auf den Betonsockel legen, um nicht von einem Querschläger getroffen zu werden. Ein funkensprühender Regen ergoss sich über ihn, Querschläger jaulten durch die Halle und die blonde Frau rief Erkan etwas auf Türkisch zu.

Plötzlich begann sie laut zu schreien und trat aus ihrer Deckung. Mit beiden Händen hielt sie ihre umgebaute Luger vor sich gestreckt, feuerte und ging direkt auf den Generator von David zu. David wusste, wenn sie bis in den toten Winkel am Betonsockel des Generators gelangte, dann war sie für seine Kugeln unerreichbar und brauchte nur eine günstige Gelegenheit abzuwarten, um ihn zu erledigen.

Auf dem Bauch robbte David über die staubige Betonfläche, machte sich so flach wie möglich, um kein Ziel für ihre Kugeln zu bieten. Er musste auch Erkan im Auge behalten, denn dieser versuchte gerade, von hinten an den Generator zu gelangen. Aber im Augenblick war die wie besessen schießende Frau das größere Problem, denn David hatte keine Chance, das Feuer zu erwidern.

Doch die Frau musste bald das Magazin wechseln, das war seine Chance. Vielleicht die einzige, die sich im Augenblick bot. Er musste nur so lange durchhalten, bis das Einsatzkommando vor Ort war oder der Scharfschütze unter dem Dach endlich einen Treffer landen konnte. Dann war es so weit. David hörte ein metallenes Klacken. Ihr Magazin war leer. Er robbte nach vorne zur Kante. Der schwarze Lackmantel der Frau glänzte im Licht des unruhig tanzenden Scheinwerfers. Von Erkan ging im Moment keine Gefahr aus, er hatte kein freies Schussfeld. Lautlos richtete sich David halb auf. Die Blondine war gerade hektisch dabei, ein neues Magazin in ihre Luger zu stecken, als sie aufsah und David bemerkte. Ihre Blicke kreuzten sich.

Ihr Blick wurde starr und ihre Augenlider begannen zu flattern. *Game over.* Diese Erkenntnis stand ihr ins Gesicht geschrieben. Sie wusste, dass sie verloren hatte, dass sie todgeweiht war. Trotzdem wollte sie nicht aufgeben und ließ sich einfach zu Boden fallen, während sie gleichzeitig ihre Luger hochstreckte. David hatte das vorausgesehen und schoss ihr die Pistole aus der Hand. Keuchend auf allen vieren kroch sie über den staubigen Boden und zog eine Blutspur hinter sich her. Sie streckte sich gerade nach ihrer Pistole, als David erneut feuerte. Mit einem Seufzer sackte sie zusammen und klatschte mit dem Gesicht in eine Öllache.

»Jetzt bleibst also nur noch du übrig, Erkan!«, rief David. »Gib auf. Das Gebäude ist umstellt, du hast keine Chance zu entkommen.«

»Theo van Hell, mir ist es gleichgültig, dass du mir mit deinen Leuten eine Falle gestellt hast. Du hast meinen Sohn getötet und mich entehrt. Entweder du stirbst oder ich.«

»Wieso soll ich deinen Sohn getötet haben?« David war plötzlich hellhörig geworden und hob leicht den Kopf. Sofort pfiff eine Kugel knapp über ihm durch die Luft. Er ging schnellstens wieder in Deckung.

»Erkan, wovon redest du?«, versuchte es David erneut. »Dein Sohn Arcun lebt und ist in Sicherheit.«

»Du lügst, du Sohn einer Hündin!«, brüllte Erkan. »Ich glaube dir kein Wort, Theo van Hell. Seine Mutter selbst hat mich angerufen und mir gesagt, dass du meinen Sohn getötet hast.«

»Das stimmt nicht! Ich habe doch gestern mit Johanna Schulz gesprochen. Hier stimmt etwas nicht!« Doch Erkans Antwort war nur ein wütender Schrei und ein Kugelhagel, der den Beton des Sockels aufspritzen ließ. Davids Gedanken rasten. Was hatte Johanna Schulz gestern zu ihm gesagt: Erkan Günel wird wegen Mordes für den Rest seines Lebens im Gefängnis sitzen. Plötzlich wusste er auch, dass dieser Mord noch nicht passiert war, sondern dass er das Opfer sein würde. Robyn hatte ihn gewarnt, doch er hatte ihr nicht geglaubt.

»Erkan, deine Frau hat uns eine Falle gestellt. Sie will, dass du mich tötest. Dann kommst du wegen Mord ins Gefängnis und siehst deinen Sohn nie wieder.«

»Stimmt, Theo van Hell. Ich werde dich töten«, schrie Erkan und schoss in Davids Richtung.

Aus den Augenwinkeln sah David, dass sich der Schütze oben auf der Plattform bereits in Position gelegt hatte. David lief geduckt an den Rand des Betonsockels und richtete sich auf, um von dem Generatorsockel zu springen. In diesem Moment drückte der Scharfschütze ab. Der Schuss traf David völlig unvorbereitet und er wurde durch die Wucht vom Sockel geworfen. Er knallte auf den Boden, verlor seine Waffe und verfing sich mit den Beinen in losen Stromkabeln. Durch den Schuss hatte er unerträgliche Schmerzen in seiner Brust und konnte nur noch flach atmen. Jetzt musste er wieder an Leyla denken und die Nacht der tausendundeins Wünsche in Istanbul. War das doch Liebe gewesen? Kurz nur, aber eben doch Liebe.

Plötzlich trat Erkan aus dem Schatten des Generators und zielte auf David.

»Stirb, du Hurensohn«, murmelte Erkan müde und drückte ab.

Der Schuss traf David erneut in die Brust. Leylas Gesicht zerplatzte in seiner Vorstellung und sein Herz schlug nur noch unregelmäßig. Ein letzter Gedanke blieb, bevor er in das schwarze Nichts tauchte. Er hatte Leyla damals nicht nach ihrem geheimen Wunsch gefragt, aber jetzt war es dafür zu spät.

52

KAIRO, ÄGYPTEN

Das Boulak-Gefängnis lag direkt am Nil und war in einem militärischen Hafengelände untergebracht. Das gesamte Gelände war militärisches Sperrgebiet, denn von hier aus kontrollierten die Speedboote der Militärpolizei die Dhau-Schiffe, die mit ihren Waren nach Kairo fuhren, auf Waffen und Moslembrüder. Der unscheinbare zweistöckige Betonbau war durch einen unterirdischen Gang direkt mit dem Nilufer verbunden und wurde derzeit häufig genutzt, um Leichen zu entsorgen.

In den Verzeichnissen, die von der neuen ägyptischen Regierung an das Rote Kreuz und diverse NGOs verteilt wurden, tauchte dieses Gefängnis nicht auf. Es existierte auch nicht in den Bestandslisten des Militärs und das Wachpersonal bestand aus Geheimdienstleuten und Elitesoldaten. Im Boulak-Gefängnis tagte auch das Militärgericht, das inhaftierte Mitglieder der Moslembruderschaft im Schnellverfahren aburteilte. Derzeit befanden sich ungefähr fünfzig Mitglieder der Moslembruderschaft in den fensterlosen Zellen, die alle bereits zum Tode verurteilt worden waren.

Als an einem dunstigen Morgen eine Frau mit einem Sack über dem Kopf in eine Gemeinschaftszelle geworfen worden war, in der bereits zwei andere Terroristinnen an die Wand gekettet waren, glaubten diese zunächst, dass man sie mit einer Leiche einschüchtern wollte. Doch nach einigen Stunden begann sich die Frau zu regen, hustete, spuckte Wasser und robbte über den Boden. Trotz ihrer auf den Rücken gefesselten Hände versuchte sie, sich den Sack von ihrem Kopf zu streifen.

Nach Stunden hatte Leyla es geschafft, ihren Kopf aus dem Sack zu bekommen. Hektisch schnappte sie nach Luft. Noch immer raste ihr Herz, wenn sie an das Waterboarding dachte, das sie beinahe das Leben gekostet hatte. Langsam wurden ihre Gedanken wieder klarer und sie machte sich ein Bild von dem Ort, an den man sie geschleift hatte. Es war eine niedrige fensterlose Zelle. Nur durch einen schmalen Schlitz in der metallenen Tür drang ein wenig Helligkeit herein und Leyla sah zwei Frauen in langen sackartigen Kleidern an der gegenüberliegenden Wand hocken. Die Arme der Frauen waren nach oben gebogen und mit Handschellen an eiserne Wandringe gefesselt.

»Wer bist du?«, fragte eine der Frauen auf Arabisch, und Leyla rief sich ihre Identität als Ruth Mayer wieder ins Gedächtnis.

»Du bist eine Deutsche? Weshalb hat man dich dann hierher gesteckt?«, wunderte sich eine der Frauen. »Hier gibt es nur die Märtyrer, die auf direktem Weg zu Allah ins Paradies gelangen.«

»Es ist eine Verwechslung«, stöhnte Leyla, denn aus Erfahrung wusste sie, dass in die Zellen oft Spitzel eingeschleust wurden, um aus Gefangenen Informationen herauszulocken.

Die beiden angeketteten Frauen schwiegen und begannen leise, Suren aus dem Koran zu beten. Leyla hatte sich mittlerweile aufgerichtet und lehnte mit geschlossenen Augen an der Wand. Die Kabelbinder schnitten tief in ihre Handgelenke und sie spürte, wie ihre Finger langsam taub wurden. Konzentriert tastete sie die Mauer entlang, fand plötzlich einen scharfen Mauervorsprung. Das war ihre Chance! Adrenalin flutete durch ihren Körper, als sie begann, mit den Handgelenken über die scharfe Kante zu scheuern, um den Kabelbinder zu zerreißen. Immer wieder rutschten ihre Hände ab und scheuerten ihre Haut wund.

Endlich spürte sie, dass der Kabelbinder nachgab, dann hatte sie die Hände frei. Sie ließ ihre Hände hinten, beobachtete unauffällig die beiden Frauen, die mit geschlossenen Augen eine Sure nach der anderen aus dem Koran beteten. Das würde dauern, denn schließlich gab es 114 Suren mit 6 236 Versen. Leyla rieb ihre blutigen Handgelenke.

Vorsichtig sah sie sich in der Zelle um. Es gab nichts, was sie als Waffe verwenden konnte, keinen Schemel, keine Bank, ja nicht einmal einen Eimer für die Notdurft. Doch halt, es gab ein Loch in einer Ecke, das als primitive Toilette diente. Über dieses Loch hatte jemand ein quadratisches Holzbrett gelegt, um den Gestank ein wenig zu mildern. So leise wie möglich schob sich Leyla an der Wand entlang bis zu dem Loch. Der Gestank war nicht auszuhalten, als sie das Holzbrett zur Seite schob.

Die Frauen hörten auf zu beten und starrten in ihre Richtung. Ihre Handschellen klirrten. Sie flüsterten. Jetzt musste Leyla alles auf eine Karte setzen. Sie konnte keine Rücksicht auf die beiden Frauen nehmen, egal, ob es Spitzel waren oder nicht. Leise stand sie auf. Nahm das Brett in die Hand. Ging auf die eiserne Tür zu, holte tief Luft und klopfte dann mit der Faust gegen das Eisen. Zuerst zaghaft, dann stärker, zum Schluss hämmerte sie dagegen.

Die Frauen flüsterten immer aufgeregter miteinander. Leyla konnte nur Wortfetzen aufschnappen, verstand aber so viel, dass die beiden sich über ihren Ausbruchsversuch wunderten. Eine echte Märtyrerin legt ihr Schicksal in Allahs Hände. Aber sie war keine Märtyrerin!

»Was ist los?«, hörte sie eine grunzende männliche Stimme draußen vor der Tür. Jetzt gab es keine Ruth Mayer mehr, sondern nur noch Leyla Khan, die Kämpferin.

Blitzschnell huschte sie zurück auf ihren Platz und versteckte das Holzbrett hinter ihrem Rücken.

»Was ist los? Wer hat da gegen die Tür geklopft?«

Die beiden Frauen schwiegen und starrten neugierig auf Leyla, die mit gesenktem Kopf und den Händen im Rücken an der gegenüberliegenden Wand hockte.

Zwei Männer betraten die Zelle. Der erste ließ einen großen Schlüsselbund über seinem Zeigefinger kreisen, der zweite hatte eine Maschinenpistole im Anschlag.

Zunächst musste sie den Mann mit der Maschinenpistole ausschalten.

»Willst du mehr sehen?«, rief Leyla auf Arabisch, als sie seinen stieren Blick bemerkte, und schob ihm ihren Busen in der zerfetzten Bluse herausfordernd entgegen. Mit gierigen Augen machte der Soldat einen Schritt auf sie zu, war jetzt in ihrem Radius. Mit einem Schwung sprang Leyla hoch, packte gleichzeitig das Holzbrett, machte eine halbe Umdrehung und die Kante des Brettes traf den Soldaten direkt im Gesicht. Mit einem lauten Schrei stürzte er auf die Knie. Leyla griff nach der Maschinenpistole, doch der Riemen hatte sich an seinem Gürtel verheddert und sie schaffte es nicht, sie loszumachen. Jetzt war aber der Wärter bereits hinter ihr und holte mit seinem gewaltigen Schlüsselbund aus. Leyla schaffte es noch, dem Schlag ein wenig auszuweichen, doch die Schlüssel trafen sie oberhalb der Schulter und brachen ihr das Schlüsselbein.

Ihre Gedanken rasten durch ihren Kopf, ermahnten sie, nicht aufzugeben, schrien, dass sie nur diese eine Chance hätte. Der Wärter holte erneut aus und Leyla tauchte unter dem Schlag weg. Ihr linker Arm hing kraftlos an ihrem Körper, doch mit der rechten Hand packte sie den Schlüsselbund und rammte dem Wärter gleichzeitig das Knie zwischen die Beine. Mit einem wütenden Stöhnen ging der Mann in die Knie und Leyla griff nach dem Holzbrett, das am Boden lag, um es ihm ins Genick zu rammen. Da hörte sie plötzlich ein metallenes Klacken in ihrem Rücken und wusste, dass sie verloren hatte.

»Ruth Mayer, eine deutsche Archäologiestudentin, kämpft wie eine ausgebildete Terroristin. Interessant.« Der Adjutant des Militärrichters stand in der Tür und hatte die Hände in seinen Hosentaschen vergraben. Auch er trug noch immer dasselbe durchgeschwitzte blaue Hemd. Hinter ihm stand ein junger Wachposten mit schussbereiter Maschinenpistole.

»Das war ein eindrucksvolles Geständnis.« Der Adjutant grinste über das ganze Gesicht. Sein Blick glitt unangenehm sezierend an Leylas Körper entlang. Jetzt erst merkte sie, dass ihre Bluse durch den Kampf beinahe völlig zerfetzt und ihr Oberkörper fast nackt war.

Nicht aufgeben, nicht aufgeben! Ihr Schädel hämmerte immer noch. Sie drehte sich ganz zu dem Adjutanten, ohne ihre Blöße zu bedecken. Noch war nicht alles verloren.

»Vielleicht kann ich etwas für dich tun, deutsche Studentin«, murmelte der Adjutant und ging auf Leyla zu. »Aber dann musst auch du mir einen Gefallen tun«, meinte er und leckte sich die Lippen. »Dann vergessen wir diesen Vorfall und du kannst die Botschaft anrufen.«

»Okay, das ist ein Geschäft«, antwortete Leyla. »Aber nicht hier!« Sie wollte an ihm vorbei aus der Zelle, doch ein Soldat hielt sie zurück.

»Nicht so hastig«, meinte der Adjutant müde und gab dem Soldaten ein Zeichen. Blitzartig hatte sich dieser hinter Leyla gestellt und drückte ihre Arme auf den Rücken. Der Schmerz in ihrem gebrochenen Schlüsselbein war so stark, dass Leyla laut aufschrie und jeden Widerstand aufgab.

»So, und jetzt zu dir.« Geschickt öffnete er Leylas Jeans und zog sie über ihre Oberschenkel nach unten. Der Schmerz durchflutete ihren Körper, aber es waren weniger die körperlichen, mehr die emotionalen Schmerzen, die sie beinahe verrückt machten. Sie war angreifbar und verletzlich geworden. Der Adjutant drückte ihre Beine auseinander und begann sie mit seiner Hand grob zu streicheln. Leyla verdrehte die Augen und stöhnte vor Wut, doch das interpretierte er falsch.

»Na, das macht dich an, Ungläubige«, keuchte er und nestelte an seiner Hose herum.

In Leylas Kopf blitzte kurz die Frage auf, was passieren würde, wenn sie sich weigerte. Wie von selbst schnellte sie mit ihrem Kopf nach vorne, als sich der Adjutant mit offener Hose näherte, und traf ihn direkt auf die Nase.

Sekunden später lag sie auf dem Boden und wurde über den rauen Beton gezerrt. Das stinkende Loch näherte sich in rasender Geschwindigkeit.

»Du wirst hier ersticken in diesem unreinen Loch«, flüsterte der Adjutant mit vor Wut zitternder Stimme und wischte sich das Blut von seiner Nase. Panisch hielt Leyla die Luft an, als sie mit dem Kopf in das Loch gedrückt wurde. Trotzdem spürte sie mit jeder Pore den beißenden Gestank von Urin und Kot. Spürte dicke Fliegen über ihre Wangen und in ihre Nase krabbeln. Spürte, wie ihre Jeans immer weiter nach unten gezerrt wurden und brutale Hände ihre Beine auseinanderzogen. Gestank und Schmerz legten sich wie eine verweste Folie über ihren Körper, umklammerten sie wie eine Zwangsjacke. Sie war zu keiner Gegenwehr mehr fähig.

»Genug jetzt«, hörte sie plötzlich eine Stimme von hinten im Befehlston. Der Militärrichter riss Leyla an den Haaren aus dem Loch heraus und starrte lange in ihr verdrecktes Gesicht. »Ägypten ist ein Rechtsstaat. Terroristinnen werden bei uns vor Gericht gestellt.«

53

Johanna Schulz humpelte auf ihren schwarzen Krücken in die Halle des Umspannwerks und atmete tief durch. Sie trug ein schwarzes Minikleid und schwarze Strümpfe. Einer dieser Strümpfe war knapp oberhalb ihres rechten Knies auffällig zusammengeknotet, dort, wo man Johanna das Bein amputiert hatte. Über ihr Gesicht strich ein befriedigtes Lächeln, als sie sah, wie Erkan Günel von mehreren SEK-Polizisten auf den Boden gedrückt wurde. Als man Erkan unter schwerer Bewachung nach draußen schleppte, lehnte sie sich an den Sockel eines Generators und rief: »Ich besuche dich, sooft es geht, Erkan. Ohne meinen Sohn. Du kannst meinen Sohn nie wieder sehen. Ich werde zuschauen, wie du älter und älter wirst. Eines Tages wirst du im Gefängnis sterben. Dann hebe ich mein Glas auf den Mann, der mein Leben zerstört hat.«

Zwei Männer beobachteten diese Szene auf ihren Monitoren. Müller, der Chef der »Abteilung«, drehte sich zu Staatssekretär Beyer.

»Es war von Anfang an ein abgekartetes Spiel. Es ging nur um die Rache von Johanna Schulz, habe ich recht?«

»Falsch, Müller. Es gibt immer ein übergeordnetes Ziel. Es sind die EU-Beitrittsverhandlungen mit der Türkei. Johanna

Schulz war nur ein Mittel zum Zweck, sozusagen der moralische Überbau.« Suchend blickte Beyer umher und drehte ein leeres Glas. »Gibt es kein Wasser mehr?«

»Sparmaßnahmen«, sagte Müller lapidar. »Was ist ein moralischer Überbau? Dass darunter die Ratten unsichtbar bleiben?«

»Sparen Sie sich Ihren Zynismus, Müller. Einer Mutter, die um ihr Kind kämpft, verzeiht man vieles.«

»Auch dass es bei dem Mord nicht mit rechten Dingen zugegangen ist?«, unterbrach ihn Müller. »Dass Sie einen meiner Agenten geopfert haben?«

»Aber ich bitte Sie, Müller! Nicht schon wieder diese rührselige Agentenstory.« Beyer lächelte überlegen. »Theo van Hell, der Drogendealer, ist tot und sein Mörder gefasst. Wer fragt da nach einem korrekten Ablauf?«

»Die Staatsanwaltschaft möglicherweise«, antwortete Müller und strich sich über seinen schwarzen Vollbart. »Der Staatsanwalt wird Ungereimtheiten feststellen.«

»Der zuständige Staatsanwalt wird als zukünftiger Justizminister gehandelt.« Beyers Lächeln wurde breiter. »Ich denke, diesen Karriereschritt wird er sich nicht selbst durch zu viele Fragen verbauen.«

»Sie haben auch an alles gedacht.«

»Das ist mein Job, Müller. Deshalb bin ich auch im Zentrum der Macht.«

»Was springt übrigens für Sie dabei heraus?«

»Ich werde demnächst neuer BND-Chef. Das hat der Vater von Johanna Schulz mit unserer derzeitigen Kanzlerin so vereinbart. Die beiden gehören ja zur selben Partei.«

Staatssekretär Beyer erhob sich und knöpfte sein Jackett zu.

»Noch etwas, Müller. Ich werde beantragen, dass man die Mittel für Ihre ›Abteilung‹ aufstockt. Sie haben gute Arbeit geleistet und sich dadurch für Höheres qualifiziert.«

54

Erik Winter landete nach einem unruhigen Flug in Kairo und war gereizt, als er in der Schlange vor der Passkontrolle warten musste. Übertrieben genau wurde sein deutscher Pass begutachtet und man studierte die diversen Stempel und Visa eingehend. Erik bemühte sich, ein unbeteiligtes Gesicht zu machen und seine Verärgerung nicht allzu deutlich zu zeigen. Er wusste natürlich, dass hinter einer großen Spiegelwand Militärs und Geheimpolizei auf jede verdächtige Regung mit noch größeren Schikanen reagieren würden.

»Was ist der Zweck Ihres Aufenthalts in Ägypten?«, fragte der Uniformierte, ehe er den Stempel in den Pass knallte.

»Ich bin geschäftlich hier«, antwortete Erik, und das entsprach auch der Wahrheit. Ziemlich.

»In welcher Angelegenheit?«

»Wir arbeiten gemeinsam mit Mubarek Inc. an neuartigen Entfeuchtungsgeräten für die Grabkammern im Tal der Könige.« Erik lächelte und begann mit einer weitschweifigen Erklärung, von der er sicher sein konnte, dass sie den Uniformierten so sehr langweilte, dass er ihn durchwinken würde. So war es auch.

»Passieren!«

Im Taxi lehnte Erik seinen Kopf an die verschlissene Nackenstütze, atmete tief durch und widerstand der Versuchung, eine Zigarette zu rauchen. Als er im Nile Hilton eingecheckt hatte und aus seinem Zimmer auf den breiten Nil hinausblickte, blinkte sein Smartphone auf. Er drückte auf eine App und hörte der unpersönlichen Stimme zu, die ihm detaillierte Anweisungen gab.

Nachdem er ausgiebig geduscht hatte, zog Erik einen leichten Sommeranzug an und bestellte an der Rezeption einen Wagen mit Chauffeur. Von diesem ließ er sich zunächst in den Basar fahren und gegen ein großzügiges Trinkgeld wartete der Fahrer auf ihn. In verschiedenen kleinen Läden kaufte Erik diverse Kleidungsstücke, da er nicht wusste, ob er später die Gelegenheit dazu haben würde. Wenn man ihn jetzt kontrolliert hätte, dann wären die Kleidungsstücke für seine daheim gebliebene Frau bestimmt. Doch das war nur die halbe Wahrheit.

Als Erik mit einer Plastiktüte unter dem Arm wieder zu dem Taxi zurückkam, lehnte der Fahrer an der Kühlerhaube und telefonierte. Hastig steckte er sein Handy ein und zündete sich eine Zigarette an.

»Telefonat mit dem Hotel, Mr Winter. Man will wissen, wann wir wieder zurückkommen«, log er und grinste dabei über das ganze Gesicht. Auch Erik grinste und setzte seine verspiegelte Sonnenbrille auf.

»Nach Zamalek«, sagte er dann zu seinem Fahrer. »Zur deutschen Botschaft. In die Hassan Sabri Street.«

»Sie machen Geschäfte, das ist gut für die Wirtschaft«, sagte der Fahrer, der Erik unbedingt in ein Gespräch verwickeln wollte. Erik jedoch antwortete nur sehr einsilbig und das Gespräch war bald eingeschlafen. Die Hitze in dem nicht klimatisierten Wagen war mörderisch und trotz Stau war es in Kairo nicht ratsam, die Fenster zu öffnen. Gerade als Ausländer konnte man leicht Opfer eines schnellen Raubüberfalls werden.

Über eine völlig verstopfte Brücke fuhren sie im Schritttempo auf die Nilinsel El Gezira, wo sich neben der deutschen Botschaft auch viele andere ausländische Vertretungen befanden. Der alles überragende Kairo Tower wies ihnen den Weg. Nach einer unendlich lang anmutenden Zeit hatten sie endlich das im Stil der sechziger Jahre gehaltene Gebäude der Botschaft erreicht.

»Sie warten hier«, sagte er zu seinem Fahrer und zog sein Sakko an. Er blieb noch eine Weile unschlüssig vor dem Botschaftsgebäude stehen, zog eine Zigarettenschachtel aus seiner Sakkotasche und steckte sich eine Zigarette in den Mund, ohne sie anzuzünden. Im selben Augenblick klingelte wieder sein Smartphone. Es war dieselbe unpersönliche Stimme, die ihn auf den neuesten Stand brachte.

»Sie haben nur diese eine Möglichkeit«, sagte die Stimme. »Es gibt keine zweite Chance für Sie. Die Papiere werden meistens abends fertiggestellt. Bis dahin passiert nichts. Sie müssen die Papiere unbedingt vor dem Morgengrauen abholen. Vor dem Morgengebet. Das ist hier durchaus üblich. Ab diesem Zeitpunkt beginnt die Uhr zu laufen. Die Manipulation wird wenige Stunden später entdeckt werden. Seien Sie daher so überzeugend wie möglich. Sie dürfen auf keinen Fall die arabische Übersetzung vergessen. Das ist wichtig, denn Sie wissen ja, wie die Ägypter sind. Ohne arabische Papiere geht überhaupt nichts.«

»Was ist mit dem Botschafter? Er wird doch misstrauisch werden und sich rückversichern«, fragte Erik.

»Nach meinen Informationen ist der Botschafter außer Landes. Von dieser Seite besteht also keine Gefahr für Sie. Es gibt nur den Botschaftssekretär.«

»Botschaftssekretäre sind ehrgeizig. Besitzt er irgendwelche Charaktereigenschaften, auf die ich besonders achten muss?«

Erik warf die Zigarette auf den Boden und trat mit dem Absatz seines Leinenschuhs darauf herum.

»Ich habe nichts Außergewöhnliches festgestellt«, antwortete die Stimme. »Eben der typische Beamte des Auswärtigen Amtes, farblos und langweilig.«

»Ist das eine persönliche Wertung?«

»Nein, bloß eine Schnellanalyse des typischen Botschaftspersonals. Doch jetzt zurück zu dem Botschaftssekretär. Dieser handelt gemäß seinen Befugnissen und nach den Befehlen, die er vom Auswärtigen Amt aus Berlin bekommt. Er wird nichts hinterfragen, sondern gehorchen.«

»Wie schön, dass es Menschen gibt, die einfach gehorchen«, ließ sich Erik zu einer Bemerkung hinreißen.

»Dieser Wesenszug ist Ihnen natürlich völlig fremd, Stein«, sagte Robyn mit ihrer unpersönlichen Stimme. »Gehorchen war noch nie Ihre Stärke.«

Lächelnd trennte David die Verbindung und griff sich an die Brust. Das Atmen schmerzte ihn noch immer und dort, wo die beiden Schüsse die kugelsichere Weste getroffen hatten, waren große Hämatome auf seiner Haut. Wenn ihm Robyn an jenem regnerischen Abend nicht die kugelsichere Weste vorbeigebracht hätte, dann wäre David jetzt ein toter Mann. Robyn hatte auch dafür gesorgt, dass man den bewusstlosen David in dem allgemeinen Chaos nach der Festnahme von Erkan Günel in einen unauffälligen Lieferwagen verfrachtet und in eine sichere Wohnung gebracht hatte.

Vierundzwanzig Stunden lang hatte David geschlafen. In der Zwischenzeit hatte Robyn den Agenten Erik Winter zu neuem Leben erweckt und eine Legende verfasst, die zu David passte. Als er aufwachte, war er Erik Winter, Sicherheitsbeauftragter des Auswärtigen Amtes, und in geheimer Mission in Kairo.

55

Die Terroristenprozesse im Boulak-Gefängnis folgten alle einer bestimmten Choreografie. Zunächst wurde die Anklageschrift verlesen, dann der Belastungszeuge befragt und schließlich erging das Urteil. Die Angeklagten hatten keinen Verteidiger, denn ihre Schuld war klar erwiesen. Durch die Zugehörigkeit zu der verbotenen Moslembruderschaft hatten sie sich bereits schuldig gemacht. Die zuständigen Militärrichter arbeiteten für ägyptische Verhältnisse unglaublich schnell und effizient. Täglich wurden zwanzig Urteile gefällt. Keines dieser Urteile unterschied sich von den anderen, denn bei allen lautete der Urteilsspruch: Tod durch Erschießen nach dem Morgengebet.

Leyla stand mit den beiden Frauen aus ihrer Zelle in einem Kellerraum des Boulak-Gefängnisses und hörte die Anklageschrift des Militärrichters. Man hatte ihr gebrochenes Schlüsselbein notdürftig geschient und die Fleischwunde oberflächlich desinfiziert. Aber die Schiene war bereits geknickt, als man ihr die Hände wieder auf den Rücken gebunden hatte, und der Verband war schmutzig. Die Wunde nässte heftig und pochte unentwegt.

Als der Richter mit seiner Rede fertig war, trat Brian Farruk als Belastungszeuge auf. Leyla wunderte sich nicht im Geringsten, dass Farruk auch die beiden anderen Frauen als Terroristinnen beschrieb, die bereits mehrere Anschläge verübt hatten und einen islamischen Gottesstaat errichten wollten. Farruk war schon immer ein geldgieriger Libanese gewesen, der im wahrsten Sinn über Leichen ging. Seit dem Sturz des Präsidenten Mubarak arbeitete Farruks Organisation mit dem Militärregime zusammen und liquidierte unliebsame Oppositionelle während der Proteste am Tahrir-Platz. Von der Militärregierung wurde er als Terrorismusexperte geschätzt und für das Aufspüren von Islamisten eingesetzt. Jetzt hatte er mit Leyla Khan eine Topterroristin aufgespürt und kassierte dafür eine fette Belohnung. Während seines Monologs würdigte er Leyla keines Blickes. Als er den Raum verließ, kreuzten sich ihre Blicke, doch für Farruk existierte sie schon jetzt nicht mehr. Für ihn war sie bereits tot.

Dreißig Minuten nachdem die Verhandlung begonnen hatte, war sie auch schon wieder zu Ende. Leyla wurde zurück in eine Zelle gebracht. Diesmal war es eine niedrige Einzelzelle, die nicht einmal ein Toilettenloch hatte. Dafür war an der oberen Kante ein schmaler Fensterschlitz, der in den Gefängnishof zeigte.

Wenn das Morgengebet vorüber war, dann musste sie sterben, ging es ihr durch den Kopf, als sie an das Urteil dachte. Sie musste schlucken. Sie, die schon so viele Tote gesehen hatte und selbst viele Menschen getötet hatte, bekam plötzlich Angst vorm Sterben? Wie das? War es diese Endgültigkeit, die sie erschaudern ließ, diese Angst vor dem Unbekannten? Was würde mit ihr passieren? Würde sie ihre Eltern wiedersehen? Oder die alte Frau, die sie »Auntie« genannt und mit der sie die Müllhalden in den Palästinenserlagern durchwühlt hatte? Nein, diese Menschen würde sie sicher nicht wiedersehen, denn sie hatte nicht vor zu sterben!

Als sich dieser Gedanke in ihrem Kopf festsetzte, sprang sie auf und versuchte, die Gitterstäbe an dem schmalen Fenster zu erreichen, um sich daran hochzuziehen und einen kurzen Blick nach draußen werfen zu können. Aber mit nur einer Hand gelang es ihr nicht und die Verletzung brannte wie Feuer. Ihre Stirn glühte fiebrig heiß, doch sie rang darum, klar zu denken. Es musste eine Möglichkeit geben, eine Chance, aus diesem Gefängnis zu fliehen. Besser, auf der Flucht erschossen zu werden, als auf die eigene Hinrichtung zu warten. Von draußen war über die Lautsprecher der Muezzin zu hören, der das Abendgebet sprach. Leylas letzte Nacht war angebrochen.

56

Wie David befürchtet hatte, war der Botschaftssekretär ein farbloser Beamter, der sich exakt an seine Vorgaben hielt. Immer wieder studierte er die Formulare auf seinem Computer und schüttelte den Kopf, wenn ihm etwas unlogisch erschien.

»Warum kommt Frau von Maur nicht selbst zu uns, um sich die notwendigen Papiere abzuholen?«, fragte er zum wiederholten Male, und genauso oft gab ihm David die gleiche Antwort.

»Frau von Maur arbeitet in einer geheimen Mission. Lesen Sie die vertrauliche Mitteilung des Auswärtigen Amtes an Ihre Botschaft. Da steht alles Wissenswerte drinnen. Frau von Maur operiert unter dem Decknamen Leyla Khan.« David lächelte sanft und musste sich zusammenreißen, um dem Beamten nicht die Papiere um die Ohren zu schlagen.

»Ja, ich kann es lesen. Kam über die sichere Leitung des Auswärtigen Amtes. ›Frau von Maur, Deckname Leyla Khan, ist an einer verdeckten Aktion beteiligt und braucht umgehend die gewünschten Papiere.‹«, las er den kurzen Text der Mail vor.

»Nun gut!« Er kniff die Augen zusammen und rückte seinen Krawattenknoten zurecht. »Dürfte ich noch einmal Ihre Legitimation überprüfen?«, fragte er dann David. Noch immer lächelnd holte David seinen Ausweis hervor und klappte ihn auf.

»Erik Winter. Sicherheitsbeauftragter des Auswärtigen Amtes. Sie verstehen, dass ich nicht näher auf meine Tätigkeit eingehen kann.« Der Botschaftssekretär scannte Davids Ausweis, und als ein grünes Signal auf dem Bildschirm leuchtete, gab er ihn David wieder zurück.

»Verstehe, verstehe. Eine verdeckte Operation hier in Kairo. Vom Auswärtigen Amt angeordnet. Das müsste eigentlich der Botschafter entscheiden«, sagte er dann fast flehentlich.

»Meines Wissens ist der Botschafter auf Dienstreise«, antwortete David, dem langsam die Geduld ausging. »Frau von Maur braucht die Papiere auch in arabischer Übersetzung noch vor dem Morgengrauen.«

»Vor dem Morgengebet beginnt die verdeckte Operation?«, fragte der Botschaftssekretär, der jetzt neugierig geworden war.

»Die Operation ist schon längst im Gang, und wenn sie zu einem positiven Ende geführt werden soll, dann dürfen Sie jetzt keine Schwierigkeiten machen«, antwortete David.

»Ich halte mich nur an die Vorschriften.« Die Augenbrauen des Botschaftssekretärs begannen zu zucken. Ein Zeichen dafür, dass David ihn beleidigt hatte.

»Ganz im Vertrauen«, flüsterte David und beugte sich vor. »Sie sind doch ein intelligenter Mann und wollen nicht hier in Kairo versauern, sondern ins Zentrum der Macht vorstoßen, nach Berlin. Ich kann mich für Sie verwenden, wenn diese Mission zu einem positiven Abschluss kommt.«

»Oh, Berlin.« Der Botschaftssekretär schüttelte den Kopf. »Das wäre in der Tat ein Anreiz.« Er griff nach einem klobigen Telefon. »Ein abhörsicherer Apparat. Ich hole mir nur das Okay vom Botschafter.«

»Tun Sie das«, sagte David und spürte, wie der Schweiß seinen Rücken hinunterlief. »Aber die Zeit läuft.«

»Ist der Herr Botschafter zu sprechen? Ist in einer Sitzung. Ja, ich brauche nur seine Zustimmung in der Sache Frau von Maur.«

Er hielt die Hand über den Hörer.

»Seine Assistentin fragt ihn«, flüsterte er David zu. Kurz darauf hob er den Daumen und nickte David zu.

»Geht in Ordnung!«

Der Botschaftssekretär legte auf und wandte sich dann an David.

»Die Papiere für Frau von Maur liegen morgen vor Sonnenaufgang auch in arabischer Übersetzung für Sie bereit, Herr Winter.«

Als David aus dem Botschaftsgebäude wieder nach draußen trat, hörte er von den Lautsprechern der Minarette die Stimme des Muezzins, der die Gläubigen zum Abendgebet rief.

»Stein«, hörte er sofort Robyns Stimme, als er die App aktivierte. »Ich habe das Handy des Botschafters umgeleitet. Das funktioniert aber nur bis morgen früh. Auch der Sicherheitsdienst des Auswärtigen Amtes wird morgen aktiv werden, wenn sie die gefälschte Mail entdecken. Dann sind Sie ganz auf sich alleine gestellt.«

»Hoffentlich schaffe ich es bis zum Sonnenaufgang.« David spürte, wie sich sein Herzschlag beschleunigte, als er daran dachte. »Sind Sie sicher, dass nach dem Morgengebet die Hinrichtung stattfindet?«

»Ja, ich habe das Handy des Richters gehackt, als er die abhörsichere Anlage verlassen hat. Es ist definitiv: Ihre Partnerin wird morgen früh mit zwei anderen Terroristinnen hingerichtet.«

»Sie wurde also zum Tod verurteilt.« David war plötzlich mutlos und die ganze Aktion kam ihm komplett sinnlos vor.

»Stein, denken Sie positiv«, versuchte Robyn, ihn aufzumuntern.

»Was sagt denn Ihre Statistik zu einem derartigen Fall, Robyn?«, fragte David und winkte seinem Fahrer, der zigarettenrauchend an seinem Wagen lehnte.

»Ich will Sie nicht deprimieren.« Robyn zögerte mit ihrer Antwort. »Statistisch betrachtet stehen Ihre Chancen fünfundneunzig zu fünf.«

»Nur fünf Prozent, dass ich Leyla heil heraushole?«

»Dazu kommt Ihre Erfahrung, Stein.« Robyn ließ sich nicht aus der Fassung bringen. »Auch fünf Prozent sind eine reelle Chance.«

David deaktivierte sein Handy und stieg in den Wagen. Er ließ sich durch das hell erleuchtete El Gezira fahren, hatte aber keine Augen für die Hotels und erleuchteten Nilschiffe. Er musste immerzu an Leyla denken, die in einem schmutzigen Gefängnis auf den Tod im Morgengrauen wartete.

Die letzte Nacht war angebrochen. Im Morgengrauen würde es sich zeigen, ob beide weiterleben oder sterben würden.

57

KAIRO, ÄGYPTEN

»Mr Winter. Eine Nachricht ist für Sie abgegeben worden«, begrüßte der Concierge David, als dieser wieder im Nile Hilton eintraf. Die Nachricht war von einem deutschen UNO-Mitarbeiter, der für David einen Land Rover bereitgestellt hatte. Der Außenminister persönlich hatte per Mail angeordnet, dass der Wagen für Erik Winter zur Verfügung stehen müsse. Robyn war wirklich unübertroffen, überlegte David, während er die Nachricht in die Tasche seines Sakkos steckte. Sie hatte den Account des Außenministers gehackt. Genial.

»Wo ist der Land Rover?«, fragte er dann einen jungen Ägypter, der hinter der Rezeption stand.

»Wurde auf unserem bewachten Parkplatz abgestellt«, erklärte ihm ein übertrieben bemühter Hotelangestellter.

»Kann ich den Schlüssel haben? Ich möchte noch ein wenig die Gegend erkunden«, sagte David und streckte ihm die Hand entgegen.

»Bedaure, Mr Winter. Aber wir haben keinen Schlüssel. Diese sind alle in der Sicherheitsstation auf dem Parkplatz. Dort ist bis morgen früh abgesperrt und es darf kein Fahrzeug den Platz verlassen.«

»Was soll das«, brummte David verstimmt. »Ich will sofort den Direktor sprechen!«

»Das ist eine Anordnung der Regierung. Sie dient ausschließlich zum Schutz unserer ausländischen Gäste«, rechtfertigte sich der Hotelangestellte. »Die Straßen sind nachts noch zu unsicher für Ausländer.«

»Verzeihen Sie, wie dumm von mir.« David entschuldigte sich überschwänglich und ging zum Aufzug. Überall in der Lobby registrierte er die unauffälligen Kameras, die jeden Winkel des Hotels auf Video bannten. Doch dann sah David eine niedrige Tür, durch die das Personal ihre Putzeimer und Wäschewagen karrte. Diese Tür musste es in jedem Stockwerk geben, und wahrscheinlich führte der enge Gang dahinter zu einem versteckten Treppenhaus, das bis in die Wäscherei im Keller ging. Als David sein Zimmer betrat, sah er sofort die große Pralinenschachtel auf seinem Bett. Sie war originalverpackt und eine Karte klebte darauf.

»Mit besten Grüßen!« Es war ein Willkommensgruß der Mubarek Inc., der ägyptischen Firma, mit der Erik Winter offiziell Geschäfte machte. David riss die Folie von der Verpackung und öffnete die Schachtel. Wie erwartet lag eine Smith & Wesson 686 mit zwei Schachteln Munition darin. Das Modell 686 war eine .357 Magnum, eine Waffe, die gefährlich wirkte und eine enorme Durchschlagskraft hatte. Robyn arbeitete sehr effizient und David fragte sich, weshalb sie ihren Job und sogar das Gefängnis riskierte, um ihm zu helfen.

Er steckte die Pistole hinten in seinen Hosenbund und verließ wieder sein Zimmer. Auf den Türgriff klemmte er das »*Do not disturb*«-Schild. Vorsichtig sah er sich in dem Korridor um. Die meisten Überwachungskameras waren vorne beim Aufzug, in dem hinteren Bereich gab es nur eine einzelne Kamera, die auf den Notausgang gerichtet war. Doch die niedrige Tür für das Personal lag außerhalb ihres Aufnahmebereichs. Über das schmale Treppenhaus gelangte David direkt in die Wäscherei des Hotels und schlängelte sich zwischen Bergen von schmutzigen Laken und Handtüchern durch. Hier waren ausschließlich Asiaten beschäftigt, die sich durch Davids Erscheinen nicht aus der Ruhe bringen ließen. Die großen Rolltore standen weit offen und David kam unbehelligt in eine ruhige Nebenstraße des Hotels. Im Gegensatz zu den überfüllten Straßen der Innenstadt waren hier nur wenige Passanten unterwegs. Schon von Weitem sah David den großen Parkplatz, der von einer Flutlichtanlage taghell erleuchtet wurde. Ein hoher Zaun mit Stacheldrahtrollen an der Krone machte ein Darüberklettern unmöglich. Also blieb nur das große verschlossene Tor.

Direkt hinter dem Tor befand sich ein Container, der dem Wachpersonal als Unterkunft diente. David hob einige Steine vom Weg auf und warf sie über den Zaun. Einige verfehlten ihr Ziel, aber dann schlugen zwei besonders große Steine mit großem Getöse auf den Container. Sekunden später ging drinnen das Licht an und ein Ägypter sprang mit schussbereitem Gewehr heraus.

»Hey!«, rief David und winkte dem Wächter. »Ich brauche meinen Wagen.«

»Das ist verboten«, stammelte der Wächter, der sich ängstlich umblickte und dem unwohl in seiner Haut war. »Niemand darf nachts den Parkplatz verlassen.«

»Machst du für mich eine Ausnahme?« Zwischen seinen Fingern hatte David eine zusammengerollte Hundertdollarnote, die er durch den Zaun steckte. Als der Wächter danach greifen wollte, zog David den Geldschein schnell wieder zurück.

»Nicht so hastig, mein Freund! Erst das Tor öffnen!«

Nur wenige Minuten später saß David in dem Land Rover und fuhr auf eine der Ausfallstraßen von Kairo. An einer beleuchteten Ausfahrt hielt er den Land Rover an und holte sich die von Robyn errechneten GPS-Koordinaten auf sein Handy.

Ungefähr zwanzig Kilometer von seinem Standort entfernt war ein Parkplatz der UNO-Mission. Dort würde es nicht weiter auffallen, wenn David den Land Rover parkte. Zuvor checkte er noch das Gepäck, das sich in dem Land Rover befand. Es war nicht viel. In der Hauptsache waren es riesige Wasserflaschen, Energieriegel und Kekse. Aber das würde für die ersten Tage reichen, dann gab es ja hoffentlich Proviantnachschub.

In sein Hotel konnte er nicht mehr zurückkehren und seine Abwesenheit würde frühestens in zwei Tagen auffallen. Bis dahin war er hoffentlich schon weit weg von Kairo. Nach El Gezira und zur deutschen Botschaft konnte er ein Taxi nehmen. Er warf einen schnellen Blick auf seine Armbanduhr. Er hatte noch zwei Stunden. In zwei Stunden war alles vorüber … so oder so. David überprüfte noch einmal, ob seine Smith & Wesson geladen war. Mit der Hand klopfte er auf die Tasche seines Sakkos. Die Reservepatronen klimperten beruhigend. Dann stieg er aus dem Land Rover und winkte einem Taxi.

58

Lange vor dem Morgengebet erwachte Leyla aus einem unruhigen Schlaf. Sie atmete schwer, ihr gebrochenes Schlüsselbein
und die Wunde pochten und schmerzten unentwegt. Sie konnte
sich nicht auf den Beinen halten und lag mit angehaltenem
Atem auf dem grünlich schillernden Steinboden, der ihre fieb-
rigen Wangen ein wenig kühlte. Die Wände der Zelle drehten
sich vor ihren Augen, als sie erneut versuchte, sich aufzurichten.
Durch den schmalen Streifen am oberen Rand schimmerte das
Mondlicht in ihre Zelle. Mit letzter Kraft kroch sie auf das fahle
Rechteck zu, das den Boden erleuchtete, und legte den Kopf in
die helle Fläche. Als sie Kind war, hatte Auntie zu ihr gesagt,
das Licht des Mondes sei verzaubert und würde jeden, der
darin badete, unverwundbar machen. Doch der Schmerz hörte
nicht auf, sondern verstärkte sich. Aber diesmal war es nicht der
Schmerz ihrer entzündeten Wunde, sondern ein Schmerz direkt
aus ihrem Herzen.

Während der letzten Tage hatte sie die Gedanken an David
erfolgreich verdrängt, doch jetzt im kalten Mondlicht kamen sie
mit aller Macht zurück. Sie lag neben ihm auf dem Boot und
spürte seine Lippen, spürte seine Haut, spürte seinen Atem,
ja, sie spürte sogar seinen Herzschlag. Sie hörte seine Stimme

ganz nah an ihrem Ohr, hörte die Worte über eine gemeinsame Zukunft. Doch dann sah sie plötzlich sein Gesicht hinter der Scheibe des Geländewagens, wie er sie lange anstarrte und dann das Zeichen zum Weiterfahren gab. David hatte sie zurückgelassen! Das war die bittere Erkenntnis. Sie hatte niemanden und war alleine auf dieser Welt.

Von draußen war jetzt ein lautes Knacken und ein jaulendes Feedback zu hören. Gleich darauf begann die klagende Stimme eines Muezzins die Nacht zu verjagen und den Morgen für Allah zu preisen. Der monotone Singsang versetzte Leyla in eine Art Trance und diesmal wünschte sie sich, dass diese Stimme niemals verstummen möge, sondern ewig weiter zu Allah beten würde. Während Leyla diese Gedanken durch den Kopf gingen, hatte der Muezzin bereits sein Gebet beendet. So war es immer: Jeder starb für sich und Gott war gegen alle. Das Gebet war kurz gewesen, sehr kurz sogar.

Sie lag auf dem kalten Fußboden in ihrer Zelle und presste das Ohr gegen die feuchten Steine. Der Boden zitterte leicht, als die schweren Stiefel auf den Beton knallten und das Erschießungskommando hinaus in den Hof marschierte. Noch war es kühl und die Gluthitze von Kairo nur eine vage Vorstellung, die sie aber in der Wirklichkeit nicht mehr erleben würde. Denn jetzt war die Allah preisende Stimme des Muezzins verstummt und die Sonne würde langsam am Horizont auftauchen. Jetzt war es Zeit zu sterben.

Draußen auf dem Korridor waren Schritte zu hören, die vor ihrer Zelle haltmachten. Der Riegel für die schwere Stahltür wurde aufgeschoben und ein Mann spähte herein. Mit ausdrucksloser Stimme las er wie ein Automat auf Arabisch das Gerichtsurteil vor. Sie wollte auf die Tür zukriechen, etwas erwidern, doch sofort wurde die Tür mit einem lauten Krachen zugeschoben und der Mann entfernte sich wieder. Aus dem Gefängnishof war leises Lachen zu hören, dann das Klacken eines Feuerzeugs. Wahrscheinlich gestattete der diensthabende Offizier seiner Mannschaft noch eine Rauchpause, bevor es so weit war und die Männer sich vor der mit Einschüssen übersäten Mauer in einer Reihe aufstellen mussten. Das Fieber machte jeden klaren Gedanken unmöglich, alles drehte sich in ihrem Kopf und vermischte sich zu einem einsamen Leben, das jetzt unerbittlich auf das Ende zuging.

Sie hielt ihre Gedanken an und versuchte, sich das Gesicht von David vorzustellen, das Gesicht des Mannes, den sie nur so kurz geliebt hatte. Gegen jede Vernunft hatte sie sich darauf eingelassen, weil sie an ihr Glück glaubte. Sie hatte tatsächlich gedacht, dass sie gemeinsam ein neues Leben beginnen könnten. Aber das hatte sich als Irrtum herausgestellt, denn jeder stirbt für sich allein.

59

David spürte das Adrenalin durch seinen Körper fluten, als er die Stimme des Muezzins hörte. Er hatte soeben die deutsche Botschaft in Kairo verlassen und hielt eine Mappe mit Papieren in seinen Händen. Der Botschaftssekretär hatte ihm die Unterlagen ausgehändigt, die vom ägyptischen Militärrat per Mail beglaubigt und in Arabisch und Englisch verfasst waren.

Er winkte einem Taxi. Sie kamen zügig voran, denn der Morgenverkehr hatte noch nicht voll eingesetzt. Direkt bei dem UNO-Stützpunkt stieg er aus dem Taxi, jetzt war keine Zeit mehr für Versteckspiele, denn im Osten färbte sich der Himmel bereits zart rosa. Im Laufschritt ging er zu seinem Land Rover, doch als er die Tür öffnen wollte, stellte sich ihm ein Blauhelm in den Weg.

»Was machen Sie hier?«

»Deutsche Botschaft«, sagte David und wedelte mit den Papieren. Der Soldat schien zu überlegen und wertvolle Sekunden verstrichen.

»Ich kann Sie nicht fahren lassen. Das muss der Kommandant entscheiden. Er muss die Echtheit der Papiere überprüfen.« David begann angespannt zu blinzeln, sah den Land Rover hinter dem Soldaten stehen. Vollgetankt mit den aufgeschnallten Wasserbehältern, fahrbereit.

»Es ist eine dringende Botschaftsangelegenheit.« David zückte seinen Ausweis, war Erik Winter, der Sicherheitsbeauftragte des Auswärtigen Amtes, doch damit konnte er den Soldaten nicht beeindrucken. Vorsichtig blickte sich David um, niemand sonst war zu sehen, der UNO-Stützpunkt lag im Dunkeln, nur der Soldat war hellwach und die Zeit wurde knapper. David griff nach hinten und zog plötzlich die Smith & Wesson Magnum hervor, ein furchteinflößender Revolver, matt glänzend und todbringend. Der Soldat war vielleicht fünfundzwanzig Jahre alt, viel zu jung, um zu sterben.

»Leg dich auf den Boden!«, zischte David und hielt dem Soldaten die Waffe ins Genick. Mit dem Kolben schlug er ihm auf den Kopf, zog den Bewusstlosen hinter einen Lastwagen, setzte sich in den Land Rover und gab Gas. Während er sich in den Verkehr einfädelte, zückte er sein Handy, um sich einen Plan von Kairo auf das Display zu holen. Die Sekunden verstrichen. Die Stimme des Muezzins hallte klagend aus dem Lautsprecher.

Ausgerechnet heute erschien David das Morgengebet unglaublich kurz, als er mit dem UNO-Land-Rover in halsbrecherischem Tempo zwischen den im Stau stehenden zerbeulten Autos, Lastwagen und Fuhrwerken hindurchraste. Um schneller voranzukommen, hatte er die Warnblinkanlage aktiviert, und hektisch wichen ihm die anderen Verkehrsteilnehmer aus. Niemand wollte mit dem UNO-Fahrzeug zusammenstoßen. Weiter vorne, am mit Müll übersäten Ufer des Nils tauchte das militärische Sperrgebiet auf. Verfallene Gebäude und Lagerhallen, Schutt und rostige Baufahrzeuge waren zu sehen und mittendrin das berüchtigte Boulak-Gefängnis der ägyptischen Geheimpolizei, das Gebäude, von dessen Existenz niemand eine Ahnung hatte.

»*I have a permission!*«, brüllte David den beiden Wachposten zu, als er in einer Staubwolke direkt vor dem großen schwarzen Tor stehen blieb. In seiner ausgestreckten Hand schwenkte er seine Papiere wie eine weiße Fahne.

»Ich habe eine Erlaubnis!«, schrie er immer und immer wieder. Einer der Wächter schnippte achselzuckend seine Zigarette in den Staub und sprach leise in sein Headset. Unerträglich langsam öffnete sich das eiserne Tor und David konnte in den Hof laufen. Ein Offizier der Geheimpolizei kam ihm entgegen. Er hielt sein filigranes Teeglas in der Hand und machte eine einladende Bewegung, als er Davids Ausweis gesehen hatte.

»Möchten Sie Tee?«

»Nein!« David hielt ihm die arabische Übersetzung unter die Nase. »Ich bin befugt, Frau von Maur abzuholen. Sie steht unter diplomatischer Immunität! Wahrscheinlich wird sie hier unter ihrem Decknamen als Leyla Khan geführt«, schrie er so laut, dass der Ägypter zurückzuckte. Eingeschüchtert griff er nach dem Papier, begann es stirnrunzelnd zu lesen. Dann griff er zum Telefon und redete schnell und ununterbrochen.

»Tut mir leid!« Bedauernd schüttelte er den Kopf und gab das Schreiben David zurück. »Das Urteil des Militärgerichts über eine Leyla Khan und zwei andere Terroristinnen wird soeben vollstreckt.«

»Was?« David drehte sich auf dem Absatz um und sprintete los.

»Es tut mir leid, Mr Winter. Sie hätten früher kommen müssen. Die Exekutionen beginnen immer sofort nach dem Morgengebet«, rief ihm der Geheimdienstmann noch hinterher.

Doch David hörte ihn schon nicht mehr. Er rannte bereits in den zweiten kleineren Innenhof, der direkt an das Gefängnis angrenzte.

»Sie dürfen hier nicht hinein!« Ein bewaffneter Soldat stellte sich ihm in den Weg und hielt sein Gewehr quer vor der Brust. »Hier wird gerade ein Urteil vollstreckt.«

»Ich bin von der deutschen Botschaft!«, schrie David und stieß den Soldaten einfach zur Seite. »Ich habe die Erlaubnis, hier zu sein!«

»Stopp!«

Einem anderen Soldaten, der sich ihm mit angelegter Waffe entgegenstellte, rammte er einfach den Schaft seines Gewehrs in den Magen. Einen zweiten Uniformierten, der dazwischentrat, setzte er mit einem Handkantenschlag außer Gefecht. Eine Sirene begann zu heulen und David blieb schwer atmend auf dem staubigen Platz stehen, um sich zu orientieren.

Er sah die Wachmannschaft mit angelegten Gewehren, sah den Offizier mit seiner Pistole an der Seite stehen, sah eine kleine Frau in einem hellen Kittel mit auf den Rücken gefesselten Händen und einem schwarzen Sack über dem Kopf vor der Mauer stehen. Der Offizier schoss in die Luft und durch den Knall wurden weiße Tauben aufgeschreckt, die in den Sonnenaufgang von Kairo flatterten.

»Stopp!«, brüllte er, doch sein Schrei ging in dem lauten Krachen der Schüsse unter. Er sah, wie die Frau von einer Kugelsalve wie mit einer unsichtbaren Faust nach hinten gegen die Mauer geschleudert wurde und sofort wieder nach vorne wankte. Für den Bruchteil einer Sekunde stand sie noch aufrecht. Dunkles Blut drang aus den Einschusslöchern und tropfte ganz langsam über den zerfetzten weißen Kittel. Plötzlich begann ihr ganzer Körper zu zittern, wie in Zeitlupe ging sie in die Knie. Ihr Kopf unter dem schwarzen Sack sank nach vorne und sie kippte seitlich in den Staub.

Ein Sonnenstrahl streifte ihren regungslosen Körper, als der Offizier neben sie trat und ihr den schwarzen Sack vom Kopf zog. Verfilzte schwarze Haare verdeckten ihr Gesicht, während sich der Offizier bückte und zwei Finger an ihren Hals legte, um sich zu vergewissern, dass sie auch tot war.

Langsam erhob er sich anschließend wieder, fischte eine Zigarette aus seiner Uniformjacke und ließ das Kommando abtreten. In dem grellen Licht der Morgensonne wirkte der Exekutionsplatz mit der erschossenen Frau vor der grauen Betonwand wie eine Bühne.

60

Ein weißer Land Rover fuhr über die unbefestigte Piste ungefähr zweihundert Kilometer von Kairo entfernt in Richtung
libysche Grenze. Sein Ziel war der Rotkreuzstützpunkt Al
Bardi. Es war ein anscheinend von seinem Konvoi getrenn-
ter UN-Wagen, der sich langsam am Rande des gefährlichen
Sandmeeres von Calanscio durch die Dünen kämpfte. An
einem einsamen Wegweiser stoppte der Land Rover und der
Fahrer stieg aus. Schnell kletterte er auf das Dach, um Wasser
aus einer Plastikbox abzufüllen. Dann öffnete er die rückwärtige Wagentür und hielt den Becher der Frau hin, die apathisch
auf den Rücksitzen lag.

»Leyla, du musst Wasser trinken und die Antibiotika
schlucken.«

»Ich kann nicht, David.«

»Doch!« David zog Leylas Kopf nach oben, so weit, dass
sie mit ihren aufgesprungenen Lippen den Becher erreichen
konnte. Wie ein Vogel trank sie in kleinen Schlucken, musste
mehrmals husten. Besorgt sah David sie an. Leylas Augen waren
glasig und die Wunde auf ihrem gebrochenen Schlüsselbein an
den Rändern bereits schwärzlich angelaufen. Es war klar, die
Wunde war infiziert. Leyla musste auf dem schnellsten Weg

in ein Krankenhaus. Nur war die nächste Rotkreuzstation noch mindestens zwei Tagesreisen entfernt, und ob Leyla das in dieser Hitze schaffen würde, war fraglich. Aber es gab keine Alternative. David drückte zwei Antibiotikatabletten aus einer Blisterverpackung und steckte sie Leyla in den Mund.

»Du musst die Tabletten schlucken«, befahl er.

Leyla hustete und spuckte, doch schließlich gelang es ihr, die Tabletten hinunterzuwürgen. David hielt ihr wieder den Wasserbecher hin.

»Na, war doch gar nicht so schlimm! In zwei Tagen kommst du in ein richtiges Krankenhaus«, versuchte er, ihr Mut zu machen.

»Ach, David, ich glaube nicht, dass ich das schaffe«, stöhnte Leyla und zuckte zusammen, als David ihr ein Desinfektionsmittel auf die eitrige Wunde tupfte.

»Doch, du schaffst das«, flüsterte er und strich ihr über die fiebrige Wange. »Du bist aus dem berüchtigten Boulak-Gefängnis freigekommen. Also wirst du auch diese paar Hundert Kilometer durch die Wüste schaffen. Sind wir erst einmal in Libyen, dann kann uns nicht mehr viel passieren. In dem ganzen Revolutionschaos können wir untertauchen und nach Europa zurückkehren.«

Doch Leyla hörte ihn bereits nicht mehr. Ihr Kopf sackte nach unten und für einen Moment befiel David ein Gefühl grenzenloser Panik. Hastig fühlte er Leylas Puls, den er zum Glück sofort spürte, und atmete dann tief durch. Verdammt, sie hatten so viel Glück gehabt, und jetzt, kurz vor dem Ziel, sollte es damit vorbei sein?

Als David die erschossene Frau auf dem Boden des Gefängnishofes gesehen hatte, war für ihn eine Welt zusammengebrochen. Doch die Tote war nicht Leyla, sie wäre als Nächste an der Reihe gewesen.

»David!«, hatte sie gestammelt, als er in die Zelle gestürmt war, wo die Todeskandidaten warteten. »Das ist nicht wahr, das ist eine Einbildung!« Sie war in einer fürchterlichen Verfassung, schwer verletzt und ohne Hoffnung. Als sie begriff, dass er keine Halluzination war, sackte sie zusammen. Vorsichtig hatte er sie hochgehoben und nach draußen getragen.

»Du hast mich nicht im Stich gelassen! Du bist zurückgekommen!«, hatte sie geflüstert, und David musste sein Ohr ganz nahe zu ihrem Gesicht hinunterbeugen, um wenigstens ein paar der Worte zu verstehen.

»Du bist in Sicherheit«, hatte er ihr Mut zugesprochen. »Ich bin jetzt bei dir und werde dich nie wieder verlassen.«

Statt einer Antwort gab Leyla nur ein schwaches Stöhnen von sich.

»Alles wird gut!«, hatte er auch sich selbst Mut gemacht, als er schnell durch den düsteren Korridor des Gefängnisses ging. Noch immer hörte David das Knirschen der leeren Patronenhülsen, auf die er getreten war, als er durch den Staub des Gefängnishofes gelaufen war. Mit Leyla in den Armen war er an der Wand mit den Einschüssen vorbeigerannt, hatte noch das Blut der erschossenen Frau im Sand gesehen, die er fälschlich für Leyla gehalten hatte. Als er endlich diesen Ort des Schreckens verlassen hatte, musste er sich zur Ruhe zwingen, um kein Aufsehen zu erregen. Langsam war er an dem düsteren Betonbau des Boulak-Gefängnisses vorbeigegangen, bis er das große schwarze Stahltor erreicht hatte. Leyla hing teilnahmslos in seinen Armen, als er versuchte, mit einer Hand seine Papiere aus seiner Gesäßtasche zu nesteln.

»Das ist Frau von Maur, sie steht unter diplomatischer Immunität!«, hatte er zu dem Wachposten gesagt und gespürt, wie sein Herz raste. Blitzschnell hatte er sich die Einzelheiten des Kontrollpanels in dem Wachzimmer eingeprägt, um notfalls selbst das Tor öffnen zu können. Die Smith & Wesson

Magnum in seinem Hosenbund wäre sein überzeugendstes Argument gewesen. Doch der Wachposten hatte das Tor ohne größere Umstände aufgeschoben und David war mit Leyla in den Armen nach draußen in das grelle Sonnenlicht von Kairo zu seinem Land Rover gestolpert.

An jenen Morgen vor zwei Tagen musste er denken, als er sich jetzt wieder in den Wagen setzte und auf der einsamen Piste weiterfuhr. Mit steigender Nervosität sah er auf die Tankanzeige des Land Rovers. Der Zeiger war bis auf das untere Viertel gefallen und zitterte bereits bedenklich. Wo war nur die verdammte Tankstelle, die auf seiner Karte eingezeichnet war? Es war der einzige Servicepoint auf der alten Karawanenstraße, die an dem gefährlichen Sandmeer entlangführte. In der Ferne am Horizont sah David eine Karawane, die sich scharf von dem stählernen Himmel abhob. Auf ihn wirkten die schattenrissartig dahintrottenden Kamele wie eine Fata Morgana.

Plötzlich sah er weit vor sich am Straßenrand ein merkwürdiges Betongebilde im hellen Sand. Als er näher herankam, sah David, dass dort Hunderte von riesigen Steinblöcken zu einem künstlichen Hügel aufgeschichtet worden waren. Auf diesem Hügel thronte ein futuristisches Haus aus Beton mit mehreren versetzten Ebenen und Terrassen. Ein riesiger, aus Steinen gemauerter Kamin war halb eingestürzt und der Wasserlauf, der unter dem Haus hindurchführte und als Wasserfall über die Steine nach unten stürzen sollte, war ausgetrocknet und voller Sand. Ungläubig schüttelte David den Kopf und bremste den Land Rover ab. Es war absurd. Mitten in der unwirtlichen Wüste, fernab jeder Zivilisation stand eine Kopie der berühmten »Fallingwater«-Villa von Frank Lloyd Wright.

»Dead Zone« – »Todeszone« hatte jemand über die arabischen Buchstaben gesprayt, die an der Brüstung einer Terrasse standen. David sprang aus dem Wagen und turnte über die Steinblöcke nach oben, um das Haus genauer in Augenschein zu nehmen. Das Haus war leer und die vorragenden Terrassen zerbröckelten in den extremen Wüstentemperaturen. Viele der Glasscheiben waren eingeschlagen und die Wüste hatte bereits von einem Teil der Villa wieder Besitz ergriffen. Hinter dem Haus fand David riesige leere Wassertanks und eine verrottete Rohrleitung, mit der das Wasser auf den Hügel gepumpt werden konnte, um von dort als künstlicher Fluss nach unten zu strömen. Es war die völlig wahnwitzige Idee eines verrückten Milliardärs.

Neben den Wassertanks entdeckte David einen geknickten Funkmast. Er sah zwar nicht mehr sehr funktionstüchtig aus, aber es war einen Versuch wert, mit Robyn Kontakt aufzunehmen. Als er zu seinem Land Rover zurückging, um sein Smartphone zu holen, hörte er plötzlich ein leises knatterndes Geräusch. Da er es nicht einordnen konnte, schirmte er mit beiden Händen seine Augen ab und sah die Pistenstraße entlang, ob ein Fahrzeug auftauchen würde. Aber die Piste war leer, nur der Wind trieb Staubwolken vor sich her. Doch das Geräusch wurde lauter und David immer unruhiger. Er verfluchte sich, dass er seinen Feldstecher vergessen hatte, aber da war jetzt nichts mehr zu machen.

»Was sind das für Geräusche, David?« Seltsam, Leyla war durch den Lärm aufgewacht, obwohl die Geräusche nur undeutlich zu vernehmen waren. Aber Leyla war eine Tochter der Wüste und konnte Geräusche über lange Distanzen unterscheiden.

»Mach dir keine Sorgen, Leyla!« David legte ihr seine Hand auf die Stirn, die sich noch immer heiß und fiebrig anfühlte. »Wir haben hier ein Versteck gefunden, da kannst du dich ein wenig erholen«, sagte er und lächelte zuversichtlich.

»Schade, dass wir uns nicht schon früher begegnet sind, David. Als wir uns trafen, hatten wir unser ganzes Glück bereits aufgebraucht, da blieb für uns gemeinsam nicht mehr viel übrig.« Leylas Stimme klang matt. Sie drückte die Hand von David und wollte sie nicht mehr loslassen.

»Was redest du für einen Unsinn, Leyla.« David schob seinen Arm unter ihren Nacken und drückte ihr einen zarten Kuss auf die aufgesprungenen Lippen. Verdammt! Leyla durfte nicht recht behalten. »Das Glück ist auf unserer Seite.«

Er bettete sie wieder auf die Rücksitze und ging an dem leeren Pool vorbei, um die Umgebung der Villa in Augenschein zu nehmen. Plötzlich drehte der Wind und das Geräusch war jetzt ganz deutlich zu hören. Jetzt erkannte es auch David. Es war ein Geräusch, das er schon hundertmal gehört hatte. Es war der durchdringende Rotorlärm von großen Black-Hawk-Hubschraubern. Als er sich in Richtung des Geräuschs umdrehte, sah er bereits drei schwarze Hubschrauber am Horizont auftauchen, und er wusste, dass sie nur ein Ziel hatten: Leyla und ihn zu töten.

61

Die drei schwarzen Black-Hawk-Hubschrauber flogen in Formation als todbringendes Dreieck auf die verfallene Villa zu. Geduckt rannte David zurück zum Land Rover, zerrte Leyla aus dem Wagen.

»Was, was ist?«, keuchte sie und stierte ihn mit glasigen Augen an. »Das Geräusch, es sind Hubschrauber, habe ich recht? Man hat uns gefunden.«

»Ach was, wir vergraben uns in dieser verrückten Villa und werden sie besiegen. Wir sind stark, Leyla.« Vorsichtig hob David Leyla vom staubigen Boden auf und lief mit ihr die zerbröckelnde Treppe zu der ersten Terrasse hoch. Auch diese war halb nach unten gestürzt, und so musste er mit Leyla über Geröll und Schutt steigen, ehe sie eine riesige geborstene Glastür erreichten. Mit einem Fußtritt brach David die letzten Glasteile aus der verrosteten Fassung und stieg mit Leyla ins Innere. Der Raum war riesig und komplett leer. Die Hälfte des Bodens war aus Glas, das in viele kleine Teile zersprungen war und wie ein riesiges Spinnennetz wirkte. Wahrscheinlich war geplant gewesen, durch das Glas das unter dem Boden entlangfließende Wasser zu beobachten.

»Bin gleich wieder zurück«, sagte David zu Leyla und legte sie neben eine rohe Betonwand. So schnell er konnte, lief er wieder nach draußen, sprang über die Terrasse, holte aus dem Land Rover Decken und die Tasche mit den Medikamenten für Leyla. Wieder zurück und über das Geröll nach oben, in das Haus. Das Dröhnen der Helikopter wurde lauter, und David wusste, dass es nur noch eine Frage der Zeit war, bis sie die ersten Raketen auf sie abfeuern würden. Aber vielleicht hatten sie auch nur den Auftrag, sie beide lebendig zu fassen, um einen großen Schauprozess zu inszenieren.

Als er das nächste Mal nach unten lief, war es noch heißer geworden und alles drehte sich vor seinen Augen. Gierig trank er kleine Schlucke aus einer lauwarmen Wasserflasche, wusste, dass er sich das Wasser einteilen musste, wenn sie in der Wüste überleben wollten. Auf dem Dach des Land Rovers löste er die Verstrebungen, mit denen die Wasserbehälter befestigt waren, stieß mit dem Fuß beide Behälter nach unten. Doch einer der beiden fiel auf einen spitzen Stein und platzte auf. Kostbares Nass versickerte im Wüstenboden. Hastig sprang David nach unten und kippte den Behälter so, dass kein Wasser mehr auslaufen konnte.

Das Dröhnen der Helikopter war jetzt kreischend und durchdringend, es brachte ihn fast um den Verstand. Er blickte hinaus zu der Villa, sah den Geröllhaufen unter der abgebröckelten Terrasse.

»Verdammt!«, fluchte er, als er erkannte, dass er keine Chance hatte, den riesigen Wasserbehälter alleine nach oben zu schleppen. Also musste er Flasche für Flasche das Wasser abpumpen und hinauftragen. Doch das konnte Stunden dauern, und diese Zeit hatten sie nicht.

Eine erste Rakete wurde mit einem heiseren Surren abgefeuert und schlug knapp neben dem Land Rover in den Sand ein. Durch die Druckwelle wurde David gegen den Geröllhaufen geschleudert. Benommen rappelte er sich hoch und kletterte in das schützende Haus. Wieder hörte er das tödliche Surren. Eine Rakete zischte knapp über dem Haus durch die Luft und explodierte irgendwo in der libyschen Wüste.

Geduckt lief er zu Leyla, die regungslos auf dem Rücken lag und die Ornamente studierte, die von der Sonne an die Wände des Raums geworfen wurden.

»Auntie hat gesagt, dass es rote Wüstenblumen gibt«, sagte sie mit ihrer kraftlosen Stimme. »Aber nicht jeder kann sie sehen.«

»Leyla, hör mir jetzt gut zu«, unterbrach sie David. Jetzt war keine Zeit für Märchen.

»Nicht jeder kann sie sehen«, echote Leyla und verdrehte die Augen.

»Leyla, du sollst mir zuhören«, sagte David diesmal lauter. Er rüttelte sie heftig und erreichte sie endlich mit seinem Blick und hielt sie fest. »Du versuchst, hinter das Haus zu kommen. Versteck dich in einem der Wassertanks. Seitlich gibt es eine Luke, da kletterst du hinein. Niemand wird dich dort vermuten. Sie schießen das Haus zusammen und denken, du bist tot. Hast du das verstanden?«

»David, lass es doch gut sein. Es ist sowieso zu Ende.« Ihr Blick war müde und ihre Lippen zitterten. Der Verband über ihrem Schlüsselbein hatte sich geöffnet und die Wunde schillerte gespenstisch in allen Farben in der Sonne.

»Wo ist dein Überlebenswille? Wo ist die Frau, die als Kind über Müllberge geklettert ist, um etwas zu essen zu finden? Wo ist die Frau, die ich liebe?«, begann er auf sie einzureden. Doch seine Stimme wurde bald von dem infernalischen Geknatter der Rotoren der Black Hawks übertönt, die nur wenige Hundert Meter von dem Haus entfernt waren. Plötzlich erschütterte ein lauter Knall den Raum, und als David zum Fenster robbte, sah er, dass eine Rakete den Land Rover getroffen hatte und der Wagen in einem gelben Feuerball verglühte.

»Verdammt! Kein Auto, kein Wasser!« Für einen kurzen Augenblick war David völlig mutlos, hätte sich am liebsten zu Leyla auf den Boden gelegt und mit ihr auf den Tod gewartet. Aber er war ein Kämpfer, und wenn er auch nur noch die geringste Chance sah, dann nutzte er sie. Diese Chance war ein gelblicher Streifen am Horizont, der wie eine kompakte Mauer wirkte. Der Streifen begrenzte den gesamten Horizont und der Himmel davor war düster. Doch jetzt hatten die Soldaten das Gebäude selbst unter Beschuss genommen. Eine Rakete schlug in den Gebäudeteil über ihnen ein. Schutt und Betonbrocken regneten herab.

»Leyla, los, du musst nach draußen!« Aber Leyla rührte sich nicht. Er zog sie an den Beinen über den Marmorboden, fasste sie dann unter den Schultern und schleppte sie durch eine leere Terrassentür nach draußen. Ein schmaler Pfad führte über das Geröll hinauf zu den Wassertanks. Völlig erschöpft öffnete David die kleine Luke und zog Leyla nach oben. Doch die Hitze, die ihm entgegenschlug, war so mörderisch, dass er seinen Plan sofort wieder fallen ließ.

Inzwischen kreisten die Helikopter über dem brennenden Land Rover und David konnte die beiden Soldaten erkennen, die mit ihren Sturmgewehren in der Tür saßen, bereit, sofort abzuspringen, wenn die Black Hawks tief genug waren.

Der Wind heulte laut über den Geröllhaufen nach oben und trieb dicke Wolken aus Sand vor sich her. Die Raketen hatten den gesamten oberen Teil der Villa zerstört. Nur noch die riesige Halle mit dem spinnwebenverästelten geborstenen Glasboden und ein Teil der unteren Terrasse standen. Bald würden die Helikopter landen und die Soldaten das Haus stürmen. David überlegte fieberhaft. Ein Stück hinter den Wassertanks lag das Wrack eines gelben amerikanischen Schulbusses. Die

Tür war geöffnet und vorne über der Windschutzscheibe war noch das Schild »Lipton High School« zu lesen. Das Ganze war so absurd, dass David laut auflachte.

»Leyla, hörst du mich? Du versteckst dich in dem Schulbus. Bleib einfach auf dem Boden liegen.«

Hastig nahm David drei Patronen aus der Schachtel, zertrat die Hülsen mit seinen Stiefeln.

Er gab Leyla die beschädigten Patronen und dazu sein Feuerzeug.

»Wenn einer der Soldaten in den Bus kommt, dann hältst du die Flamme unten an die Patrone. Du zählst bis drei und wirfst sie nach ihm. Durch die Hitze explodiert sie und setzt den Mann außer Gefecht. Verstanden?«

Leyla nickte schwach und ließ sich hinter der vorletzten Sitzreihe auf den Boden sinken.

»David, ich liebe dich«, sagte sie und versuchte, sich aufzurichten, war aber zu schwach dazu. »Das gehört dir, David. Ich habe es von Sonja für dich zurückgeholt.« Mit ihrer Hand wies sie auf den Ring, den sie an einem Lederband um den Hals trug.

»Behalte ihn. Er soll dir Glück bringen. Ich liebe dich auch«, sagte David, spannte den Hahn seines Revolvers und verschwand wieder nach draußen. Dort hatte sich die Situation komplett verändert, die gelbe Wand war plötzlich näher gekommen und der Himmel schwarz. Der Wind pfiff und heulte und wirbelte unentwegt Sand und Staub auf, sodass David die Hubschrauber nur noch schemenhaft erkennen konnte. Sie waren noch immer nicht gelandet. Das konnte nur einen Grund haben: Der Sandsturm hatte sie davon abgehalten.

Planlos feuerten die Soldaten noch die restlichen Raketen auf das Haus ab, bis nur noch ein Haufen Steine und Stahl übrig blieben. Ein Maschinengewehrschütze nahm David unter Feuer, schoss noch mehrere Salven quer über den Platz, aber der Sturm war zu heftig und so verfehlte er ihn. David schoss auf den Hubschrauber und der Schütze wurde in die Kabine zurückgestoßen.

»Na los, was ist!«, brüllte David gegen den heulenden Wind und die kreischenden Rotorblätter der Hubschrauber an. »Kommt endlich herunter und kämpft!« Doch die Hubschrauber kreisten unschlüssig über dem brennenden Land Rover und versuchten, in dem heulenden Sturm die Balance zu halten.

Als der Sturm immer heftiger wurde und die gelbe Wand schon ganz nahe war, drehten die Black Hawks endlich ab und verschwanden in dem letzten Zipfel blauen Himmels. Der Sand wurde in meterhohen Böen durch die Luft geschleudert und in dem Orkan hatte David Mühe, nicht die Orientierung zu verlieren. Schemenhaft erkannte er den Schulbus, lief darauf zu, wurde aber von einer Windböe erfasst und zu Boden gedrückt. Als er sich wieder hochrappelte, hatte er den Schulbus aus den Augen verloren. Angestrengt gegen den pfeifenden Wind ankämpfend, taumelte er durch die Dunkelheit. Als er über ein Eisenteil stolperte, stürzte er der Länge nach zu Boden und verlor seinen Revolver. Durch den Sturm war es mit einem Mal pechschwarze Nacht und der Sand drang ihm durch alle Poren, verstopfte seine Nase, machte das Atmen unmöglich. Innerhalb weniger Augenblicke war David komplett unter einer dicken Schicht Sand begraben und ahnte nicht, dass er direkt neben dem Schulbus lag. So einfach war also das Sterben. Dann trug der heulende Sandsturm seine Gedanken an Leyla hinaus in die Wüste, in der jedes Leben unter dem Sand begraben war.

62

ÄGYPTISCH-LIBYSCHE WÜSTE

Leyla kroch zwischen den Sitzreihen nach vorne zum Ausgang des Schulbusses. Mit der Faust umklammerte sie die drei Patronen, die sie von David erhalten hatte. Es war das sichtbare Indiz, dass sie tatsächlich noch mit David geredet und sich nicht alles im Fieberdelirium eingebildet hatte. Das sichtbare Zeichen, dass er »Ich liebe dich« zu ihr gesagt hatte. Der Eingang des Busses war bis oben hin mit Sand zugeschüttet und ein Durchkommen unmöglich. Erst jetzt fiel ihr auf, dass es in dem Bus fast völlig dunkel war. Mit schmerzverzerrtem Gesicht zog sich Leyla an einer zerschlissenen Bank hoch, sah zu der Fensterreihe. Auch hier war Sand bis ganz nach oben, keine Möglichkeit, durch eines der Fenster nach draußen zu gelangen. Nach und nach wurde ihr klar, dass der ganze Bus unter dem Sand begraben und sie eingeschlossen war. Langsam richtete sie sich auf, knickte ein, stützte sich an den Sitzlehnen ab und wankte wieder nach hinten. Durch das rückwärtige Fenster sah sie einen schmalen Streifen blauen Himmel. War das eine Halluzination? Sie kroch auf die Sitzbank, fuhr mit den Händen über das Glas. Der Sand war eine kompakte Masse, die weit nach oben reichte. Aber nicht ganz hinauf. Dort oben war ein winziges Stück Himmel.

Schwer atmend sackte Leyla zurück auf die Sitzbank, ließ aber den schmalen blauen Streifen nicht aus den Augen. Sie wusste nicht mehr, wie viele Stunden sie ohnmächtig in dem Bus gelegen hatte, aber der Sandsturm hatte sich in der Zwischenzeit gelegt.

David war irgendwann weg gewesen, zuvor hatte er noch gesagt, dass er sie liebte. Dann hatte er seinen Revolver genommen und war nach draußen in den Sandsturm verschwunden. Wie lange war das her?

»David. Du kommst doch zurück«, sagte sie mit ihrer ausgedörrten Stimme, in die sich die Angst mischte. Die Angst vor dem Alleinsein. »David, du lässt mich nicht im Stich!«

Sie war sich ganz sicher, dass er zurückkommen würde. War David nicht zurückgekehrt, als sie im Gefängnis auf ihre Hinrichtung wartete? Hatte er sie nicht gerettet? Also würde er sie auch jetzt retten. Genauso musste es sein. Aber was, wenn er den Bus in dem Sand nicht mehr finden konnte? Sie musste ihm ein Zeichen geben, einen Hinweis darauf, wo sie war. Nur dann konnte er sie finden.

Müde von den vielen Gedanken drehte sie den Kopf zum Fenster, um sich durch den blauen Streifen neuen Mut zu holen. Doch da sah sie zum ersten Mal die Blume. Es war eine rote Blume, die aus dem Sand wuchs und in der Sonne leuchtete. Leyla riss die Augen auf und starrte durch die schmierige Scheibe. Es stimmte also, was Auntie ihr als Kind erzählt hatte. Nach einem Sandsturm wachsen nur für einen Tag rote Wüstenblumen aus dem Sand, das hatte sie gesagt.

War das Wirklichkeit oder nur eine fiebrige Halluzination? Rankten sich nicht Mythen um diese rote Wüstenblume? Jetzt erinnerte sie sich auch wieder an die Geschichte, die ihr Auntie, die alte Frau, bei der sie aufgewachsen war, mit ihrer verhexten Stimme zugeraunt hatte.

Wenn ein junges Mädchen eine rote Wüstenblume sieht, dann hat sie die wahre Liebe erlebt. Als Kind hatte Leyla dieses Märchen geliebt, später dann als sentimentalen Kitsch abgetan. Auf der Suche nach ihrem Geliebten gerät ein unschuldiges Mädchen in einen Sandsturm und verirrt sich. Als der Sturm vorbei ist, weisen ihr die roten Wüstenblumen den Weg zu ihrem Geliebten, da sie reinen Herzens geliebt hat.

Gebannt starrte Leyla auf die Blume, konzentrierte sich. Ihre Gedanken befreiten sich aus dem Sandgefängnis und sie sah, dass aus dieser einen roten Wüstenblume Dutzende Blumen geworden waren, die David den Weg zum verschütteten Bus wiesen.

Doch noch während ihr diese Gedanken durch den Kopf gingen, wurde sie von einem heftigen Schüttelfrost gepackt und musste sich übergeben. Ihr Mageninhalt schoss wie Lava aus ihrem Körper. Sie hatte das Gefühl zu verbrennen. Ihr Herz schlug unregelmäßig und sie spürte eine Panik, die langsam durch ihre Eingeweide nach oben kroch und ihr die Kehle zuschnürte.

Der Streifen Himmel verlor seinen intensiven Blauton, wurde fahler, schließlich war alles nur noch schwarz. Wieder wurde die Panik übermächtig und ein Kälteschauer durchfuhr sie. Es durfte nicht dunkel werden, denn sie musste doch die Blume sehen! Da fiel ihr das Feuerzeug ein, das David zurückgelassen hatte. Die Flamme war niedrig und flackerte, denn es war bereits zu wenig Sauerstoff in dem verschütteten Bus. Mit zitternden Fingern hielt Leyla die Flamme an das Fenster, streckte den Arm nach oben. Wo war die Blume – denn nur so konnte David den Weg zu ihr finden.

Sie presste ihr Gesicht an die Scheibe, hielt die Flamme immer höher, spürte aber, dass ihre Kräfte sie endgültig verließen. Als ihr das Feuerzeug aus der Hand fiel, hatte sie nicht mehr die Kraft, es aufzuheben. Aber das machte nichts. Das Rot der Blume erhellte den dunklen Bus und das Leuchten drang bis zu Leyla. Sie legte den Kopf an eine Rückenlehne und ließ die Blume nicht mehr aus den Augen. Die Dunkelheit in dem Bus war undurchdringlich. Doch für Leyla leuchtete die rote Wüstenblume weiter bis über den Tod hinaus.

Epilog

»Stein? Können Sie mich hören?« Robyn versuchte erneut, die App zu aktivieren. Aber wie zuvor erhielt sie keine Meldung. Sie starrte auf das Display ihres Tablets. Das letzte Signal hatte sie mitten aus der ägyptisch-libyschen Wüste empfangen. Es war ein sehr schwaches Signal gewesen, doch dann war es abgerissen und seither gab es kein Lebenszeichen mehr von Stein und seiner Partnerin.

Robyn kauerte sich noch tiefer in ihren Stuhl und zupfte an ihren Fingernägeln. Wie sollte sie jetzt weiter vorgehen? Was waren die nächsten Schritte? Wie sie erwartet hatte, war die Datenmanipulation bereits wenige Stunden, nachdem Stein seine Partnerin aus dem Gefängnis geholt hatte, entdeckt worden. Müllers Verdacht war natürlich sofort auf Robyn gefallen, doch sie leugnete einfach, da ihm die Beweise fehlten. Doch ab diesem Zeitpunkt war es ihr nicht mehr möglich, die Server des ägyptischen Geheimdienstes zu manipulieren, und so konnte man dort relativ schnell die Spur von Stein aufnehmen. Eine Terroristin, die aus der Todeszelle befreit wurde, das war für den Militärrat eine grenzenlose Blamage, die mit allen Mitteln ausgemerzt werden musste.

Robyn konnte sich nur passiv einklinken und musste tatenlos zusehen, wie sich Dutzende Soldaten und Geheimpolizisten auf die Suche nach Stein und seiner Partnerin machten. Müller hatte ihren unbeschränkten Zugang zu den geheimen Netzwerken der »Abteilung« sperren lassen, jeder Versuch, sich hineinzuhacken, löste den Alarm aus.

»Sie kommen wegen Hochverrats vor Gericht, Robyn«, hatte ihr Müller gedroht.

»Ich verrate nichts, ich enttarne nur dubiose Machenschaften«, hatte sie erwidert. »Es gibt einen Mitschnitt Ihres Gesprächs mit Staatssekretär Beyer.«

»Ach, ist das ein Erpressungsversuch? Lassen Sie doch diese Spitzfindigkeiten«, hatte Müller genervt erwidert. »Sie wissen doch, wie das läuft. Alle halten den Mund. Beyer wird Chef des Bundesnachrichtendienstes und auch ich klettere die Karriereleiter hinauf. Sie bleiben natürlich meine Datenspezialistin und Strategin. Dafür löschen Sie einfach ein paar Dinge von Ihrer Festplatte.« Müller tippte sich an die Stirn. »Ich meine auch hier oben. Streichen Sie einiges aus Ihrem Gedächtnis.«

»Dann will ich wieder den vollen Zugang zu allen Daten.«

Als sie wieder im Besitz ihrer vollen Berechtigung war, gelang es ihr sofort, einen ägyptischen Funkspruch abzufangen, in dem eine Hubschrauberstaffel von einer erfolgreich durchgeführten Kommandoaktion gegen Terroristen berichtete. Ein Mann und eine Frau waren mit einem gestohlenen UN-Fahrzeug unterwegs gewesen und direkt neben der Fallingwater-Villa des verrückten Milliardärs al-Fazi gestellt und getötet worden. Ein Sandsturm hatte verhindert, dass man die Leichen bergen konnte, und die Hubschrauberstaffel war wieder auf ihren Stützpunkt zurückgekehrt.

Das war ein vielversprechender Anhaltspunkt, von dem aus man eine weiterführende Strategie entwickeln konnte. So war es auch geschehen und Robyn war kurz darauf online mit einem MI6-Agenten, den sie während ihres Studiums am MIT kennengelernt hatte.

»Sebastian, ich brauche eine Ihrer Drohnen«, begann Robyn das Gespräch, wie immer, ohne sich mit Floskeln aufzuhalten.

»Guten Morgen, Robyn! Wie geht es Ihnen? Noch immer nicht fähig, Konversation zu führen?«, eröffnete Sebastian Trevor-Jones das Gespräch.

»Die Zeit drängt.« Robyn ging mit keinem Wort darauf ein. »Ich habe in einer Stunde einen Satelliten-Slot für die ägyptisch-libysche Wüste. Dafür brauche ich eine Drohne mit Wärmebildkamera.«

»Wir haben uns jahrelang nicht gesprochen, Robyn. Denken Sie nicht manchmal an unsere gemeinsamen Erlebnisse? Jetzt sprechen Sie mit mir nur über Drohnen?« Trevor-Jones wirkte amüsiert.

»Statistisch betrachtet ist das mehr Gesprächsstoff, als normal verheiratete Paare in einem Jahr haben«, antwortete Robyn mit ihrer ausdruckslosen Stimme.

»Oh, war das ein versteckter Heiratsantrag?«, fragte Trevor-Jones interessiert.

»Ich heirate nie. Das ist ein völlig unlogischer Zustand.«

»Interessante Sichtweise. Wir sollten dieses Gespräch bei einem Whiskey vertiefen. Was meinen Sie, Robyn?«

»Dieses Gespräch im Zusammenhang mit Alkohol würde unweigerlich mit Sex enden. Auch das ist statistisch erwiesen.«

»Wäre das so schlimm?«

»Nein, Sex ist wichtig für einen ausgeglichenen Hormonhaushalt. Aber jetzt brauche ich eine Drohne, Sebastian. Sie haben doch einige Aufklärungsflugzeuge über Libyen. Da können Sie mir sicher aushelfen.«

»Nur, wenn Sie mit mir einen trinken gehen, Robyn.«

»Aber Sie sind doch in London, Sebastian.«

»Nein, zufälligerweise bin ich heute Nachmittag in Berlin. Vielleicht können wir dann etwas für Ihren Hormonhaushalt tun, Robyn.«

Dreißig Minuten später betrachtete Robyn die ägyptisch-libysche Wüste durch das Kameraauge einer Drohne, die von einem Aufklärungsflugzeug aus abgeschickt worden war. Auf einem großen Monitor verfolgte sie den Flug über endlose Sanddünen und von Geröll übersäte Wüstenebenen. Von der Fallingwater-Villa ragte nur noch der eingestürzte Kamin aus dem Sand, alles andere war verschüttet. Robyn aktivierte die Wärmebildkamera und die Drohne scannte das gesamte Gelände. Die Umrisse eines tief im Sand steckenden Busses waren zu erkennen und darin zwei rote Punkte, die sich hin und her bewegten. Robyn lächelte und musste heftig blinzeln. Schnell wischte sie sich das imaginäre Sandkorn aus dem Auge. Niemand sollte jemals auf die Idee kommen, dass sie zu etwas so Emotionalem wie Tränen fähig wäre. Dann griff sie nach ihrem Tablet und öffnete ein Fenster. Es war eine kleine diskrete Privatbank, die ihren Sitz auf Zypern hatte. Sie hackte sich in einen Account. Es war das Konto des zukünftigen BND-Chefs Beyer. Von diesem Konto überwies sie zehn Millionen Dollar auf ein anderes Konto mit dem Namen »Amores Perros«.

Nachwort der Autoren

Liebe Leserin, lieber Leser,

wir möchten einmal recht herzlich Danke sagen, dass Sie unseren Thriller gelesen haben. Hoffentlich haben Sie die abenteuerliche Reise genossen und konnten in die spannende Welt von David Stein und Leyla Khan eintauchen. Wenn Ihnen dieser Thriller gefallen hat, dann freuen wir uns über eine kurze Rezension bei Amazon.de.

Wir freuen uns immer über jede Nachricht von Ihnen an unsere B.C.-Schiller-E-Mailadresse: bc.schiller@blue-velvet.com

Das war's auch schon. Alles Liebe an Sie und bleiben Sie gesund und glücklich :)
Barbara & Christian Schiller

PS: Natürlich freuen wir uns auch riesig, wenn Sie unser Fan auf Facebook und/oder Follower auf Instagram werden.
www.facebook.com/BC.Schiller
www.instagram.com/bc.schiller

Folgen Sie uns auf unserer Amazon-Autorenseite, dann erhalten Sie immer alle aktuellen News zu unseren Büchern!

Besuchen Sie unsere Autoren-Seite auf Amazon.de

Unsere Website: www.bcschiller.com

Zeitfracht Medien GmbH
Ferdinand-Jühlke-Straße 7
99095 Erfurt, Deutschland
produktsicherheit@kolibri360.de

Druck:
CPI Druckdienstleistungen GmbH
im Auftrag der
Zeitfracht Medien GmbH
Ein Unternehmen der Zeitfracht - Gruppe
Ferdinand-Jühlke-Str. 7
99095 Erfurt